FOLIO POLICIER

Francisco González Ledesma

La dame
de Cachemire

*Traduit de l'espagnol
par Jean-Baptiste Grasset*

Gallimard

Titre original :

LA DAMA DE CACHEMIRA

© *Francisco González Ledesma, 1986.*
© *Éditions Gallimard, 1992, pour la traduction française.*

Francisco González Ledesma, né à Barcelone en 1927, est l'actuel rédacteur en chef du quotidien catalan *La Vanguardia*. *Chronique sentimentale en rouge*, la première aventure de Méndez, obtint le prix Planeta en 1984.

*À María Rosa,
qui après tant d'années
a su conserver la première ardeur
d'une fiancée*

I

La mort de Paquito

Oui, il faut bien le dire, la mort de Paquito fut tout à fait surprenante, ce fut une mort pour le moins extraordinaire. Tout partit de cette chaise roulante, celle d'un invalide en bon état général, finalement, avec ses bras puissants et son cou de taureau, il ne lui manquait que les jambes et, louons le Seigneur notre Dieu, qu'est-ce qu'on pouvait bien y faire ? Cette chaise roulante, le trottoir désert, les arbres déjà sans feuilles, la bruine légère, la nuit, toute l'indifférence créée par la société urbaine. Balcons fermés, rues vides, pendules mortes, tout ce monde passé. Paquito regarda le trottoir désert et la chaise roulante immobile, là, avec cet homme assis dedans, cet homme étrange qui peut-être rêvait d'un monde à sa mesure, un monde qui lui offrirait les Vingt-Quatre H du Mans, les Cinq Cents mètres d'Indianapolis, l'Olympiade du Divan, un monde que ses forces et ses roues seraient encore à même de supporter : avec un peu de chance, tu gagneras la Coupe de Ce qui Aurait Pu Être, mon garçon, et pour la poser sur tes étagères tu demanderas à la municipalité de Barcelone de te faire installer une rampe. Mais l'homme, s'il rêvait peut-être à tout cela, restait là immobile, attendant quelque chose de très simple, par exemple que quelqu'un vienne l'aider. Ou quelque chose de très compliqué, par exemple que ses rêves s'éteignent l'un après l'autre dans la nuit.

Paquito perçut cette solitude, première frontière du vide, tristesse fossile.

— Qu'est-ce que vous faites ici ? Vous avez un problème ?

— Pardon. Si vous pouviez m'aider... C'est que j'ose pas traverser la rue, des fois qu'au milieu le feu passe au rouge. Ça m'est arrivé un jour et quand les voitures arrivent au galop elles peuvent pas s'arrêter, voyez-vous, elles ont pas le temps.

— Vous avez raison. La nuit, elles ne voient rien tant qu'elles ne sont pas dessus, dit Paquito avec un sourire.

— Si vous pouviez me passer de l'autre côté... Les deux ensemble, on nous verra mieux, et puis s'il le faut vous pourrez pousser très vite.

— Mais bien sûr... C'est seulement pour traverser ? Voulez-vous que nous prenions le passage clouté ?

— Oui. Regardez, le feu est au vert.

L'asphalte a fait briller sa propre solitude, le feu papillote et déjà passe à l'orange, les phares de la voiture qui s'arrête pétillent dans les devantures d'un magasin de frusques pour garçons de café, d'une échoppe de perruques et postiches, d'une boutique de corsetier qui l'année prochaine deviendra unisexe. Les roues de la chaise mordent sur l'autre trottoir, crac, crac, la voiture s'éloigne, laissant place à la solitude d'une rafale de vent, aux pleurs d'un enfant dans un entresol perdu, aux feuilles d'automne flottant dans une rue dont on ne lit le nom nulle part. Te voilà, Paquito, à jouer la sœur de charité, le disciple favori de saint Jean de Dieu, poussant le poids de cette nuit qui est tienne et de cette chaise roulante qui, heureusement, ne l'est pas. Tu es maintenant sur le trottoir, crac, crac : continue.

— On ne peut pas dire qu'il fasse beau, hein ?
— Oui, on connaît ça, c'est l'automne.
— Dites-moi, comment se fait-il qu'on vous ait laissé tout seul par ici à une heure pareille, un invalide ?
— Vous savez, j'ai besoin de personne. Des fois, la nuit, je descends au bistrot, puis je reviens. Aucun problème. Ce qu'il y a, aujourd'hui, la rue me fait peur, parce que avec la pluie les voitures peuvent pas freiner. Y a de quoi se faire tuer.
— Oui, je comprends.
— Ça vous ennuierait de me pousser encore un peu ? En fait, je suis tout près de chez moi, maintenant.
— Mais non, bien sûr, pas du tout. Où est-ce que c'est ?
— Dans ce passage, là. Un peu après cette grille, juste derrière l'entrée. Attention, il y a une marche, chaque fois que je passe là mes roues se coincent.

Allez, avance, disciple favori de saint Jean de Dieu, pousse la chaise, franchis ce qui n'est pas du tout un degré du trottoir, mais une profonde ornière où gisent des feuilles mortes et les morceaux d'une partition, d'un manifeste autonomiste ou d'une liste de mariage ; où tu pourrais trouver des pilosités de femelle adulte, des cadeaux laissés par les chats, des imprégnations citadines. Ce passage est un long boyau industriel, menant à un entassement de caisses vides, à des fenêtres grillagées, à un atelier en détresse où l'on ne fabrique plus rien que de vagues espoirs. Une voiture stationne là, à l'intérieur un couple joue le grand jeu. Ils semblent disposés à tout et le conducteur trépassera sans nul doute après l'orgasme. Morceaux de nuit sur les murs, morceaux de silence aux balcons du premier étage, linge de femme étendu sur une terrasse. Soudain le moteur de l'auto crachote, allons voir ailleurs, mignonne, quelque part où on sera plus tranquilles ; on sait jamais, ce type sur sa chaise roulante est peut-être de la municipale, la nouvelle Brigade Mobile possède tout l'équipement moderne, il m'inspire pas confiance.

— Dès qu'il y a un coin un peu obscur, on y trouve des couples dans des voitures, marmonna Paquito. Ils finiront par proposer des modèles avec bidet.

— Oui... Ce passage est fréquenté par certains travestis. Ils amènent les hommes ici.

— Et ils font du scandale ?

— Non, jamais, au contraire. C'est pas leur intérêt.

Alors, l'invalide désigna une des portes, dans la partie la plus sombre du passage. Il susurra :

— C'est là.

— Bon, eh bien vous voilà chez vous. Bonne continuation !

— Merci, vous êtes un ami.

Alors, l'invalide se déploya.

Plus question de chaise roulante, de jambes qui

flanchent, de corps qui implore l'ultime compassion en s'effondrant, en se pliant. Seulement ces bras puissants, ce cou de taureau, ce regard mauvais, par-delà la solitude et la nuit. Instinctivement, Paquito recula d'un pas.

— Mais... mais qu'est-ce que...
— File-moi tout de suite tout ce que t'as, enfoiré. Allez! Le portefeuille, la montre, les bagues, tout...
— Écoutez, mais c'est une... une...

Le tranchant du couteau poussa doucement Paquito contre le mur. Un lent éclair scintilla quand une goutte de pluie s'abattit sur la lame d'acier.

... Une saloperie? Eh bien, tant pis pour ta pomme. T'auras qu'à te plaindre à ton père. Et maintenant, amène tout ce que t'as sur toi. Amène, ou je te débite en tranches!

Paquito prit conscience que l'autre était armé et pas lui, qu'en ces lieux personne ne lui viendrait en aide, que les seuls témoins d'une éventuelle résistance seraient la nuit, la solitude, les caisses vides, au mieux quelque chat blasé. Il s'affaissa, la bouche sèche, les genoux flageolants, le cœur pincé comme si l'on y avait planté un hameçon. Ce n'était pas la peine de lutter.

— D'accord..., parvint-il à proférer d'un filet de voix, pas besoin de me montrer le couteau comme ça... Je vais vous donner ce que j'ai sur moi.
— Eh bien magne!... Dépêche, j'te dis!

Paquito sortit son portefeuille (trois billets de cinq mille impeccablement neufs, ses papiers, une estampe à la mémoire d'un défunt, le vestige d'une fleur d'automne à jamais séchée). Il ôta sa montre (une Longines en or qui avait égrené bien des heures passées, par conséquent des heures déjà éprouvées, des heures de toute confiance). D'un geste délicat, il fit glisser son épingle de cravate (ornée à son extrémité d'une perle solitaire, froide et lointaine comme l'œil d'un poisson de bonne famille). Il retira sa chevalière (des initiales entrelacées, une date, une promesse, le souvenir d'une noce, autant dire un souvenir précieux et chargé d'oublis) et remit tout cela au nouveau représentant de la paix sociale, à l'apôtre du surin.

— Tenez, voilà. Il n'y a rien d'autre.
— Comment ça, qu'y a rien d'autre?... Et ta sœur? Veux-tu me filer cette bague? T'as encore une bague, enfoiré! Allez, amène, ou j'te décolle le doigt.

Il avait abaissé la lame d'acier, qui luisait maintenant devant la main gauche de Paquito, tout près du fort rubis, rouge comme la dernière larme du Christ, sur son anneau d'or sans date ni promesse, donc aussi sans oubli. Paquito se crispa.

— Non, non, pas ça, fit-il.
— Allez, vite cette bague, enfant de putain!
— Je vous en supplie... C'est tout ce que je vous demande. Qu'est-ce que ça change pour vous? Vous ne pouvez pas m'enlever ça! C'est sacré, c'est un souvenir de famille.
— Un souvenir de quoiii?...
— De famille.

Le braqueur frappa rageusement Paquito de la main gauche, le repoussant contre le mur, tandis que sa main droite lui plongeait littéralement la lame dans le cou. Sa voix se fit un murmure pour commander :

— Enlève-moi ça...
— Tout seul je ne pourrai pas, il faut que vous le fassiez vous-même.

Paquito savait pertinemment que pour cela, l'autre devrait employer les deux mains et donc rengainer son arme. Mais, s'il espérait que cette feinte lui permettrait de se défendre, il se trompait. Une nouvelle taloche l'atteignit au visage. La pointe du couteau pénétra un peu plus profond et commença à dessiner une ligne de sang.

— Je t'ai dit de l'enlever, avorton, je vais pas t'le répéter.

Paquito ferma les yeux un instant.

Une sorte de gargouillis sortit de ses lèvres quand il gémit :

— S'il vous plaît...
— Donne ta main.

L'acier se dressa à nouveau dans l'air, s'apprêtant sans nul doute à lui sectionner le doigt. Et à nouveau, dans l'air, dans la nuit, comme si soudain le temps s'était arrêté, se produisit le miracle d'un éclair immobile, le miracle d'une goutte de pluie heurtant non le couteau, mais l'éclat du couteau. Puis la lame s'abaissa, et la voix fit :

— Ça va être pour ta pomme, enfant de putain. Ou bien tu l'enlèves toi-même, ou bien...

La voix de Paquito vira au hurlement hystérique :

— Non !

Et il abrita ses deux mains derrière son dos, pour empêcher l'autre de seulement toucher à la bague.

C'est alors que tout se déclencha, c'est alors que l'homme à la chaise roulante parut perdre son sang-froid. La brutale entaille pourfendit la gorge de Paquito, son col de chemise immaculé (un austère modèle de Vehils Vidal), le nœud de sa cravate (une nouveauté de Gonzalo Comella), sa douce pomme d'Adam (embaumée d'Eau de Rochas). C'est alors que le sang jaillit, maculant le mur comme un crachat, mouillant le nez de Paquito, emplissant la cavité de sa bouche. Un gargouillis traversa le passage et ses nuits innombrables, brisa le silence de ses chats innombrables. Paquito demeura un instant comme cloué à la paroi, les yeux écarquillés, les lèvres pendant dans le vide, les mains griffant frénétiquement le mur derrière lui. Puis il s'effondra lentement, fixant le vide avec une dernière expression de stupeur, tandis que l'air se remplissait pour lui d'éclats d'acier brisés par cette pluie qui tombait d'un ciel abandonné. Un reflet de laque à l'angle de la rue, une lumière qui s'éteint, un chien aboyant dans le lointain d'une autre ville. Puis rien.

L'homme qui venait de lui trancher la jugulaire renforça sa prise sur le couteau et s'apprêtait à couper le doigt qui portait la bague, quand il s'avisa qu'une voiture s'engageait dans le passage, avec un chuintement de pneus. Derrière la clarté des phares, il y aurait un autre travesti prêt à tout vendre, un autre micheton prêt à tout acheter; puis, quand le travesti et le micheton verraient le spectacle, un cri d'alerte monterait dans ces lieux déserts, tu as vu ce que fait ce gars-là, chéri, montre-lui que tu es un vrai mâle, fonce-lui dessus, flanque-lui un bon coup de capot, écrabouille-le! Avant que toutes ces gracieusetés n'aient eu le temps de se produire, le braqueur avait lâché son couteau et filé, plus vif qu'un rat. Il ressortit à l'autre extrémité du passage, sans même avoir eu le temps de se rendre compte que les occupants de la voiture ne l'avaient pas aperçu et n'avaient donc pas non plus découvert le cadavre. Ils avaient des affaires bien plus urgentes. Cependant, le travesti avait bel et bien dit au type : montre que tu es un vrai mâle, chéri, montre-le-moi tout de suite, appuie-moi bien fort contre le capot et écrabouille-moi. À quoi le micheton avait répondu : mais enfin, chéri, par cette pluie ?...

*

Méndez — ce que c'est que la vie — se trouvait être l'invité d'honneur d'une fête caritative et sociale, une de ces manifestations où le pauvre à la recherche d'un riche et le riche à la recherche d'un pauvre, sous les applaudissements, se congratulent de s'être rencontrés.

— Une vraie chance, lui avait dit son chef, au commissariat. Vous allez vous bourrer de petits fours.

De fait, c'était là une fabuleuse occasion de se réconcilier avec la vie, de retrouver — gratis, qui plus est — les bonnes vieilles saveurs du *cariñena* en carafon, de l'omelette préparée par une patronne de pension, de la sardinette qui frétillait un mois plus tôt à peine dans les eaux du port, des charcuteries portant encore leur certificat de vaccination antirabique, des olives patiemment marinées dans une vespasienne municipale. Tout cela, et bien plus encore — ostentation gastronomique, outrance capitaliste, dilapidation citadine —, était dressé sur les grandes tables de buffet et offert à l'admiration publique, avant que la fête ne commence et que ne soient distribués leurs cadeaux aux pauvres qui avaient trouvé des riches. Les fenêtres de l'appartement, des fenêtres cintrées qui donnaient sur la Calle Nueva, jetaient sur les assiettes une lumière grise et brouillée, évoquant une Nativité avec enfant en larmes et père pas encore rentré. Un tourne-disque installé dans un coin faisait entendre les notes d'une chanson de Manolo Escobar, d'un mur pendaient trois drapeaux, l'un espagnol, un autre catalan, le troisième absolument indéfinissable et dont l'aspect douteux aurait fait songer à l'Afghanistan si, après examen plus serré, il n'avait trahi son secret en quelques mots : « Société chorale, caritative et récréative des Amis du District. » Sur le mur opposé, une grande affiche peinte à la main représentait une mère et son petit garçon, le regard tendu avec espoir vers le futur et, au passage, vers une légende qui proclamait, en exclusivité absolue : « Honnis la faim et prends pitié des affamés. »

— Tout ceci est le produit d'une grande collecte populaire, expliqua à Méndez un des organisateurs, mais la graille, par souci d'économie, a été bénévolement préparée par quelques dames du quartier.

— Je m'en étais rendu compte au parfum, dit le vieux policier. À coup sûr, la sardine vient de la Calle de San Olegario.

— Oui monsieur ! Quel talent, quelle clairvoyance !

— Et l'omelette de pommes de terre a été préparée dans le bar même où j'habite. Pas l'ombre d'un doute.

— Comment l'avez-vous deviné, monsieur Méndez?

— Un je-ne-sais-quoi.

— Eh bien, goûtez-la, goûtez-la. Elle vient d'être faite, elle est encore toute chaude. Voyez comme elle rend son huile.

L'organisateur eut un large geste, qui tentait en vain d'embrasser toute la salle, vers cette présentation de fossiles, de petits pains remontant à la Sainte Cène, de poissons disséqués, de moules gisantes ayant jadis appartenu, en vertu de leurs seuls mérites, à la Mère Nature. L'organisateur chuchota :

— Vous voyez tous ces trésors?

Méndez, forcément, avait senti son appétit s'ouvrir, à mesure qu'il constatait la légitime provenance de tous ces aliments. En digne représentant des corps constitués — au même titre qu'un conseiller du district, un délégué de Caritas, un député régional, une maquerelle à la retraite, un ancien directeur de journal et un sergent de la garde civile —, il se montra, tout au long de cette collation, solidaire des masses nécessiteuses du quartier. Cette insigne présence officielle ne put d'ailleurs être appréciée à toute sa valeur, du fait que ladite collation, entre le «Messieurs, si vous voulez bien vous servir», et son inévitable achèvement faute de victuailles, dura exactement trois minutes et demie.

Puis le même organisateur revint vers lui.

— Alors, monsieur Méndez?

— Au petit poil, mon vieux.

— Tout était bon, hein ?
— J'ai pu attraper une moule.
— Les moules, monsieur Méndez, magnifique, les moules ! On dit que c'est aphrodisiaque.
— Oui, j'en sens déjà les effets. C'est incroyable, dites ! Je me demande ce qui se passerait si j'en avais pris deux. Il faudrait peut-être m'attacher.
— Et le pain ? Vous avez goûté le pain ?
— Oui, oui... Le pain était tout à fait bon.
— Magnifique ! Vous ne savez pas quel plaisir vous me faites. Mais maintenant, avec votre permission et celle des autres autorités, nous allons procéder à la distribution des secours. Messieurs, mettez-vous en rang, s'il vous plaît ! Chacun avec son coupon, et que personne ne resquille ! De l'ordre, allez, un peu d'ordre !

Les secours consistaient en toute sorte d'articles, allant des sachets de menue monnaie aux bons de pharmacie, en passant par des voitures d'enfant, des matelas, des manuels scolaires pour les enfants et des écharpes pour les parents, tout cela conformément à un rigoureux répertoire de la détresse, dont la préparation avait commencé plusieurs mois auparavant mais qu'à tout hasard on avait vérifié la veille. Au terme d'une longue répartition, quand arriva le happy end réglementaire, seule resta oubliée dans un coin, comme un objet inutile ou le souvenir d'un disparu, une chaise roulante.

II

La maison des oiseaux gothiques

Alfredo Cid s'agitait, mal à l'aise, sur la banquette arrière de l'impeccable Jaguar noire, à l'intérieur de cuir gris perle ; il ordonna au chauffeur de prendre la rue suivante.

Son inconfort n'était évidemment pas d'ordre physique, car la Jaguar possédait toutes les qualités requises pour ne malmener en aucune circonstance les postérieurs ou les reins, même aussi délicats que ceux d'Alfredo Cid. Non, c'était un inconfort proprement moral (le nombre de problèmes proprement moraux que l'on peut se poser à bord d'une Jaguar est incalculable), dû au fait que ce matin-là, Cid aurait de beaucoup préféré éviter une pareille ostentation automobile. Il aurait voulu prendre la Corsa, infiniment plus discrète, ou même la R-25 qui, bien que coûteuse, attire beaucoup moins l'attention des populations. Mais sa femme était sortie avec la Corsa et son fils avec la R-25, privant Cid de la plus précieuse des facultés humaines, à savoir la liberté de choisir entre deux biens. (Alfredo Cid estimait, non sans un certain bon sens, que devoir choisir entre deux maux ne constitue pas une véritable liberté.) En outre, comme il avait peine à manœuvrer la Jaguar dans les encombrements urbains, il lui avait fallu recourir au chauffeur. Tout cela — il s'en rendait compte maintenant — faisait une impression négative, c'était une erreur, une atteinte à l'image de la démocratie.

Mais il était maintenant trop tard pour l'éviter, aussi désigna-t-il la maison et dit au chauffeur :

— C'est là.
— Celle du coin ?
— Oui. Celle dont le jardin fait l'angle.
— Je me gare devant le bateau ? C'est la seule place libre.
— Non, pas question. Prends-le carrément, le bateau, pour entrer, pas pour stationner. Comme ça... Très bien. Voilà la clé du portail, maintenant, tu vas aller l'ouvrir. On rentrera la voiture directement dans le jardin. Tu vas voir ce jardin... Qu'est-ce que les gens gaspillaient comme espace, à l'époque ! Un vrai scandale.

C'était en effet un grand jardin, qui faisait tout le tour de la maison. Deux de ses côtés donnaient sur des rues bruyantes, où les voitures semblaient continuellement recevoir des appels d'urgence. Les deux autres côtés, celui du fond et celui de droite par rapport à l'entrée (pour s'exprimer avec la minutie des actes notariaux), étaient cernés par un monde hostile d'autres maisons, de murs mitoyens, de puits de jour, de lucarnes de cuisines et de salles de bains, par lesquelles les matrones du voisinage recevaient le soleil de midi ou bien scrutaient la rue quand elles se levaient le matin. Alfredo Cid était bien placé pour savoir que tout cela allait bientôt changer, que le jardin disparaîtrait, que les puits de jour se fermeraient et n'auraient plus pour unique frontière le soleil, mais bien un mur, d'autres lucarnes, d'autres matrones ayant désormais elles aussi perdu leur vue sur la rue. En revanche, on aurait remédié au gaspillage de terrain, or il n'est pas de plus grand service que l'homme puisse rendre à la ville qu'il aime.

Le chauffeur demanda, en ouvrant la portière :
— Je laisse la voiture ici ?
— Oui, bien sûr. Et tu m'attends.

À pied maintenant, Alfredo Cid songea à nouveau qu'il ne donnait pas là une image bien favorable, celle d'un capitaliste tout-puissant débarquant en Jaguar, comme prêt à asservir les autres sans tenir compte de leurs droits. On a beau savoir que ces droits n'existent pas — se disait Cid —, ou que l'on n'a pas à les respecter, il faut donner l'impression qu'on les respecte ; tel est le grand acquis démocratique et juridique des sociétés modernes. Toute administration publique digne de ce nom sait d'une part qu'il faut conserver les bourreaux, d'autre part qu'aujourd'hui les bourreaux ont un besoin impératif de conseillers en image et communication.

S'en voulant de n'avoir pas su rigoureusement tenir compte de cette norme élémentaire, et des avancées techniques de la démocratie, Alfredo Cid emprunta d'un pas alerte l'escalier de la tourelle. C'était une construction plutôt banale, mais non pas linéaire comme les édifices actuels, édifiés selon la seule loi du fil à plomb. La vieille tourelle exhibait au contraire des colonnes onduleuses, facile hommage à Gaudí et Puig y Cadafalch, des arcades sous lesquelles ne se tiendraient plus de réceptions, des niches dont les saints avaient disparu. Elle exhibait des mosaïques apportées de Manises, des grilles forgées par quelque artisan de Ripoll; elle exhibait des gargouilles dignes des Nibelungen germaniques, un toit rapiécé de plusieurs couleurs, et de merveilleux vitraux, si parfaits qu'une provenance légitime était inconcevable : ils avaient certainement été dérobés par le grand patron de la police de Chartres. Avec tout cela le silence, avec tout cela les arbres du jardin, des arbres si vieux, pensa Cid, qu'ils ne pouvaient abriter que des oiseaux gothiques.

Avec tout cela d'étranges reflets aux mansardes, où devaient encore guetter des visages d'enfants du XIXe siècle — entre-temps, bien entendu, décédés. Les photos sépia dans l'album de famille, la tache laissée au mur par un tableau disparu, le service à thé qu'on n'utilise plus, et là, au fond de la pièce, les étagères auxquelles plus personne ne touche, les étagères des fleuristes d'antan.

Le silence devint plus épais encore à l'intérieur de la maison, silence de réceptions sans invités, de salles à manger sans enfants, d'alcôves sans péchés, silence qui semble celui du dernier Ave de la ville, tu es bénie entre toutes les femmes, dans une Barcelone où les cloches ne sonnent plus. Et Alfredo Cid s'avance.

— Il y a quelqu'un ?

La grande cheminée du salon, avec sa large tablette de marbre sous un miroir de Murano encastré dans le mur, devenu inséparable du mur, sorte d'ombilic de cette maison. Merde, se dit Cid, pas moyen de récupérer ce miroir, il tombera en morceaux dès le début de la démolition, même si je ne fais travailler dans cette pièce que des gens délicats, des ouvriers triés sur le volet, c'est-à-dire pas encore pourvus de leur carte syndicale de démolisseur. Heureuse époque où les manœuvres parvenaient à tout préserver, où l'on pouvait compter sur leur patience, parce qu'une journée de plus ou de moins importait peu, où ils détachaient un par un les carreaux des murs, puis les nettoyaient afin qu'ils resservent dans d'autres maisons, pas encore surgies de terre. Ici, ils vont tout défoncer, même l'encadrement en marbre de cette cheminée si belle, si imposante qu'on aurait pu y mettre à rôtir — se dit Cid — l'agneau pascal, ou encore le fils illégitime de la servante et du majordome. Personne non plus, et merde, ne sauvera ce toit dont les décorations en bois pourraient provenir du dépeçage d'un galion des Amériques. De nos jours, une vieille maison n'intéresse plus que par le terrain qu'elle libère, tout comme on ne retient d'un défunt que la femme qu'il laisse derrière lui.

— Madame Ros! Vous n'êtes pas là ?

La rampe de l'escalier est en chêne véritable : bon, ça je pourrai le récupérer quand je ferai démolir la maison, après avoir fait déguerpir la racaille qui l'habite encore aujourd'hui. C'est pour ça que je suis venu, en fin de compte : un dernier avertissement, cette fois plus personnel. Un avis de dernier délai. Dehors! Car, au cas où tu l'ignorerais, madame Ros, il y a ici cinquante logements avec garage, débarras, air conditionné, cuisine à cinq feux, portes de sûreté, vue sur la station de taxis, standing. Le mot standing figurera sur toutes les publicités, ça fait toujours de l'effet. En plus, la rampe de l'escalier, je la garderai, ce sera pour le duplex du grenier, puisque j'ai déjà une option pour ce monsieur de l'Opus Dei qui veut faire installer une chapelle tout en haut.

— Écoutez, madame Ros, il vaudrait mieux que nous parlions. Ne vous cachez pas, enfin !

Alfredo Cid est en haut de l'escalier. Là, j'y suis, m'y voilà. Des maisons de deux étages avec la cuisine en bas et la salle à manger en haut, quelle drôle d'idée ! Et ces chambres à coucher : ça, pour sûr, les chambres à coucher sont superbes, de grandes chambres, avec fenêtres donnant sur le jardin, sur ses arbres centenaires et ses oiseaux gothiques. Des chambres à coucher si fastueuses que personne ne pourrait plus s'en payer de pareilles aujourd'hui, de vastes pièces pour s'y allonger entouré de femmes, pour y mourir entouré d'enfants, des pièces où les tapis devraient être ornés de fleurs de lys. Bon, m'y voilà, se dit à nouveau Alfredo Cid, c'est là que doivent se trouver Mme Ros et tous ses échéanciers jaunis. Et il tomba brusquement en arrêt devant la porte entrebâillée de la plus vaste des chambres à coucher (dont les fenêtres, effectivement, donnaient sur les arbres néolithiques et les oiseaux qui auraient dû être empaillés), et il resta cloué à cet endroit, cependant qu'une sensation de froid remontait le long de ses jambes, cependant qu'il appuyait les deux mains sur le chambranle et contemplait la femme morte.

III

Un grand garçon

Méndez considéra avec curiosité la chaise roulante, depuis l'autre extrémité de la salle, depuis l'une des fenêtres par lesquelles pénétrait cette lumière grise, brouillée, cette lumière matinale de dimanche de Noël, fruit des entrailles de la Calle Nueva.

— Qu'est-ce que c'est que ça ? demanda-t-il à l'organisateur — qui ne l'avait pas lâché d'un pas, car on ne sait jamais.

— Eh bien, je ne sais pas ; ça m'étonne.

— Personne n'est venu la retirer ?

— Non, visiblement. Et c'est bizarre, parce que nous l'avions achetée pour un invalide dont la chaise était très abîmée. Il en avait vraiment besoin.

— En ce cas, il est curieux qu'il ne soit pas venu, c'est sûr...

L'organisateur se gratta l'oreille.

— J'aimerais bien appeler ce pauvre homme pour savoir ce qui s'est passé, mais c'est qu'il n'a pas le téléphone. Comment est-ce qu'il paierait la compagnie, alors qu'il n'a pas de quoi régler son électricité ? Nous vérifions toujours, bien entendu.

Il ne peut pas payer. Mais, maintenant que j'y pense... Il y a un moyen de le joindre. En appelant la personne qui me l'a recommandé.

— Qui est-ce qui vous l'a recommandé ?
— Un journaliste.
— Un certain Carlos Bey ?
— Non. Pourquoi ?
— Parce que, ces derniers temps, il s'était lancé dans je ne sais quelle activité de bienfaisance.
— Eh bien, non, ce n'est pas lui..., fit l'organisateur. Laissez-moi me souvenir... Ah oui ! Il s'appelle Amores.

Méndez bondit.
— Quoi ?...
— Comme je viens de vous dire : Amores.
— Écoutez... Vous avez l'adresse de ce pauvre homme à la chaise roulante ?
— Oui, l'adresse, ça je l'ai. C'est à côté d'ici, dans le quartier ; mais je ne pourrai pas y aller aujourd'hui, ni demain. Pourquoi ?
— Il faut faire très vite, bredouilla Méndez.
— Franchement, je ne vois pas de raison. À moins que vous ne soyez chargé d'organiser le cent mètres obstacles en chaise roulante...
— Eh bien, moi si, j'y vois une raison. Cet homme-là n'en sait rien, mais Amores porte la guigne, une guigne noire. Je parierais qu'il est mort, votre invalide.
— Mais voyons, qu'est-ce que vous racontez ?
— Donnez-moi immédiatement cette adresse.

Méndez copia l'adresse, puis s'élança à toute vitesse vers la porte, où il arriva tout haletant.

Ce méritant policier était sérieusement entraîné

au dix mètres plat, mais à partir de douze il commençait à peiner, et à quinze il risquait d'y passer.

Il eut de la chance, car cette salle mesurait seize mètres de long selon l'architecte, soit en réalité quatorze mètres soixante-quinze. Il s'en était fallu de peu.

*

La grande Ursula marmonna :
— Va te faire foutre, Méndez.
La grande Ursula tenait, à l'entrée d'un bar, un bureau de loterie composé d'une chaise et d'une pancarte : son existence présente était donc assurée. Elle avait déjà à moitié payé son enterrement de première classe : son existence future l'était donc également. Elle touchait une pension depuis la mort de son mari, qui avait péri dans l'incendie d'un cinéma un jour qu'il avait pris une permission pour aller chez le médecin. Outre cela, elle possédait une collection de médailles pieuses et elle avait un fils qui venait la voir à Noël, ainsi qu'un amant aveugle qui venait la voir quand il pleuvait et qu'on ne pouvait pas mendier dans les rues. La grande Ursula habitait une chambre dont elle tirait un bon profit, car en son absence elle la louait à l'heure à des couples inexpérimentés et, de ce fait, prêts à tout.

Pour ce qui est du passé, durant les années de prospérité économique la grande Ursula avait exercé une profession beaucoup plus lucrative et bien mieux considérée socialement — quoique supposant également d'avoir une chaise à l'entrée d'un bar ; de là lui venait cette animosité à l'égard de Méndez qui, selon la grande Ursula, avait protégé toutes les autres mais pas elle, alors qu'un policier honnête, comme chacun sait, se doit de faire en sorte que toutes les femmes disposent des mêmes possibilités d'échapper à la loi.

Elle répéta sourdement :

— Va te faire foutre.

— Je t'ai seulement demandé si tu connaissais Antonio Pajares, ma jolie. Pas la peine de t'énerver !

— Il manquait plus que ça. On te reconnaît pas, Méndez. L'autre jour, t'étais si mal en point qu'on t'envoyait arrêter que les aveugles qui vendent de faux billets de loterie.

— Et il y en a un qui m'a échappé, reconnut Méndez. Mais on sait bien qu'avec le poids des années, personne ne peut prétendre rester à la hauteur en toutes choses. J'ai fait ce que j'ai pu.

— Maudit flic ! Maintenant c'est encore pire, non mais tu te rends compte ? Si bas, tu es tombé, que tu acceptes même d'arrêter des paralytiques... Eh bien, fais gaffe, Méndez, et écoute ce que je te dis : fais de la gym, entraîne-toi, ou bien celui-ci t'échappera aussi. T'es mal barré.

— Je ne suis pas venu l'arrêter, dit Méndez avec une douceur évangélique. Je veux seulement savoir s'il habite ici, parce que dans ces immeubles, on ne s'y retrouve pas. C'est pour pas aller demander à tous les étages, tu vois. Les escaliers, ça me fatigue.

— Voilà autre chose ! T'as le cerveau qui ramollit, Méndez. À tous les étages ? Mais où donc veux-tu qu'il vive, un malheureux comme ça, qui peut pas se déplacer sans sa chaise roulante ? Au grenier, ou quoi ? À moins, peut-être, que dans ce genre de cambuses, son proprio lui installe un ascenseur ?

— Un ascenseur avec bidet, intervint la femme qui occupait la chaise voisine, avec bidet et tout et tout.

Méndez amorça une retraite stratégique.

— Mais c'est vrai, murmura-t-il. Il ne peut habiter qu'au rez-de-chaussée, bien sûr. Où ai-je la tête ?

Et il se sauva.

À la vérité, Méndez avait de bonnes raisons de savoir que tous les paralytiques n'ont pas la chance d'habiter au rez-de-chaussée. Certains sont condamnés (vingt ans et un jour, sans permissions ni visites en tête à tête) à la détention dans des appartements de quarante mètres carrés, avec un géranium sur le balcon, un oiseau, une persienne qui se coince, une conduite d'eau qui goutte et une voisine qui chante. Un jour peut-être, pensa Méndez, quelqu'un écrira l'histoire de cette ultime solitude ; lui-même n'aurait pu le faire. Sans doute la voisine ou l'oiseau le pourraient-ils, à l'intention l'un de l'autre exclusivement.

Méndez reprit discrètement son chemin.

Il se souvenait parfaitement bien d'un paralytique de ses amis, que sa femme avait surpris un soir à se faire accorder sous le porche quelques faveurs d'alcôve, à la suite de quoi elle troqua la location du rez-de-chaussée pour celle d'une petite chambre située sur la terrasse du même immeuble et d'où le paralytique ne pouvait plus sortir, sans compter qu'il en vint à échanger, prudemment, des insultes avec un Arabe. Le dessein de l'épouse était bien sûr de préserver la fidélité conjugale, mais Méndez soupçonnait que son mari et l'Arabe avaient fini par trouver un arrangement dans quelque recoin sentimental de cette terrasse, louée soit la sagesse du Prophète qui, au bout du compte, porte remède à toutes choses.

Il pénétra sous le porche ; c'était un lieu obscur et fétide, mais plein de vie. Un chien tenta de le mordre, une vieille lui demanda où il allait, une jeune lui proposa en exclusivité une innovation d'ordre sexuel, un garde municipal qui fourgonnait dans les boîtes à lettres prit la fuite à la hâte. Tout l'escalier vaquait à ses occupations de chaque jour, dans un bonheur à toute épreuve. Méndez comprit où vivait le paralytique en entendant, derrière une porte du rez-de-chaussée, les glapissements pitoyables d'un chien qu'on ne devait pas avoir promené depuis l'époque de l'arche de Noé. Ou bien son maître n'était pas là, ou bien ce maître n'était pas non plus en mesure de sortir, par exemple pour emmener le noble canidé faire ce qu'il avait à faire. Méndez sonna.

La femme déjà mûre qui lui ouvrit tenait à la main une poêle, qu'elle brandit affectueusement pour l'accueillir :

— Saloperie de police, fit-elle.

Elle voulut refermer la porte, mais Méndez interposa sa chaussure, avec une habileté digne d'un vétéran stipendié par les caïds des bas-fonds.

— Je voudrais seulement voir Antonio Pajares, dit-il. Je ne viens arrêter personne.

— Voir Antonio ? Depuis quand les flics prennent-ils la peine de venir voir ce pauvre Antonio ? Allez donc vous faire mettre, sûr que vous aimez ça ! Ce que vous voulez, c'est embarquer mon garçon. Tirez-vous d'ici ! Je suis chez moi ici, espèce de salopard !

Méndez ne savait pas qui était ce garçon dont elle parlait, d'ailleurs il s'en fichait, mais il nota mentalement le nom et l'adresse, au cas où une plainte serait déposée dans le quartier. Dans un endroit pareil, il pouvait arriver n'importe quoi, depuis la location d'une chambre à deux sodomites arméniens, jusqu'à la fabrication de bombes nucléaires pour le gouvernement de Tanzanie. Il donna une bourrade et entra, sans avoir trop de mal à repousser la femme, malgré la poêle qu'elle tenait à la main.

Le paralytique était bien là, dans un fauteuil à moitié disloqué ; d'une main il tripotait la radio, de l'autre il retenait le chien glapissant. Étrangement, et tout au contraire de la femme, il parut soulagé en apercevant Méndez.

— Ah ! fit-il. Vous venez pour la plainte.

— Oui, bien sûr. La plainte.

Et Méndez ajouta en soupirant :

— Ça me fait plaisir que vous soyez en vie ; vous ne pouvez pas savoir à quel point ça me fait plaisir.

— Et pourquoi je serais pas en vie ? Jusqu'à nouvel ordre, personne m'a attaqué. On m'a seulement volé ma chaise.

— On vous l'a volée ?

— Oui. C'est pour ça que j'ai pas pu aller chercher l'autre, celle qu'ils allaient me donner, au machin de bienfaisance. Comment ils auraient voulu que j'y aille ? À cheval ? Ou sur les épaules de la vieille ?

— La vieille, c'est votre mère ?

— Non. C'est ma tante. Elle a tué ma mère il y a trente ans et écopé de dix ans, comme vous la voyez.

Méndez fronça un sourcil. Il avait beau avoir passé toute sa vie dans le quartier, jamais il n'avait vu ni entendu chose pareille.

— Et pourquoi vivez-vous avec elle ? demanda-t-il.

Le paralytique haussa les épaules et leva un peu les mains, sans lâcher le chien.

— Et que voulez-vous que je fasse d'autre ? bredouilla-t-il. C'est la seule parente qui me reste. Si vous me trouvez un autre arrangement...

— Bien sûr... La seule parente. Dites-moi... Pourquoi est-ce qu'elle avait fait ça ?

— C'est là-dessus que vous venez enquêter maintenant, poulet ? Vous débarquez ? Ça fait trente ans, dites donc. Je croyais que vous étiez venu pour le coup de la chaise ! Parce que la chaise, au moins, ça remonte à hier, c'est du frais.

— Non... Je n'ai aucun motif d'enquêter sur l'autre affaire, bien sûr que non, fit Méndez d'un ton patelin. Tout doit déjà figurer aux archives idoines, c'est-à-dire désignées par la hiérarchie. Personne ne se risquerait à tenter de retrouver le dossier, même si on doublait le nombre d'archivistes : trop de travail, dans la poussière, dans la crasse. Je posais la question par simple curiosité.

— Elle avait fait ça à cause de mon père, répondit le paralytique d'une voix à peine audible.

— Ils vivaient tous ensemble ? Dans le même appartement ?

— Oui.

Méndez fronça un sourcil.

— Je comprends, murmura-t-il en changeant de ton. C'est toi, le « garçon » ?

— La vieille m'appelle toujours comme ça, une foutue manie qu'elle a, je sais pas comment la lui faire passer. Pourtant, j'ai plus de trente-cinq ans, hein ? Mais rien à faire : le garçon.

— Et qu'est-ce que tu fabriques ces derniers temps, mon garçon ?

— Vous aussi, maintenant ?... Eh ben, faut bien vivre de quelque chose, pas vrai ? On m'a supprimé la vente de billets, vous imaginez un peu cette saloperie ; comment peut-on faire ça à quelqu'un comme moi, incapable de se déplacer ? Alors voilà, je m'arrange avec ce qui rapporte un peu...

— Les tombolas de bistrot, le mouchardage, le bonneteau...

— Tout ce qui rapporte, mais réglo. Des choses normales, qui font de mal à personne. Le bonneteau, ça me permet au moins de travailler, vu que ça se fait sur une table. Parce que m'agenouiller par terre, moi je demanderais pas mieux, mais je peux plus.

— Et puis un petit sachet d'héroïne par-ci, par-là, sans faire de mal à personne, bien sûr, chuchota Méndez.

— Non, aucune cochonnerie de ce genre, croyez-moi. Et puis quoi encore ?... Bien sûr, quelques miettes d'herbe, ça je dis pas...

— D'accord, mon garçon, d'accord... Tu diras à la vieille que personne ne va t'arrêter. Dis-lui aussi que je suis uniquement venu pour la chaise. Quand est-ce qu'on te l'a volée ?

— Je vous l'ai dit : hier. Et la vieille est tout de

suite allée porter plainte. La chaise ne valait pas grand-chose, mais j'en avais besoin. Vous voyez, je peux même pas aller chercher l'autre. Quelle chiasse !

Méndez épousseta pensivement sur les revers de son veston quelques pellicules et bouts de cheveux, ainsi que des granules indéfinissables, de teinte marron, qu'on lui avait lancés dessus d'un balcon, avec amour.

— Ça manque pas de jus, hein ? murmura-t-il au bout d'un instant. Tu vois ça, voler une chaise roulante, et pas toute neuve encore ! Jusqu'où ça ira ? Ils finiront par voler une cargaison de capotes. Et où est-ce que tu l'avais laissée, mon garçon ?

— Sous le porche, mais seulement pour la nuit. Un ami à moi devait l'emporter à la première heure pour rajuster le siège, qui fichait le camp.

— Peut-être qu'un autre paralytique du quartier en avait besoin ? C'est qu'on voit toute sorte de choses... Il y a d'autres invalides par ici ?

— Bien sûr qu'il y en a. Des tas. Mais je connais ma chaise, pour ça oui, je la connais. Personne de par ici ne peut l'avoir, parce que celui qui l'aurait, je lui fous les deux roues dans le cul et je les y fais tourner, tu parles que je lui mettrai !

Méndez se dirigea vers la porte, sans attendre que l'autre se répande en détails sur cette nouvelle et prometteuse invention érotique.

L'affaire qui l'avait d'abord tant frappé (parce que, si Amores y était mêlé, on pouvait tout de suite s'attendre au moins à un cadavre) se réduisait maintenant à un misérable vol, ou à une farce abjecte, mais rien de plus. Pour une fois, Méndez aurait entendu parler d'Amores sans que surgisse aucun mort privé de sépulture. En conséquence, l'affaire ne l'intéressait plus ; on aurait presque pu dire qu'il se sentait frustré. Il se contenta de lancer depuis la porte :

— Je m'arrangerai pour que ceux de la bienfaisance t'apportent ta nouvelle chaise ici, je vois que tu en as besoin d'urgence. En même temps, je demanderai si quelqu'un est tombé sur l'ancienne, comme ça tu auras les deux. L'autre, tu pourras l'arranger, je suppose ?

— Bien sûr. Et peut-être même que je vous en ferai cadeau, suggéra aimablement le « garçon ».

Méndez ne se formalisa pas. Au contraire, avec une grande finesse, il répondit :

— Merci.

Le fait est que ses rhumatismes commençaient à lui gâcher l'existence. Et puis, qui peut savoir de quoi il aura besoin un jour ?

*

Voilà, c'était bien le passage. Sale et gris, avec des caisses vides entassées au fond, du linge suspendu aux fenêtres, des chats qui faisaient le guet de loin, les portes d'un atelier où l'on ne fabriquait plus rien, même plus de l'espoir. Comme ça, à la lumière du jour, le passage paraissait encore plus resserré et hostile que de nuit, bien qu'il faille reconnaître que les voitures de la police et du juge lui conféraient un certain éclat officiel. Il y avait même là une femme policier — plutôt maigrichonne mais qui, selon Méndez, méritait encore d'être regardée et palpée — pour régler la circulation.

Quelqu'un dit à côté de lui, devant les grilles qui fermaient en partie le passage :

— Le juge vient seulement d'arriver. Pour un crime qui a eu lieu hier soir !

Méndez approcha. Il n'eut pas besoin de montrer sa plaque, car tous les flics de Barcelone le connaissaient, et se tenaient à une distance convenable de lui. L'inspecteur chargé de l'affaire le regarda de loin, l'air mi-surpris, mi-sibyllin, comme si Méndez était venu à un banquet de noces pour y demander l'aumône. Puis il lui tourna le dos.

Derrière cet inspecteur surpris et sibyllin, on distinguait la silhouette un peu voûtée du juge, qui portait un manteau noir à col de velours et tenait à la main droite un vieux cartable d'écolier, auquel il devait tenir beaucoup et qui pouvait avoir jadis recelé les premiers vers d'Antonio Machado ou, qui sait, quelque lettre d'amour écrite par un adolescent à la plus jeune de ses tantes. Autour de ce juge flottait une lointaine nostalgie, qu'on imaginait liée à un casino de petite ville, à une croix sur un chemin de Castille. Plus loin encore se trouvait un secrétaire qui ne prenait pas de notes, se contentant de scruter les atours féminins sur l'étendoir en supputant l'envergure de leurs propriétaires. L'horizon visuel de Méndez était bouché par un gros photographe, en jeans et en blouson, qui prenait des clichés avec ennui. Par un sergent de la police nationale qui rajustait son béret par intervalles. Par le cadavre, recouvert d'une couverture. Enfin, par la chaise roulante.

Méndez secoua respectueusement ses revers de

veston, comme il faisait dans les occasions solennelles requérant un certain air de dignité.

— Quand est-ce que ça s'est passé ? demanda-t-il.

— Cette nuit. Il devait être à peu près deux heures du matin, répondit dédaigneusement l'inspecteur surpris et sibyllin.

« Donc, après que j'ai parlé avec le garçon, pensa Méndez. Il ne savait toujours pas où était passée sa chaise roulante, dont quelqu'un manigançait de se servir pour faire ça. Il faut voir. »

— Qui vous a mis au courant ? lui demanda l'inspecteur sans daigner le regarder.

— On me l'a dit au commissariat. Qu'un crime avait eu lieu ici. Mais moi, j'étais seulement sur la piste de la chaise roulante, voyez-vous. Si je suis venu, c'est que j'ai appris qu'on avait trouvé cette chaise à côté du cadavre.

— Oui... C'est un élément inexplicable.

— Peut-être que le mort était paralytique ? hasarda Méndez.

— Non... Absolument pas ! C'était un homme parfaitement normal, d'ailleurs nous l'avons déjà identifié. C'est un nommé Francisco Balmes, mais apparemment tous ses amis l'appelaient Paquito.

— Profession ?

— Représentant en bijouterie fantaisie, mais, apparemment, il ne travaillait pas énormément, et ne gagnait donc pas grand-chose. Marié, sans enfants. Domicilié Calle del Rosal, tout près du Paralelo. Vous voyez un peu si je me suis remué, pour découvrir tout ça avant l'arrivée du juge, Méndez ?

Et il ajouta :

— Pas de commentaire ?
— Non, rien, rien... Je tiens seulement à vous faire connaître mon profond attachement à tous ceux qui ressentent au plus profond d'eux-mêmes l'appel du service.
— À propos de service... Vous, qu'est-ce que vous faites ici, Méndez ?
— Pour ainsi dire rien. Je ne viens pas pour la victime, seulement pour la chaise, je vous l'ai dit.

Et Méndez avança de quelques pas ; non vers la chaise roulante, toutefois, mais vers le mort. Soulevant la couverture, il jeta un coup d'œil au corps puis le couvrit à nouveau, avec une sollicitude maternelle, comme pour lui éviter d'attraper froid.

— Eh bien, pour un représentant impécunieux, je le trouve assez élégant, dit-il en revenant près de l'inspecteur. Bien habillé, des chaussures chères... aux semelles éraflées et crottées, ce qui indique qu'il marchait ; il n'était pas dans la chaise roulante, c'est évident.

— Je m'en suis aperçu aussi, Méndez. Ne croyez pas que vous soyez le seul. Le mort, je vous l'ai dit, n'avait absolument pas besoin de ce genre de bécane. D'ailleurs personne, dans le quartier, ne connaît ce machin à moitié foutu, personne n'avait jamais vu cette chaise. De deux choses l'une, ou bien quelqu'un l'avait abandonnée dans ce passage comme un rebut, le fait est qu'elle est presque inutilisable, ou bien, si incroyable que ça puisse paraître, c'est l'assassin qui était dedans. Peut-être que ça n'a aucun sens, que les choses ne se passent jamais comme ça. Pourtant, cette fois-ci, ç'a été le cas.

Méndez fit un geste d'approbation, laissa sa

gorge émettre un bruit d'orgue en réparation, puis avança jusqu'à la chaise. Le siège en était presque détaché, aussi Méndez ne douta pas que ce fût celle qu'on avait volée au « garçon ». Ses yeux errèrent ensuite sur la porte de l'atelier, les caisses vides, les chats à qui personne ne se disposait à offrir le moindre espoir d'amour, eux qui n'attendaient que cela. Son regard s'arrêta un instant sur le couteau taché de sang, que le juge était en train d'examiner ; c'était sans nul doute l'arme du crime. Mais, comme Méndez n'avait aucune chance de pouvoir fourrer le nez dans cette affaire d'assassinat, il décida de l'oublier. Il remarqua en revanche la main du cadavre, qui dépassait de la couverture et à laquelle brillait un anneau d'or orné d'un rubis, rouge comme la dernière larme du Christ.

Méndez s'y connaissait en bijoux volés — pour être ensuite revendus comme articles de premier choix aux vertueuses dames des trottoirs de Fernando ou d'Escudellers —, et il calcula immédiatement que cette bague, même en solde, valait bien dans les deux cent mille pesetas, encore qu'un voleur l'aurait cédée pour moins de la moitié. Compte tenu que le mort avait été entièrement dévalisé (on distinguait encore, à l'annulaire, la marque d'une chevalière), il semblait tout à fait étrange qu'on n'ait pas voulu ou pas pu lui arracher cette bague. Peut-être l'avait-il défendue de toutes ses forces, car on pouvait observer un trait de sang sur le doigt, comme si on avait tenté de le lui sectionner. Était-ce en voulant défendre cette bague qu'il avait été tué ? L'agresseur avait-il perdu son sang-froid en cherchant à la prendre ? C'était peut-être ça ?

*

Cet après-midi-là, Méndez prit d'abord soin de faire savoir au «garçon» que sa vieille chaise roulante ne lui serait pas restituée tout de suite, car la police devait la garder un peu pour y chercher des empreintes digitales. Puis il se rendit à la morgue du Clínico, un lieu exaltant, où il espérait qu'on le laisserait examiner tout à loisir les doigts du cadavre.

La chance lui sourit : le préposé était toujours le même ami qu'il connaissait depuis longtemps. C'est donc tout à loisir que Méndez put examiner les mains de Paquito, auxquelles ne brillait plus aucune bague. Visiblement, le juge avait fait retirer la seule qui restait, celle au rubis. Mais les marques des deux bijoux restaient bien visibles, surtout celle-là.

Méndez demanda au préposé, devenu avec le temps aussi expert que les médecins légistes :

— Croyez-vous qu'on ait tenté de le lui sectionner ?

— Oui, à mon avis oui. C'est une blessure assez profonde et surtout très droite, très régulière. Si on la lui avait faite pendant la bagarre, elle se présenterait plus en biais, le tracé serait plus tremblant, et surtout il y en aurait d'autres à côté. Je n'en jurerais pas, mais selon moi on a essayé de lui trancher le doigt. Simplement, on n'a pas dû avoir le temps de finir.

— C'est à ce doigt-là qu'il portait une de ses deux bagues, soupira Méndez.

— Oui. On voit encore la trace.

— Et celle-là, on n'a pas pu la lui enlever. Quand je l'ai vue sur le cadavre, je me suis dit qu'il avait sans doute donné sa vie pour la défendre, parce qu'il s'était déjà laissé voler tout le reste, probablement sans résistance. Bon, eh bien merci !

Il était déjà à la porte quand son ami lui demanda :

— Est-ce qu'on peut mourir pour une bague ?

— Ça dépend de la valeur qu'elle a. La valeur sentimentale, je veux dire.

Et il ajouta, en faisant un pas de plus :

— Peut-être que cette résistance était à peu près suicidaire, mais c'est justement ce qui me donne à penser. Les gens se suicident toujours par sentiment, vous savez bien.

Avant de se retrouver dans la rue, Méndez croisa dans le couloir un groupe fourni d'administrateurs de la Sécurité sociale. Bien conscient qu'une telle occasion ne se représenterait pas de sitôt (car, comme disaient les Anciens, la Fortune est chauve par-derrière), il ne procéda pourtant à aucune arrestation.

*

La Calle de Salvá et la Calle del Rosal, dans le Pueblo Seco barcelonais, partent du Paralelo, séparées entre elles par quelques bâtiments dont l'un représente un véritable foyer de civilisation, un des plus importants vestiges du passé européen : le Molino. Tout à la fois cabaret, caf'conc', nid de poètes en radicale décomposition, bourse de commerce pour les céréales en gros, les aciers d'Avilés, le tabac saisi en douane, les voitures d'occasion, et les demoiselles susceptibles de rendre quelque service.

Le Molino sert aussi de repaire à des érotomanes espérant trouver parmi les girls la femme de leurs rêves ; à de jeunes ménages cherchant une inspiration pour le premier et joyeux coït de leur première nuit ; à des ménages en phase terminale cherchant un peu d'excitation pour le dernier et désolant coït (ou tentative en ce sens) de ce qu'ils soupçonnent devoir être leur ultime nuit. L'établissement est grand ouvert aux étudiants qui préparent depuis des années un examen des plus ardus ; aux paysans des alentours, chez lesquels se perdent les vertus de la race, vu que plus aucun ne rêve de se livrer au triolisme avec une girl et une pouliche ; aux retraités encore sur le pied de guerre ; aux employés d'âge mûr qui jurent ne venir là que pour la musique ; aux sous-locataires nostalgiques qui un jour, un après-midi, ont fait l'amour.

Le Molino, avec ses ailes éternellement immobiles et une scène qui est sûrement la plus petite du monde, appartenait également à l'univers de Méndez qui, bien des années auparavant, y avait très efficacement exercé sa surveillance à l'encontre des clients qui cherchaient à stimuler manuellement leur voisin et de ceux qui ne payaient pas le «champagne de la maison», c'est-à-dire la limonade. Méndez ne se proposait plus pour cette importante mission, parce qu'elle ne présentait plus les mêmes attraits : le public avait changé, les clients se manipulaient solitairement (autrement dit, ne se souciaient plus du tout de venir en aide à leur prochain), buvaient du véritable champagne Codorniu, et réglaient la note dès la première sollicitation des serveurs ; c'était, on le voit, un public qui n'apportait plus d'émotions fortes, un public sans grand intérêt. Méndez se souvenait cependant fort bien des couplets de Bella Dorita, qui tenait dans sa bouche toute l'histoire du Paralelo, sa bouche grande dont la voix chaude et profonde portait toute la joie, toute la mort, de la nuit et de la jeunesse qui passent («L'électricien est v'nu / Me contrôler l'compteur / Y m'a dit que j'l'avais / Absolument super / Y'avait qu'un p'tit défaut / Facile à réparer / Un p'tit trou rigolo / Mais qu'lui y'peut boucher »). Ou les adieux de Johnson, un homme qui marchait — disait-on — à la voile et à la vapeur, c'est moi le roi du Molino, et qui traînait le passé tout entier dans son regard égaré («Bien qu'on m'accuse sans raison / De n'être qu'un petit... fripon / J'aime les fill' avec passiooooon »). Quand dans le public un excité l'insultait, Johnson lui répondait avec aplomb : « Toi, la ferme, j'finirai par t'avoir. »

Méndez se rappelait aussi les débuts d'Escamillo, car Escamillo avait été jeune et possédait alors un beau filet de voix et des yeux tournés vers le ciel, jusqu'au jour où les entrailles de la petite scène l'avaient dévoré et livré au temps sans retour. Et la chanson canaille des filles de l'orchestre qui montait dans la lumière jusqu'à la fumée bleue de la dernière tribune («La banane pour la manger / Il faut lui enl'ver la peau / Si vous voulez je vous la pèle / Et puis c'est vous qui la mangez »). Et le cancan, tout juste toléré dans ces années-là par la censure officielle : des femmes qui montraient leurs jambes et leurs dessous comme dans un «salon» privé; et Lidia, la compagne de Johnson, disparaissant dans le vide, avalée par les nuits orphelines; et les cuisses de Maty Mont, et le silence sidéral de la rue quand le Molino avait fermé, qu'aucun tramway ne passait plus sur le Paralelo et qu'à la jonction de Calle del Rosal et Calle de Salvá ne restaient dans la solitude de la nuit qu'une vieille en quête d'un porche pour y brûler son dernier clope, qu'une jeune en quête d'un client pour brûler avec lui sa dernière espérance.

À la grande époque de Méndez, quand le Paralelo — malgré la misère générale du quartier — était une fête, la petite place devant la façade du Molino accueillait un très actif commerce indigène : l'été, melons et pastèques, l'hiver, café ou chicorée chauds servis sur de petits chariots ambulants. En automne s'installaient les marchandes de marrons, et quand venait le printemps Méndez se plantait là pour regarder fleurir les gamines faisant parade de leurs fesses, et les poètes au regard perdu s'apprêtant à faire parade de leur inspiration urbaine. Une partie de ce très actif commerce, celle-là réservée aux initiés, se déroulait, avant sa disparition, dans un mastroquet où les traminots, entre chien et loup, avalaient leur premier breuvage du matin et où les encaisseurs à domicile échouaient parfois, se demandant s'ils devraient encore monter des escaliers pour atteindre le paradis annoncé. Le secteur du Molino regorgeait de cafés à la clientèle increvable (le Rosales, l'Español) et de cabarets pour hommes intrépides (le Sevilla, le Bataclán), mais ces grands temples de la convivialité avaient cessé d'exister.

Ils avaient été remplacés par des magasins de meubles à crédit, avec en vitrine des cuisines tout équipées grâce auxquelles chaque bonne épouse verrait son travail à ce point facilité qu'elle trouverait enfin le temps de pratiquer l'adultère.

Cependant, ce n'était pas la nostalgie qui avait amené Méndez dans ce vieux quartier, mais une mission bien précise. Francisco Balmes — Paquito, l'homme assassiné — avait habité Calle del Rosal, presque sur le Paralelo, tout à côté du Molino. Et Méndez voulait s'entretenir avec sa veuve.

Ce n'était bien sûr pas lui qui était chargé de l'affaire : celle-ci relevait d'un autre district et déjà d'autres hommes examinaient les pistes. Du reste, son chef, dans le sombre bureau de la Calle Nueva, lui avait interdit de s'immiscer en rien dans une affaire qui n'était pas de sa compétence. Ce courtois dialogue s'était déroulé exactement ainsi :

— On m'a dit que vous étiez allé fouiner dans l'histoire du cadavre de ce Balmes, Méndez. Celui que tous les collègues appellent déjà « le mort à la chaise roulante ».

— Allons donc, je n'étais intéressé que par cette chaise, commissaire.

— Ah bon ? Et pourquoi cela, vous allez prendre votre retraite ? Parce que si c'est le cas nous nous cotiserons pour vous en offrir une, de chaise roulante ! Je mettrai moi-même les premières 2 000 pesetas, n'en doutez pas.

— Ce ne serait peut-être pas une mauvaise idée, savez-vous. Mais pas pour ma retraite. En fait plutôt parce que, au contraire, avec une chaise comme ça je travaillerais mieux. Il m'arrive de me fatiguer quand je dois poursuivre les gens à pattes.

— Vous ? Qui diable poursuivez-vous donc, Méndez ?

— La semaine dernière, il s'en est fallu d'un mètre que j'attrape le Serrano, celui qui vend de l'herbe Calle de Santa Madrona. Avec un peu d'aide, j'y serais arrivé. Manque de pot, j'ai raté le dernier sprint.

— Le Serrano ? Mais le Serrano est boiteux !

— D'accord, mais ça c'est une autre question.

— Et puis merde, Méndez ! Ici, bon, vous faites votre travail, plutôt mal que bien. Mais vos loisirs, occupez-les plutôt à taper le carton, est-ce que vous allez enfin piger ? Je ne veux pas vous voir là où personne ne vous a rien demandé. Vous m'avez bien compris ? Putaaiin !... Mettez-vous enfin ça dans la tête !

— Oui, monsieur le commissaire, bien sûr. Dieu me garde d'aller me fourrer dans cette affaire. J'attendrai au moins que le mort m'écrive personnellement.

Le fait est que personne n'avait appelé Méndez dans le secteur du Molino, et qu'aucun défunt ne lui avait écrit ; mais le policier estimait qu'aller présenter ses condoléances à une vertueuse veuve, aux noms des forces répressives de l'État, représente un acte social. Si en outre la veuve avait encore belle allure et arborait, ultime hommage à la profession de son mari, quelque extravagant bijou entre les seins, il pouvait s'ensuivre des conséquences transcendantales (au sens le plus philosophique du terme, naturellement). Si la dame portait en outre une ceinture de chasteté, fût-ce en toc également, Méndez se verrait pleinement récompensé : il pourrait lui faire la conversation, la peloter un peu, puis repartir la tête haute en considérant que s'il n'avait pu en faire plus, ce n'était pas sa faute mais celle de cette maudite ceinture. En revanche, une veuve qui lui aurait demandé, après les condoléances, de remplir ses devoirs civiques, l'aurait plongé dans un irréparable embarras.

Il y avait encore une autre raison. Un assassin qui traque ses victimes sur une chaise roulante est, à tout le moins, un artiste. C'est pourquoi il méritait aussi, à tout le moins, la curiosité sentimentale de Méndez.

La dame avait effectivement bonne allure, et portait bel et bien des bijoux fantaisie, mais elle resta froide, affligée et distante, comme se doit de le faire toute veuve décente, se dit Méndez, pendant les premières quarante-huit heures. L'appartement, par ailleurs, ne permettait guère que des effusions érotiques en mode mineur : si l'on commençait à caresser la dame dans la salle à manger et que, pour accréditer sa vertu, elle s'agitait un peu, sur le mode de la résistance passive, il ne restait plus qu'à aller achever dans la rue cette importante manœuvre. Il n'y avait tout bonnement pas assez de mètres carrés pour faire autrement. C'était un petit appartement, comme presque tous ceux du Pueblo Seco, avec une entrée surchargée (une entrée fantaisie, si l'on peut employer cette expression), une cuisine, une salle à manger, deux chambres, une galerie sur cour où se trouvaient les toilettes et qui donnait sur le linge étendu, la rumeur des radios locales et des télévisions régionales, une épouse débordant de reproches, un chien débordant de regards, un mari débordant de suspicion.

La veuve murmura, en ouvrant la porte :

— Je vous en prie, entrez.

Elle devait le prendre pour un collègue de son mari, c'est-à-dire un autre représentant, bien que Méndez ne ressemblât guère à un spécialiste de bijouterie fantaisie, autant dire de mensonges pour les femmes, mais plutôt d'ornements pour cercueils et urnes funéraires, c'est-à-dire de mensonges pour les morts. Il répondit : « Merci, je suis à vos pieds, madame », et s'assit dans le petit salon salle à manger, où s'était rassemblé tout un peuple souffrant. Deux voisines prêtes à parler d'autres décès absolument étonnants. Un encaisseur de quittances inencaissables déterminé à s'écrier que la vie est dégoûtante et que des choses comme ça ne devraient pas exister, jamais. Un tout jeune avocat s'apprêtant à proclamer que la loi est constamment bafouée, que la vertu punitive de la justice s'est perdue. Un voisin avide, prêt à se farcir la veuve en témoignage de bonne volonté. Un chat siamois obsédé par l'idée d'occuper sur le lit la place laissée par le défunt. C'était un monde clos, parfait, ordonné, duquel Méndez se sentit immédiatement exclu.

La veuve s'assit près de lui et le regarda plus attentivement, s'apercevant qu'il ne pouvait être un collègue de son mari. Elle supputa rapidement les possibilités et parvint à une conclusion sans appel :

— Vous venez sans doute pour une facture des pompes funèbres.

— Oh non, madame, pas du tout. J'avais rencontré votre mari il y a des années, bien des années. Nous avions travaillé ensemble.

Elle eut le bon goût de ne pas lui demander où. Dieu seul savait, songea Méndez, dans quels endroits, dignes d'être tus, avait pu travailler Francisco Balmes. La veuve soupira et dit :

— Enchantée. Je m'appelle Esther.

— Moi, madame, avec votre permission, je m'appelle Méndez.

— Quel malheur, n'est-ce pas, quel malheur... Et comment avez-vous su, pour ce pauvre Paco, depuis le temps que vous ne vous voyiez plus ?

— Par les journaux, madame. J'ai tout de suite reconnu le nom, et vous n'imaginez pas ce que ça m'a fait. Paco était quelqu'un d'unique...

— Quel coup, n'est-ce pas, quel coup... Qu'est-ce que je vais devenir maintenant, mon Dieu ?

— Ce pauvre Paco vous aura bien laissé une pension, quelques économies ? insinua Méndez, constatant pour la énième fois combien il est logique que les femmes vivent plus longtemps, elles qui dans le fond de leur âme ont toujours projeté un avenir solitaire.

— Me laisser quoi ? Comment le pauvre Paco aurait-il pu prévoir qu'il allait mourir ? Il ne pensait jamais à ces choses. Un petit rien des autorités régionales, oui, voilà ce qu'il m'aura peut-être laissé. Une misère, voilà tout...

— Il y a une solution à tout, madame, vous verrez. Les choses de la vie finissent toujours par s'arranger, il faut seulement leur laisser le temps. Le temps...

Et il la considéra avec plus d'attention, dans le

silence de cette pièce donnant sur les cours communes, entre les cric-cric que produisaient dans les meubles d'historiques vers à bois, les hum-hum de l'aimable voisin disposé à consoler la veuve sans plus tarder, sur le tapis, les aïe-aïe des amies prêtes à évoquer la dignité d'autres décès, sans plus tarder non plus, dans l'appartement contigu, impossible de faire plus près. La veuve Esther avait-elle quelque chance de voir la vie lui offrir à nouveau un futur, autre que solitaire ? se demanda Méndez. À bien l'observer, à la faible distance que permettait cette pièce exiguë, enveloppée dans les bruits furtifs qui dans ce logement constituaient le tissu du temps, il se rendit compte que oui, il lui restait certaines chances. Esther devait avoir dans les quarante-cinq ans ; ses mollets un peu épais promettaient un peu plus haut de ces luxuriances que les anciennes civilisations — et Méndez avec elles — avaient su apprécier. Ses hanches étaient larges et son ventre, déjà un peu massif, possédait le degré de maturité, de sagesse et d'hospitalité nécessaire pour accueillir avec résignation tous les mensonges. Les ventres jeunes — se dit Méndez — n'admettent que les vérités, et s'épuisent, tandis que les mensonges, à la longue, finissent par former un délicat tissu culturel. Ses seins, encadrés par une robe violette et un cardigan noir, n'étaient pas faciles à décrire, à peine si quelque relief les dénonçait : mais à coup sûr c'étaient des seins — se disait toujours Méndez — qui ne connaissaient ni le doigt ni la langue, ni la lactation de bon aloi ni la succion profane. Une poitrine de serre, de coiffeuse à glace ovale, de chemise de nuit à l'ancienne, des mamelons pointant vers la pénombre du plafond, en l'absence du mari. Son cou ne portait pas encore ces plis qui sont, tout comme les anneaux des arbres, les marques envoyées par les années depuis le fond de la terre. Sa peau était fine, peut-être trop blanche, mais Méndez aimait cette sorte de peaux qui s'harmonisent aux intérieurs, savent contraster avec une dentelle faite main, et près des meubles usagés lancent une provocation de soie, un éclat de blancheur. Bon, eh bien voilà, Seigneur, cette femme conserve son attrait d'antan, et sa bouche — tu le vois bien, Méndez — doit être aussi une bouche pleine de résignation et, à considérer les choses du côté sentimental, pleine de savoir-faire.

Elle murmura :

— Ma vie n'aura plus de sens désormais, monsieur Méndez.

— Consolez-vous, madame, quoique je sache que c'est plus facile à dire qu'à faire. Au moins, vous avez été heureuse.

— Quoi ?

— Heureuse.

— Je ne peux pas nier que je l'ai été, bien sûr que non, même si la vie, toute la vie, comment vous dire, constitue un problème depuis le jour où l'on naît. Mais comment savez-vous cela, monsieur Méndez, alors que vous ne me connaissiez pas et que vous ne fréquentiez plus mon mari depuis tant d'années ?

— Il devait vous aimer — répondit-il en pensant au rubis, à la rouge larme du Christ, symbole paisible de la fidélité qu'il avait un jour promise à cette femme. — Je suis convaincu qu'il devait vous aimer beaucoup, plus peut-être que vous ne croyez vous-même.

À ce moment-là entra un autre homme, qui salua respectueusement tout le monde, en inclinant doucement la tête — «Bonjour, bonjour, bonjour» — , qui tendit une affable main droite à Méndez — «Enchanté, monsieur» — , et les yeux du policier s'arrêtèrent sur ses doigts veloutés, longs et soignés, des doigts de pianiste, de tireur de cartes ou de manipulateur sexuel patenté, Méndez remarqua les lèvres bien tournées, presque dessinées au crayon, et les yeux aux cils parfaits, égalisés un par un. Surtout, le policier fut attiré par le rubis, bague jumelle, autre larme du Christ, promesse d'éternelle fidélité pour laquelle Paquito était mort — au doigt de cet homme. Qui répétait, la main toujours levée :

— Enchanté, monsieur.

Méndez ne trouva rien à répondre.

Il ne parvint qu'à murmurer :

— Nom de Dieu !

IV

L'ultime recours

De l'entrée de la chambre à coucher, Alfredo Cid considérait la femme, la bouche de plus en plus sèche. Sa première réaction fut de penser avec frayeur à toutes les complications possibles : réaction d'un homme riche qui, constamment exposé aux mesquineries et animosités inévitables en affaires, craignait forcément de se voir impliqué dans une pareille situation, ayant pour principaux éléments rien moins qu'une chambre à coucher vieillotte, un lit défait, et une femme morte. Cid savait, grâce à sa longue expérience des femmes et des lits, que cela pouvait le mener à une situation limite, voire à un point de non-retour. Tout comme il savait qu'inversement, on peut obtenir la considération publique, et même une réputation de sainteté, si l'on parvient à sortir des chambres à coucher en y laissant les femmes en vie et, plus encore, les lits intacts.

Il s'approcha un peu plus, tandis qu'une série de pensées fugitives, presque sans rapport avec ce qu'il voyait, lui transperçaient le cerveau comme des aiguilles. Il fut pris d'une sensation de vertige, sentit ses genoux lui manquer, dut s'appuyer au mur pour ne pas tomber.

À mesure qu'il se remettait, la réalité de la situation lui apparut plus clairement. Tout d'abord, se dit-il, on ne pourrait l'accuser de rien, malgré ses constants démêlés avec Mme Ros (lesquels ne laissaient imaginer aucun sordide crime passionnel, tout au plus un crime d'argent, autrement élégant et à vrai dire excusable), car, venant d'entrer dans la maison, il n'aurait jamais eu le temps de régler son compte à qui que ce soit. Néanmoins, l'unique témoin de ce fait était de peu de valeur, puisqu'il s'agissait du chauffeur, un employé à lui. Par ailleurs, cependant — et c'était un des points sur lesquels Cid pouvait se sentir absolument rassuré —, il eût été absurde de l'accuser d'agression sexuelle, car Mme Ros était déjà âgée : certainement pas moins de soixante ans. Enfin, il ne semblait pas qu'elle eût été assassinée. La cause du décès paraissait naturelle : une de ces causes que les gens considèrent comme raisonnables et même, à bien y regarder, comme d'évidente utilité publique.

Alfredo Cid se pencha sur le cadavre, s'enhardit à le toucher et constata qu'il était encore chaud. Il allait crier pour demander de l'aide, n'importe quelle sorte d'aide, quand il entendit un bruit derrière lui.

Cid se retourna.

C'était Elvira.

Elvira, avec sa jupe écossaise de jeune fille des années quarante, son chemisier de coupe classique mais plus moderne que la jupe (sans doute acheté récemment chez Choses ou chez Trau), ses souliers à talons qui évoquaient des femmes à porte-jarretelles (autant dire des dynasties disparues), ses bas un peu ravaudés, ses cheveux jetés d'un seul côté, les cheveux d'une collégienne qui un jour, en se regardant dans la glace, voulut être absolument libre, risquer la plus grande audace et, pour en faire la preuve, dénoua sa natte unique. Elvira avait la peau fine, des manières distinguées, une voix plutôt sourde, jamais stridente : Elvira n'avait que vingt-deux ans sous sa jupe, mais elle était aussi respectable, solide, ordonnée, démodée, que cette maison elle-même.

Elle fut atterrée d'apercevoir la morte, et surtout de trouver là Alfredo Cid.

Elle balbutia :

— Qu'est-ce qui se passe ?

— Je ne sais pas... J'étais venu voir votre tante, Mme Ros. Une visite normale, croyez-moi, absolument normale... Pour avoir une conversation, sur la date de son départ. Et voilà dans quel état je la trouve ! Je suis bien content que vous soyez arrivée, Elvira, vous ne savez pas à quel point je suis content. Je crois qu'il faut appeler un médecin, tout de suite... Un médecin.

Elvira ne dit rien. Elle passa lentement devant les yeux soucieux de Cid, se pencha sur le corps affalé — éclair des genoux, où les bas étaient encore plus abîmés, susurrement de soie, de dentelle, de ressources inemployées, qui attendaient depuis toujours sous la jupe —, toucha le front de sa tante, et balbutia :

— Ce n'est pas la peine d'appeler un médecin... Oh, mon Dieu ! Elle est morte...

— Moi, je viens juste de la découvrir, dites.

Vous n'allez pas prétendre que j'y suis pour quelque chose, hein ? Vous m'entendez ? Parce que pas du tout. Je venais d'arriver.

Elvira ne répondit toujours pas. Elle retourna en silence près de la porte.

Sa mâchoire tremblait, comme si elle allait fondre en larmes. Son corps vacillait comme celui d'une femme sur le point de ployer et tomber, ce qu'elle aurait certainement fait avec beaucoup d'art. Mais en fin de compte elle conserva sa sérénité et murmura :

— Non, vous n'y êtes pour rien. Elle allait déjà très mal. Nous craignions... nous craignions que cela n'arrive, d'un moment à l'autre.

Maintenant Elvira pleurait, mais sans un sanglot, sans même une contraction de son visage impassible. Alfredo Cid, resté accroupi près de la morte, se releva totalement rassuré, certain qu'on ne l'accuserait de rien. Cette tranquillité retrouvée lui permit de penser très rapidement, en regardant Elvira, à toute une série de douceurs qui s'enchaînaient rigoureusement : pauvre petite, quel chagrin tu dois avoir, comme tu es seule désormais, comme tu es surannée et distinguée, comme tu serais excitante dans une de ces maisons discrètes, aux prix élevés, avec des lits à baldaquin, où les filles se souviennent de la douleur de la première fois, où les clients sont des habitués et la sous-maîtresse une femme élégante et vacharde. Comme tu pourrais être excitante même ici, dans ces chambres à coucher vides où je te poursuivrais. Alfredo Cid savait que les filles qui sont seules dans la vie possèdent des qualités particulières, surtout si elles ont été élevées dans une maison ancienne et distinguée et qu'elles ont appris à dire oui tout en servant le thé. Mais ces pensées d'un haut degré de raffinement s'effacèrent tout de suite, au profit d'une autre beaucoup plus concrète, plus vile, et bien sûr plus utile.

— Maintenant que j'y pense, est-ce que votre tante n'avait pas été hospitalisée ? mâchonna-t-il.

— Si. San Pablo.

— Mais alors, puisqu'elle était si mal en point, pourquoi l'avez-vous ramenée ici ? Peut-être pour les raisons que j'imagine ?

— Qu'est-ce que vous imaginez, monsieur Cid ?

— C'est tout simple : vous espériez qu'elle subisse ici, dans cette maison, une longue agonie. Une femme en train de mourir, on ne peut pas l'expulser, on ne peut pas la faire sortir sur son grabat devant les fouille-merde et les photographes de presse qui sont là pour ça, pour fouiller la merde. Qu'est-ce que vous cherchiez, hein ? gagner du temps ?

— Ma tante voulait mourir chez elle, dit Elvira, imperturbable. C'était sa dernière volonté.

— Ah oui ? Sa dernière volonté, pour éviter qu'on puisse vous mettre dehors, elle et puis vous deux !

— Je ne sais pas. Peut-être qu'elle y avait pensé, en tout cas elle n'en disait rien.

Alfredo Cid leva les bras au ciel, pris d'une sainte fureur.

— Mais vous n'avez pas honte ? cria-t-il. Vous et votre frère, Elvira. Oui, vous et votre frère ! On dirait que vous n'avez aucun scrupule, aucune sensibilité, que vous vous moquez de la souffrance des gens ! Garder votre pauvre tante ici, la priver des soins médicaux qu'elle aurait pu recevoir à l'hôpital ! Et moi, par-dessus le marché, me faire lanterner, m'obliger à dépasser une fois de plus tous les délais judiciaires, m'empêcher d'amener mes ouvriers dans la maison ! Dans ma maison. Parce que, au cas où vous l'auriez oublié, Elvira, vous qui êtes si maligne, cette maison a été mise aux enchères, et c'est moi qui l'ai achetée. J'ai été d'une patience angélique. Et voilà ce que vous avez trouvé à me faire !

Alfredo Cid considéra le cadavre comme si cette vieillerie inutile ne lui inspirait plus aucun respect, aucune crainte, aucun autre sentiment qu'une ire bien légitime. Il vit bien qu'Elvira pleurait de plus en plus fort, mais ce n'était là qu'un détail liturgique, qui ne pouvait rien changer. D'ailleurs, au fond, peut-être pleurait-elle parce que la vieille était morte trop tôt, parce que, au lieu de durer un an, comme il l'aurait fallu, sa mesquine agonie n'avait duré qu'un mois. La mort de Mme Ros, pour le frère et la sœur, c'était la fin d'un bon filon : sans doute Elvira pleurait-elle à cause de cela.

La seule chose à faire — pensa Cid — était de hâter les formalités, de sortir de là ce ballot qui avait été humain, mais relevait maintenant des ordures municipales, et d'obtenir enfin, comme disait son avocat, la vacuité, disponibilité et effective transformabilité de l'immeuble.

— Je n'ai pas besoin de vous dire, Elvira, ajouta-t-il d'un ton calme, très officiel, que l'histoire de votre famille n'est pas exactement celle d'une prospérité. Les grands-parents de Mme Ros, qui construisirent cette maison, étaient très riches, les parents de Mme Ros étaient riches sans plus, et

Mme Ros n'était ni l'un ni l'autre. Or, pour maintenir une maison comme celle-ci, ma chère, il faut être riche et même très riche, sinon c'est à peu près impossible. C'est comme ça que votre tante a coulé. C'est comme ça qu'il y a eu des hypothèques. Et les hypothèques, vous savez comment ça finit.

— Ma tante a travaillé comme une vraie ouvrière qu'elle était. Si elle a coulé, ce n'est pas sa faute, c'est parce qu'on l'a enfoncée. Elle est restée couturière jusqu'à ce que sa santé l'empêche de continuer et la force à fermer, à rembourser, à s'endetter encore plus. C'est pour cela, gémit Elvira.

Elle sentait que quelqu'un devait prendre la défense de la morte, car on s'apprêtait à dénier à Mme Ros le droit le plus sacré de n'importe quel défunt : le droit inaliénable d'avoir vécu vertueusement depuis sa venue au monde.

D'ailleurs, dans le cas de sa tante, c'était vrai, Elvira en était convaincue. Mme Ros avait toujours été, depuis que sa nièce l'avait vue dans cette maison, une femme travailleuse et honnête, une ouvrière aux pièces, et de plus une artiste, dont l'unique tort était de s'être trompée d'époque.

— C'est bien, nous n'allons pas discuter de ça maintenant, dit Alfredo Cid, il faut avoir le sens pratique. Pour vous montrer que je ne suis pas votre ennemi, je vais m'occuper de tout ce qui concerne l'enterrement. Une dépense de plus ou de moins, maintenant, peu importe. Tout sera fait sans que vous ayez aucun souci à vous faire, et vite, très vite...

Elvira ferma les yeux. Ces mots — vite, très vite — tout à coup, lui martelaient le cœur.

— Il faut que mon frère soit d'accord, dit-elle. Il ne sait même pas encore qu'elle est morte.

— Eh bien, mettez-vous en contact avec lui, et qu'il se mette en contact avec moi. Entre hommes, nous nous comprendrons mieux. Ou bien, dites-moi où je peux le trouver, et je m'occuperai de tout. Il ne faut pas perdre de temps.

— C'est vous qui ne voulez pas perdre de temps, n'est-ce pas ?

— Écoutez, Elvira, soyons raisonnables. D'abord, on ne peut pas garder un cadavre dans une maison à titre décoratif. Ensuite, vous deux, vous avez déjà résisté autant qu'il était humainement possible. Faire revenir ici la pauvre Mme Ros, c'était votre ultime recours, n'est-ce pas ? Nous allons régler cette affaire une fois pour toutes, en respectant votre chagrin et en vous évitant tous les tracas. Je m'occupe de tout. Vous me suivez ?

— Bien sûr que je vous suis. Comme ça, vous pourrez bientôt faire raser la maison, dit doucement Elvira.

— Ce sera le mieux pour tout le monde.

— Surtout pour votre petite amie. Pour Lourdes. Car vous allez lui faire cadeau d'un appartement ici, non ? Peut-être sur les toits ?

Et elle ferma brusquement la porte, pour ne pas poursuivre cette discussion en présence du cadavre.

Alfredo Cid rougit légèrement, puis la dévisagea avec l'expression légèrement dédaigneuse d'un homme qui constate, une fois de plus, que le reste du monde n'est pas à sa hauteur. Il murmura :

— Pardonnez-moi, Elvira, mais vous me décevez. Vous qui êtes toujours si comme il faut, voilà que vous vous mettez à me parler de petites amies. Je ne crois pas que ce soit bien opportun, et de plus vous êtes mal informée, ma chère. D'abord, le dernier étage et les combles, à supposer qu'à ce rythme je parvienne à les faire construire avant le siècle prochain, sont déjà réservés, au moins en principe. De plus, je n'ai aucune relation avec Lourdes. Je ne sais qui a pu vous raconter une chose pareille.

— Elle-même. C'était une cliente de ma tante. Elle s'habillait ici.

— Voilà qui apporte de l'eau à mon moulin, parce que, en ce cas, vous devez savoir que ces derniers temps, elle était devenue insupportable. D'ailleurs, vous dites qu'elle s'habillait ici, mais en fait elle ne portait plus que des habits d'homme, jamais de femme. Elle donnait dans la gymnastique, genre karatéka ou docker tout en muscles. De toute façon, elle n'était plus du tout séduisante depuis l'accident, et pourtant j'ai continué à me conduire de façon parfaite avec elle, tout le monde le sait et peut le confirmer. Tout le monde peut aussi confirmer que lorsque j'ai mis fin à notre relation, je lui ai assuré une bonne situation économique, on peut même dire très bonne, vous voyez ce que je veux dire, Elvira ? Parce qu'il vaut mieux que nous parlions clairement, non ? Comment pourrait-on trouver séduisante (en tant que petite amie, je veux dire, pas en tant que muse poétique pour pédé) une femme qui s'habille en mec, qui se paye un accident, devient insupportable et, par-dessus le marché, passe des mois et des mois dans une chaise roulante ?...

V

L'autre

Méndez l'attendait au café Condal, à l'angle du Paralelo et de Tapiolas, s'étant assuré après quelques jours d'observation que l'homme s'y rendait chaque après-midi à la même heure, comme si c'était là un rite ou une obligation professionnelle. Il s'assit à une table d'où l'on pouvait observer le va-et-vient de la rue, et demanda d'un ton châtié :

— Je voudrais quelque chose de sélect. S'il vous plaît, une tasse de café, un verre de café, et un cognac maison.

— Nous n'avons que des marques, monsieur.

— En ce cas, je ferai un extra. Mettez-moi un petit Tres Cepas.

— On n'en fait plus. Les clients demandent du meilleur, si vous voyez ce que je veux dire ; au moins du Fundador ou du Veterano. Ça ira ?

— D'accord, ça ira mais, surtout, un café dans une tasse et l'autre dans un verre.

Méndez dégusta sa tasse de café à petites gorgées, sans cependant oublier le cognac, dont il faisait descendre le niveau par intervalles, avant d'en verser le reliquat dans le verre de café. Cette abondance de biens lui procura un moment de plénitude, d'euphorie méditerranéenne. Puis il se mit à contempler le Paralelo, avec les mêmes platanes ombreux qu'il avait connus étant enfant, les mêmes trottoirs fatigués, les mêmes pavés qui avaient servi à édifier des barricades en juillet 36. Cette partie-là de l'avenue n'avait pas tellement changé, après tout, même si le petit café où se trouvait maintenant Méndez n'était plus le grand établissement d'antan, fréquenté par des gens solvables et réputés, des employés qui touchaient leur paye une fois la semaine, de glorieuses matrones qui forniquaient une fois le mois. Le cinéma Condal, pareillement, avait cessé d'être ce lieu choisi où les familles qui venaient en cortège le samedi soir apportaient le dîner, la limonade, le bicarbonate pour la belle-mère et les langes pour le bébé, sans rien laisser au hasard. On balayait chaque matin dans cette salle, par sacs entiers, tant de pelures de cacahuètes et de coquilles de noisettes que l'horticulteur Barril, à côté, en faisait un terreau épatant, qui aurait mérité d'être exporté dans tous les pays de l'actuel Marché commun. Mais le Condal, désormais tour à tour cinéma ou théâtre, n'était plus ce qu'il était ; il ne comptait plus de puces parmi son personnel, ne suscitait plus les mêmes enthousiasmes familiaux et ne contribuait plus, que l'on sache, à l'essor de l'agriculture nationale. M. Barril, lui-même, n'existait plus.

Écrasé par la nostalgie des hautes ères à jamais disparues, Méndez éclusa son café arrosé.

C'est à ce moment-là que l'homme entra. Il était comme toujours d'une sobre élégance, sans rien de plus pourtant qu'une chemise en solde, une veste pieusement veillée par sainte Naphtaline, et un gilet de cuir — seul détail lancé à la tête des arriérés, comme pour provoquer ce-monde-qui-ne-me-comprendra-jamais. L'homme portait en outre des chaussures étrangères, autrement dit, pensa Méndez, achetées ailleurs que Calle Nueva; une cravate qui venait peut-être de chez Tucci; et un mouchoir absolument somptueux, un mouchoir qui jaillissait de la poche supérieure de la veste, suggérant des complicités de voiture en stationnement, d'urgentes nécessités d'entrejambe et de bouche, un véritable avis aux initiés, souvenir peut-être de quelque voyage clandestin à Paris, de quelque évasion sentimentale en compagnie d'un jeune homme qui se serait révélé affectueux, raffiné et en outre timide, en dépit de sa basse extraction. L'homme s'installa et laissa son regard se perdre dans l'atmosphère du café; on sentait qu'il était venu y chercher des souvenirs.

Méndez, tout miel, s'approcha de lui.

— Abel, mon ami! s'exclama-t-il. C'est incroyable de vous trouver ici! Quel plaisir! Quelle joie! Quelle surprise!

Abel Gimeno — représentant en linge de maison, cinquante ans, célibataire, carte d'identité numéro 36197148, revenu net un million de pesetas, mentionné une seule fois au fichier des esthètes à la préfecture de police, rapport en date du 15 septembre 1953—, Abel Gimeno, surpris, ouvrit la bouche sans trouver les mots pour rendre son salut à Méndez. Encore ignorait-il que le policier, probablement sans raison particulière, un peu par hasard, avait retrouvé tous ces éléments le concernant.

Méndez, pour sa part, affichait une mine de bienfaiteur, tel un homme âgé surpris avec un chérubin dans les toilettes d'une salle de baby-foot ; il ajouta :

— Il y a vraiment des fois... Je vous jure que je ne me souvenais même pas de vous.

— Moi si. C'est vous qui êtes venu à la veillée funèbre, en prétendant être un vieux camarade du pauvre Paquito. Je me le rappelle parfaitement.

— Et vous avez sûrement deviné que je mentais, dit Méndez en toute effronterie en même temps qu'il s'asseyait à la table de Paquito, une des rares à avoir survécu à la dernière réfection de l'établissement.

— Bien entendu. Je l'ai deviné sur-le-champ. Si vous aviez été un vieux camarade de Paquito, je l'aurais su. Or je ne le savais pas.

— Je vous remercie de votre discrétion. Vous n'avez fait aucun commentaire, susurra Méndez.

Abel Gimeno eut un vague sourire.

— Ce n'était pas le lieu, murmura-t-il.

— Mais ensuite, vous en avez parlé avec la veuve ?

— Non.

— Pourquoi ? C'eût été tout à fait logique.

— Je n'ai pas encore trouvé ne serait-ce que dix minutes pour parler tranquillement avec elle. Esther a beaucoup d'affaires à régler, beaucoup. Mais, puisque nous y sommes, dites-moi pourquoi vous avez menti.

Méndez annonça d'une voix sourde :

— Police.

S'il espérait que l'autre serait impressionné, il dut être déçu : Abel Gimeno ne fronça pas même le sourcil.

Au contraire, il murmura :

— Quelle genre de police ? Surveillance des cimetières ?

— Mais non, voyons !

— La police a déjà rendu deux fois visite à Esther, précisa aimablement Abel Gimeno. La police-police, j'espère que je me fais comprendre. Et ces policiers ont posé un certain nombre de questions de routine, par exemple sur les ennemis qu'aurait pu avoir le pauvre Paquito, sur d'éventuelles rivalités commerciales, ou bien des dettes, tout ce genre de choses. Mais il n'y avait rien du tout, absolument rien, vous comprenez ? Paquito était à mille lieues de toutes les saletés, les haines, les rancœurs, les jalousies, les tromperies, Paquito était un saint. S'il lui arrivait de succomber à quelque chose, c'est à la naïveté, mais dites-moi, quelle personne un peu sensible n'est pas dans le même cas ? Je vous écoute.

— Oui, bien sûr, dit Méndez, la naïveté. Personne n'est à l'abri de la naïveté, personne. Je pourrais vous en raconter !

— La seule chose certaine, c'est que nous sommes en train de parler de Paquito et que vous ne m'avez pas encore dit pourquoi vous avez menti l'autre jour ni pourquoi vous êtes ici, monsieur Méndez.

— C'est tout simple : pour le plaisir de vous voir.

— En ce cas, vous seriez bien aimable, monsieur Méndez, de me dire pourquoi vous avez menti l'autre jour et pourquoi vous êtes en train de mentir maintenant.

Finalement, ce fut Méndez, et non son interlocuteur, qui fronça le sourcil.

— Vous ne manquez pas de présence d'esprit, Abel, dit-il à voix basse.

— On fait ce qu'on peut.

— Bon, eh bien l'autre jour j'ai menti pour des raisons de délicatesse, de bon goût, de santé publique, passez-moi l'expression, parce que ce n'est pas bien de troubler la menstruation d'une vertueuse veuve, le soir même de son affliction, en lui révélant que c'est un policier libidineux qui vient la voir. Non, monsieur, ce n'est pas bien. C'est pour ça que j'ai menti l'autre jour, et je vais vous dire tout de suite, avec les précautions qui s'imposent, pourquoi j'ai menti aujourd'hui.

— La vérité, c'est que vous me cherchiez, non ?

— Exact.

— Pourquoi ?

— Pour deux raisons.

— Lesquelles ?

— D'abord, la bague.

— Je ne vois pas ce qu'elle a de particulier.

Méndez ne broncha pas.

— Ensuite, votre vieille fiche d'esthète, comme on dit dans les commissariats, une fiche qui date d'il y a un paquet d'années, peut-être de la Restauration de 1874, ou de la voie ferrée Madrid-Aranjuez, ou de la première déclaration officielle parlant de réduire les dépenses publiques, enfin vous voyez... Cette fiche existe toujours, et esthète, en jargon policier, on a bien dû vous l'expliquer délicatement un jour ou l'autre, ça veut dire pédé.

Abel Gimeno ne parut pas offusqué. Il ferma un instant les yeux, certes, mais son expression n'était pas celle d'un homme insulté, plutôt d'un homme incompris.

— Cela remonte à cinquante-trois, dit-il après quelques instants. Vous avez raison : c'était une autre époque.

— Oui.

— Et, à cette époque, je ne le fréquentais pas encore.

— Paquito ?

— Paquito, oui. Nous nous étions perdus de vue.

— Vous et lui, vous vous êtes fait fabriquer des bagues jumelles ? demanda Méndez, cessant de déguiser son regard de serpent décrépit.

— C'est vrai : deux bagues jumelles. Deux anneaux semblables, deux rubis semblables, deux sertissures semblables, deux fidélités semblables. C'est aussi simple que ça.

— En témoignage de quoi ?

— D'amour, naturellement. De quoi d'autre ?

Méndez cligna les yeux, un peu déconcerté par le naturel de l'autre.

— D'amour entre deux hommes ? murmura-t-il.

— Vous demandez cela, parce que vous ne connaissiez pas Paquito.

— C'est vrai. Je ne l'ai pas connu de son vivant, je ne l'ai connu que mort. Mais, voulez-vous savoir ?

— Quoi ?

— Je suis moralement convaincu qu'il est mort pour défendre cette bague. Il s'est laissé dépouiller de tout, même de ce qui avait le plus de valeur, mais pas de ce bijou. Je suppose que... enfin... pour lui, c'était sans doute la chose la plus importante du monde. Voilà ce que j'en suis venu à penser.

Abel Gimeno dit, avec un filet de voix :

— J'ignorais cela.

Et il ferma de nouveau les yeux. Ses mains, durant quelques instants qui semblèrent une éternité, s'appuyèrent si fort sur le bord de la table que ses doigts pâlirent. Un silence se forma, un silence haché en morceaux, servi en rations citadines (autobus, silence, coup de frein d'une voiture, silence, cri d'enfant, silence, claquement de lèvres d'Abel et puis silence, silence, silence, quelque chose s'est brisé, Seigneur, il y a quelque chose que cette ville ne me donnera jamais, jamais, amen, Jésus), Abel Gimeno se signa, puis effaça d'un geste rapide deux larmes qui déjà coulaient de ses yeux.

— Vous êtes croyant ? demanda Méndez, avec la tête d'un homme dont la bonne foi a été surprise.

— Paquito l'était aussi, quoique seulement dans les moments solennels. Nous nous sommes connus dans un collège de curés, voyez-vous. C'est là que nous avons commencé à avoir des choses en commun, des choses toutes simples : un livre prêté, un jardin où nous allions étudier ensemble, un film qui nous plaisait à tous les deux, une dernière rangée où un après-midi nous nous sommes pris la main, en nous apercevant soudain que nous n'étions pas capables de nous regarder, que nous n'osions lever les yeux que vers le plafond du cinéma. Ensuite, la vie nous a séparés. Et plus tard, alors que des années étaient passées, nous nous sommes rencontrés à nouveau. Il se trouve que Paquito s'était marié ; pas moi.

— Et c'est alors que tout a commencé, susurra Méndez avec sa délicatesse caractéristique et sa pénétration psychologique indiscutée. C'est alors qu'est venue l'explosion orgasmique, n'est-ce pas ?

— S'il vous plaît, ne soyez pas vulgaire. Vous m'offensez, répliqua Abel.

— Vraiment... Ce n'était pas mon intention.

— C'est alors que tout a repris, exactement au point où nous en étions restés, à notre premier instant de sincérité, dit Abel sans le regarder, l'expression vide, les yeux perdus vers quelque ombre de la rue que lui seul pouvait voir. Le même cinéma, la même rangée, la même musique, me semble-t-il, dans des haut-parleurs qui nous attendaient, comment vous dire, depuis avant le début des temps. Vous ne pouvez pas comprendre, Méndez, vous ne pourrez jamais comprendre. Mais nous avons découvert que nos mains s'étaient à nouveau réunies et que nous regardions à nouveau le plafond. Le plafond de ce cinéma-là, notre plafond de jadis.

Méndez, comme on sait délicat amateur de faits concrets, demanda :

— Quel cinéma ? Quelle rangée ? Quel genre d'ambiance ? Ça remuait ?

— Vous n'avez pas le droit de parler sur ce ton frivole. Vous continuez à m'offenser.

— Je vous prie de m'excuser. Je suis comme ça, mais c'est sans méchanceté. Vous pouvez vous renseigner.

— Vous n'avez pas le droit de m'offenser, et

vous n'avez aucun droit non plus de me retenir dans ce café.

— Je n'ai absolument pas l'intention de vous retenir. Je voulais seulement vous inviter à prendre quelque chose, n'est-ce pas. Vous ne savez pas quel plaisir ç'a été de vous voir ici.

Et il enchaîna immédiatement :

— Alors, comme ça, c'était un retour au passé. Incroyable.

— Oui. C'était un retour au passé. Ensuite, du cinéma, nous nous sommes dirigés vers la vieille chapelle du collège, que nous avions vu inaugurer en quarante-deux, et où Paquito et moi avions parfois médité, ficelés dans nos blouses de coton rayé, en nous regardant dans les yeux. À ce moment-là, oui, nous nous regardions dans les yeux, Méndez, et cela traduisait une complicité : nous étions complices pour copier pendant les examens, pour manquer la classe, pour raconter des blagues obscènes sur ce qui se cachait sous les soutanes des curés et nous le décrire l'un à l'autre. Je ne sais comment vous expliquer : un simple regard nous rapprochait plus que toutes les paroles. La vie était à nous, le temps était à nous, tout était à nous.

Il ajouta en laissant tomber les bras, dans un geste d'impuissance :

— Jamais alors nous n'aurions pensé qu'un jour le temps nous trahirait.

— Combien de temps avez-vous passé sans vous voir, après la fin du collège ?

Comme s'il ne l'avait pas entendu, ou parce que de telles questions purement chronologiques ne méritaient pas qu'on y réponde, Abel continua :

— Vous êtes-vous rendu compte que Paquito

avait la peau très fine, extrêmement fine ? Je n'ai pas à me plaindre non plus, mais la sienne était beaucoup plus lisse, plus enfantine, plus douce. À l'époque du collège, je m'en souviens très bien, il avait une peau de fillette. Parfois, quand le soleil de l'après-midi entrait dans la salle de classe et se posait sur le visage de Paquito, je voyais sa peau prendre des carnations de tendre fruit, de pêche mûre. Le lobe de son oreille était transparent, par un miracle que je n'ai vu que sous cette lumière-là. Je passais de longues minutes à le regarder, parce que lui seul existait. Au-delà du rayon de soleil, dans le reste de la salle, c'étaient des choses qui n'existaient pas : le latin, la liste des mots allemands terminés en *en*, les mathématiques avec le théorème de Ruffini, et même ce Dieu unique en trois personnes, dont Paquito et moi n'avions aucun besoin. C'était une beauté presque irréelle, que je considérais comme un miracle et qui d'une certaine façon l'était, parce que chez les hommes cette plénitude dure très peu de temps, comme la saison d'une fleur. Chez Paquito, pourtant, elle s'était transformée en beauté éternelle. Et puis... je vais être absolument sincère avec vous, parce que au bout du compte, aujourd'hui, plus rien n'a d'importance : j'étais alors d'une jalousie féroce, une jalousie qui m'empêchait de vivre.

— Jaloux ? balbutia Méndez. De qui ?
— Des curés.
— Des curés ?
— Vous voyez, j'avais l'impression que certains couraient après Paquito. Simple impression, sans doute, j'en suis bien d'accord ; mais ça m'empêchait de vivre. Il me semblait qu'ils le tripotaient

sous les pupitres, ou dans les couloirs, ces interminables couloirs des collèges. Qu'ils lui caressaient les jambes. Parce que les jambes de Paquito étaient une merveille, vous ne pouvez pas imaginer. Longues, avec des mollets bien galbés, des chevilles fines, des cuisses un peu épaisses, leurs proportions étaient parfaites, on aurait cru des colonnes antiques. Il portait toujours des culottes courtes, alors que nous avions l'un et l'autre nettement atteint la puberté, et je crois qu'il le faisait précisément pour cette raison : parce qu'il savait qu'il avait de belles jambes et qu'il voulait les montrer. Inutile de dire que cela aussi me rendait fou, m'irritait, me blessait. Cette exhibition, pour moi, c'était à peu près comme une mise aux enchères.

Méndez évitait de regarder Abel, pour lui permettre de parler librement, comme s'il était seul avec son passé et ses souvenirs. Car Méndez souhaitait qu'il parle ; il ne l'interrompit que pour demander :

— Vous lui avez fait des scènes ?

— Non, ça jamais. Ç'aurait été rompre notre amitié, la discrétion de notre pacte secret. Une fois seulement, en sortant du collège où nous avions parlé de dynasties régnantes, de princes, de princesses et de je ne sais quoi, je lui dis : « Tu es ma petite princesse. » Ça l'a décontenancé, mais ensuite il m'a souri. Ses sourires étaient comme une promesse, ils étaient provocants ; peut-être un peu troubles, mais à moi ils évoquaient ce rayon de lumière qui traversait la tristesse de la salle. Quand Paquito avait l'impression que j'étais fâché contre lui, il me désarmait d'un sourire, et tout rentrait dans l'ordre. S'il se rendait compte que je faisais une crise de jalousie et que j'étais maussade, Paquito s'offrait à moi, pour ainsi dire. Il faisait pour moi des choses qu'il n'aurait jamais songé à faire pour personne d'autre. Oui, il les faisait.

Là, tout de même, Méndez le regarda.

— Qu'est-ce qu'il faisait ? demanda-t-il.

— Bon, par exemple, il y avait le coup de la table du laboratoire de chimie. C'est comme si je revivais ça maintenant, savez-vous ? Je revois cette pièce, vaste, plutôt sombre, avec ses étagères chargées de bouteilles, où des centaines d'élèves, avant nous, avaient accumulé un savoir inutile et lointain. Les balances de précision ne pouvaient rien peser d'intéressant, puisqu'elles étaient incapables de peser mes pensées, ni l'air que je retenais dans mes poumons, plein d'une angoisse si personnelle, chaque fois que Paquito se penchait sur la table. Parce que c'est là qu'il y avait la grande table autour de laquelle les élèves se serraient pour regarder toujours la même expérience, avec la même fumée pestilentielle, c'est là que nous étions censés acquérir des connaissances collectives. Paquito faisait semblant de vouloir y voir mieux, et il finissait par se coucher sur la table, il faisait ça parce qu'il savait que j'étais derrière lui, avec les mains tremblantes et l'air qui me brûlait les poumons. Je n'osais même pas respirer. Oui, c'était comme ça, Méndez : Paquito allongé devant moi, sur la table, les jambes un peu écartées pour laisser voir la ligne lointaine où elles prenaient fin, la croupe un peu dressée comme s'il attendait un assaut qui ne viendrait pas, mais qu'il dessinait dans l'air. En fermant les yeux, je revois cette image, Méndez, et je ressens le besoin de l'expliquer, maintenant que je me retrouve seul, comme si c'était un ultime hommage : les très fins poils dorés sur ses cuisses, douces comme la peau d'un fruit, la courbe de ses hanches insolentes, une gouttelette de sueur à la lisière de ses chaussettes, un rayon de lumière qui dessinait une ligne horizontale sur ses genoux, comme les jarretières d'une femme. Et il faisait cela pour moi, pour que je le regarde, il m'offrait, à moi exclusivement, sa petite perversité, ce qu'il avait de plus secret, de plus précieux. Pourtant, nous ne sommes jamais allés jusqu'à nous toucher, jamais, jusqu'à ce sublime après-midi du cinéma bon marché, de la dernière rangée, du plafond si haut qu'aucune lumière n'y atteignait. Chacun a son passé, Méndez, nom de Dieu, et quand on repense sincèrement à ce passé, à tous les recoins de ce passé, il y aurait de quoi crier.

*

L'avenue si vaste, avec ses magasins si petits, ses bureaux de tabac pour les pauvres, où une seule fois peut-être se vendit un Montecristo, les kiosques minables qui ne semblent pas faits pour y acheter le journal du jour, mais celui de la veille, les bonneteries pour femmes d'un autre temps, mariées à perpétuité, les parfumeries pour fillettes modernes, mariées à l'essai. C'est tout cela, le Paralelo, pour Méndez (qui, bien évidemment, adore les femmes d'un autre temps qui savent se harnacher dans un body silk), et puis les ombres du Cómico, des demoiselles d'occasion, des cercles libertaires que l'on ferma, des grands cafés qui s'éteignirent. Si jamais quelqu'un devait écrire l'histoire du Paralelo, Méndez aurait envie de signer, d'ajouter simplement le mot « adieu ». Mais un autobus est passé en grondant, a emporté la rafale des dernières pensées de Méndez et des derniers mots d'Abel. Ensuite a resurgi le silence du café, un silence antique et conservateur, plein de toux et de petites cuillers.

— Vous et Paquito, vous vous êtes vus pendant longtemps ? demanda Méndez avec toute la délicatesse dont il était capable (cet effort pour chercher une formule bienséante et discrète le laissa épuisé). Combien de temps ?

— Des années. Pour nous, ç'a été toute notre vie.

— Mais ces relations devaient être secrètes, je suppose.

— Oui, secrètes, naturellement, que voulez-vous !

— Mais... Vous avez dû souffrir beaucoup.

— Oui. À quoi bon le nier ? C'est la vérité.

Méndez dit :

— Bien sûr.

Et il se leva.

Tout à coup, il avait les pupilles brillantes.

— Un crime ingénieux, dit-il.

— Quoi ?

Abel Gimeno, de l'autre côté de la table, le regardait, les yeux écarquillés, la respiration presque haletante, comme incapable de comprendre. Mais Méndez ne lui accorda pas grande attention ; à la vérité, il ne le regarda même pas quand il ajouta :

— Je veux parler de cette chorégraphie. Une chaise roulante, un vol de pure forme, une mise en scène qui peut faire penser à n'importe quoi, sauf à un crime commandité... Parce que ce qu'il y a de curieux, c'est qu'il s'agit d'un crime commandité, cher ami. Et je sais qui l'a financé.

Il martela ces mots avec un léger mouvement de tête et se dirigea furtivement vers la porte, avec la démarche d'un chat cherchant à fuir une chatte. Cependant, il n'était pas encore bien loin quand il se retourna, par pure courtoisie, certain qu'Abel allait lui poser encore une ou deux questions.

Il fut surpris.

Abel ne paraissait pas même l'avoir entendu. Et, sans se rendre compte des irréparables dégâts qu'il causait ainsi à ses cils parfaits, il serrait rageusement les poings contre ses yeux, pour dissimuler que les souvenirs l'étouffaient à nouveau, pour dissimuler qu'il pleurait.

VI

Les paisibles souvenirs de M. Cid

Alfredo Cid regagna son bureau, au plus haut étage d'un haut immeuble de la Diagonal, non loin du Princesa Sofía, dans le quartier de Barcelone où se prépare l'avenir immédiat et où l'acheteur a intérêt à faire vite — aujourd'hui, c'est déjà hier, l'occasion ne se représentera pas. Cid aimait ce quartier, parce que l'Université avait dressé là de pieux édifices pour les rêveurs, que la Banca Catalana avait trouvé le moyen d'y enjoliver de périlleux bilans, que la Caixa (pauvres épargnants !) y avait élevé de sombres tours à la mémoire des intérêts qui s'accumulent et du temps qui passe et prodigue ses bienfaits. Tout n'y est que monuments à la foi collective — caractéristiques, sans nul doute, d'un pays qui marche bien. C'était donc là que Cid disposait de quelques installations, relevant d'une foi strictement personnelle : garage pour sa Jaguar, logement pour sa petite amie, cabinet immobilier pour ses clients, sélectionnés parmi les gens astucieux de la ville. Les clients auxquels Cid prodiguait ses rigoureux conseils investissaient dans des maisons tombant en ruine, des façades historiques, des fabriques dont les propriétaires avaient levé le pied, les terrains contigus où les ouvriers campaient en attendant la justice promise. Ce patrimoine, leur disait Alfredo Cid, représentera bientôt une grande richesse : les vieilles maisons achetées à vil prix finiront par s'écrouler, la riche histoire des façades retombera en poussière, oubliée des conseillers municipaux et délaissée des poètes, les fabriques redeviendront un jour des terrains constructibles et les ouvriers un élément purement résiduel, qui à la fin sera nettoyé par la force publique. Alfredo Cid, bien qu'il eût choisi ce quartier pour y installer son cabinet, était convaincu que Barcelone ne s'est jamais développée au nom d'un grand rêve collectif, mais de mille rêves parfaitement individuels et mesquins, répétés chaque nuit par quelques hommes choisis. Ces biens-fonds acquis à vil prix deviendraient les terrains libres et les grandes affaires du futur.

Ce matin-là, cependant, Cid n'avait pas le temps de penser aux affaires ou à ses clients. Il devait, avant toute chose, téléphoner à son avocat (un homme intelligent et qui tenait toujours compte de toutes les virtualités d'une situation ; une preuve en était que dans son cabinet, à la place d'honneur, trônaient les portraits de sa mère, de son père et du meilleur ami de son père) et lui expliquer les circonstances de la mort de Mme Ros. Cid se montra catégorique :

— Tenez-vous au courant de tout ce qui pourra venir devant le juge à ce propos. Je n'ai rien à voir avec cette affaire, mais c'est justement pour ça que je n'ai pas l'intention de me laisser éclabousser ou impliquer, en aucune façon. Le plus urgent, c'est que l'affaire soit classée. Ensuite, pour l'expulsion effective, on laissera une petite marge de temps, à cause de l'enterrement et du qu'en-dira-t-on, et puis on réglera définitivement le problème. À la porte les neveux, et basta. Si vous avez besoin de quelque chose, vous me trouverez ici.

— Vous ne deviez pas aller à Madrid pour le crédit de la banque Urquijo ? Il me semblait que ça devait s'arranger ces jours-ci ?

— Je vais repousser. Je préfère rester ici cette semaine. Ce crédit, après tout, il peut attendre.

Cid appela ensuite sa secrétaire sur le poste rouge, celui du téléphone intérieur.

— Mademoiselle Ana, je n'y suis pour personne. Notez les appels. Et retrouvez-moi tous les papiers, absolument tous, concernant la maison des Ros. Vous me les classez par ordre chronologique.

— Oui, monsieur Cid.

M. Cid raccrocha.

Il sortit ensuite d'un des tiroirs du bureau, un tiroir constamment fermé dont lui seul avait la clé, un petit classeur doublé de cuir et qui, contrairement aux autres, ne portait pas la moindre indication. C'était logique, tout comme il était logique qu'il ne pût le garder chez lui : il s'agissait des souvenirs de sa vie avec Lourdes, souvenirs désormais inutiles, estompés par les années, épuisés par cette passion dégénérée en habitude, rongée peu à peu par les morsures, puis les bâillements. Il n'en allait pas autrement avec sa femme, certes, mais sa femme représentait la continuité, le temps qui dure, tandis que Lourdes, au contraire, symbolisait le temps qui passe, la jeunesse désormais disparue.

Dans la vie agitée d'Alfredo Cid, ces souvenirs (mettant en jeu, pour l'essentiel, un lit, une baignoire flanquée de miroirs, et une coiffeuse Empire devant laquelle Lourdes se laissait battre) auraient été à jamais perdus, s'il n'y avait eu aussi sa collection d'appareils photo dernier modèle — autre penchant noble et raffiné, tout comme son goût pour les baignoires à miroirs et les coiffeuses polyvalentes. Cid possédait donc des photographies de la maison où il avait rencontré Lourdes quand elle n'était qu'une enfant (Kodak Retina), de l'hôtel où il l'avait déflorée (Leica F-3), du premier appartement où il l'avait retenue prisonnière (Rolleiflex 6 × 6), de l'arbre où il l'avait attachée par plaisir et lui avait donné la première raclée (Ahasi-Pentax 6 × 7), de la terrasse en dernier étage où il la possédait — tous deux arc-boutés contre la balustrade et regardant, au-dessous, tout au-dessous, les petites filles qui sortaient du collège (aventure qui avait mérité, bien évidemment, les honneurs d'un Hasselblat). À ces photographies immobilières, peu compromettantes en apparence, dignes peut-être d'un catalogue municipal, s'en mêlaient d'autres beaucoup plus raffinées, plus significatives, qui pouvaient quant à elles illustrer un rapport bancaire : Lourdes, objet fétiche, avec corset et bas ; Lourdes, douce et jeune colombe, perchée dans un arbre, en robe du soir ; Lourdes, féline, en train de se passer la langue sur les bras, juchée sur la coiffeuse de supplice ; Lourdes, délicatement chienne, marchant à quatre pattes sur le tapis d'une chambre inondée de soleil.

Ces photos démontraient plusieurs choses : que Cid savait cadrer, et de plus choisir la meilleure luminosité, tout particulièrement celle des fins d'après-midi (parfaite pour photographier des petites filles, après l'heure du goûter); qu'il avait de l'imagination; que Lourdes avait été soumise et docile; enfin, que Lourdes n'avait pas été heureuse. C'étaient exclusivement les trois premiers aspects — si importants du point de vue de l'art et de l'indispensable perfection technique — qui avaient poussé Cid à conserver cette collection. Quant au quatrième aspect, qu'on pouvait dire philosophique, il n'avait pas songé à l'approfondir.

Mais ces photos, longuement purifiées par leur séjour dans un tiroir d'homme d'affaires, pouvaient maintenant s'avérer compromettantes, surtout au cas où Lourdes se trouverait impliquée dans quelque sombre histoire, éventualité que sa récente dégradation morale rendait tout à fait concevable. Une négligence, une fouille à l'improviste, la trahison d'un employé un peu connaisseur en serrures, pouvaient faire naître pour Alfredo Cid un véritable problème, car comment un juge, et moins encore une épouse, pourraient-ils comprendre les aspects subliminaux de l'art? En conséquence, il décida de détruire ces indices par le feu, en conservant toutefois l'élégant classeur doublé de cuir.

Ayant pris cette décision, il regarda les photos pour la dernière fois. Il s'aperçut, curieusement, qu'il avait déjà presque oublié Lourdes, quand Esther en mentionnant son nom l'avait ramenée au premier plan de sa mémoire. Combien d'années avaient passé depuis qu'il l'avait dépucelée? C'était difficile à dire, du fait qu'entre-temps Lourdes était devenue pour ainsi dire une vieille.

Mais il retrouvait là, sur papier mat format 12 × 18, la maison où il l'avait connue — de style typiquement ferroviaire, avec une vigne, une gargoulette, une voie de service, une petite fille attendant quelque chose depuis toujours. Et là, l'appartement où il l'avait soumise tour à tour aux positions du missionnaire et de la levrette, à la sodomie, à la fellation, en d'autres termes, à l'apprentissage généralement considéré comme le plus recommandable. Là encore, les combles des bonnes années, les années de plénitude, un appartement sans voisins risquant d'entendre les coups, ou les esclandres de Lourdes quand il lui prenait la fantaisie de crier, ce qui arrivait parfois. Honnêtement, avec Lourdes, on pouvait se considérer raisonnablement heureux : elle avait bien appris son rôle dans la vie (lécher, supporter les raclées, forniquer avec tant soit peu de variété, ramper devant son maître quand les normes de la bonne conduite l'exigeaient), et jouait ce rôle avec assiduité, sans faire relâche. L'ennuyeux, pensait maintenant Cid, c'était que les années passent, de plus il y avait eu l'accident, la clinique, toutes ces dépenses, la chaise roulante, et surtout ces exercices de rééducation qui avaient démontré à Lourdes qu'une femme ne dispose pas seulement d'un vagin, d'un anus et d'une bouche — les trois attributs indispensables à tous contacts un peu civilisés —, mais également de muscles, qu'elle peut parfaitement exercer au gymnase. Ce fut là une mauvaise époque, surtout le jour où, hors d'elle, elle lui cria : « Ne me touche pas ! Vous, les hommes, vous êtes tous pareils, tous des porcs ! Une nuit, je sortirai dans la rue et je tuerai le premier que je rencontrerai! Fais gaffe, ça pourrait être toi!» Lourdes, la pauvre, n'avait pas compris qu'on peut pardonner une sortie de ce genre à une fille jeune, dotée d'une jolie croupe, mais en aucun cas à une femme plus âgée. Les vieilles doivent savoir, c'est bien le moins, se montrer prudentes.

Alfredo Cid glissa les photos dans une enveloppe, alluma la belle cheminée de salon qu'il avait fait installer dans son bureau pour créer une ambiance, et surveilla la combustion jusqu'à ce qu'il ne reste plus de l'enveloppe qu'un petit tas de cendres et d'esprits en allés. Mais tout cela (ces souvenirs, une nostalgie de lits, de lingerie excentrique sur un corps de quinze ans, de vigoureuses séances de fouet) l'avait excité, lui rappelant que le meilleur des systèmes, pour un homme qui veut surmonter ses frustrations, est de trouver quelqu'un d'encore plus frustré que lui, pour se mettre dessus. Aussi décrocha-t-il à nouveau le téléphone rouge.

— Mademoiselle Anna ?
— Oui, monsieur Cid ?
— Est-ce que Rossie est venue travailler ?
— Mais bien sûr, monsieur Cid.
— J'ai un travail urgent pour elle. Faites-la monter, voulez-vous ? Faites-la monter.

*

Méndez s'entendit appeler, alors qu'il avait déjà réussi à traverser tout le bar et allait ouvrir la porte qui avec un peu de chance le mènerait à sa chambre, autrement dit la porte jumelle de celle des toilettes. Méndez, qui était en pleine forme, ne s'était pas trompé cette fois-là, n'avait interrompu personne au milieu de son labeur.

— 'sieur l'spéteu !

C'était le nouveau serveur de l'établissement, à l'accent andalou si fort qu'il n'avait aucune chance de jamais acquérir même la prononciation hybride que les Barcelonais pur jus appellent avec mépris *cataluz*. Il avait été embauché directement par la patronne pour venir en aide à son mari et lui permettre ainsi, à elle, de disposer d'un peu de temps libre. À quoi elle employait ce temps libre, le patron ne le savait pas, n'en avait pas la moindre idée ; Méndez, qui ne le savait pas non plus, en avait tout de même une petite idée.

— Qu'est-ce qu'il y a, mon gars ?
— Y'a, y'a qu'y'a d'la p'tit' crevett' grillée !
— Fraîches, les *gambitas* ?
— Très fraîches. Quand on lézaporté, frétillaient encore.
— Et quand est-ce qu'on les a apportées, mon gars ?
— Ça, 'spéteu', 'xatement 'xatement, j'm'en souviens pas.
— Eh bien, vois-tu, laisse-moi passer dans ma chambre, me changer, me laver les mains, et puis me vacciner, après ça j'en mangerai peut-être quelques-unes.
— Du tonnerre ! Mais j'vous 'pelais pas pour ça, j'vous 'pelais 'que vot'machin fonctionné tout l'près-midi.
— Moi ? Mon machin ? Ça fait des années qu'il ne fonctionne plus, murmura Méndez, très préoccupé. S'il y a quelqu'un par là qui prétend le

contraire, c'est pour me compromettre. Il s'agit d'une calomnie.

— Non, pas l'machin p'jouer l'ymnational, 'spéteu'. Çui-là.

Et il lui passa le téléphone, qui reposait sur le comptoir crasseux à côté d'une terrine de colin oubliée et de portions de tripes aux mouches. Tout cela sentait fort bon, dégageait un certain arôme intime, d'endroit où il fait bon s'asseoir en attendant la mort. Méndez appuya son auriculaire sur la seule oreille par laquelle il entendait quelque chose, la gauche.

— Qu'est-ce qu'il y a, monsieur le commissaire ?

— 'spéteu', meee'd', m'insultez pas ! répondit un autre Andalou.

— Ah, salut, la Bosse, j'ai cru que le chef me cherchait pour un besoin pressé. Pourquoi m'as-tu appelé chez moi ?

— 'spéteu', me'd', c'est qu'd'puis qu'on a loué la chamb' du haut à c't'grande lopette, on peut plus viv'.

— Quelle grande lopette ?
— Sûr qu'vous l'c'naissez.
— Je ne prête pas attention aux pédés.
— 'scuses, j'voulais pas vzoffenser.
— Il ne manquerait plus que ça. Tu crois que j'ai du temps à perdre ?

— J'vous répète, j'm'escuse, m'sieur Méndez. C'était pas d'l'offense.

— Enfin, voyons voir... C'en est pas un qui a le cul comme ça, un peu carré ?

— Z'ça, m'sieur Méndez. Joliment carré, qu'on

dirait qu'y sort du moule. Sûr pour qu'l'client puisse viser et pas sortir du champ d'tir, j'dirais.

Méndez poursuivit.

— Quelques centimètres de plus d'un côté que de l'autre ?

— P'tain, ben t'nant qu'vous l'dites, j'dirais ben qu'oui.

— Et qui se déhanche un peu à gauche quand il marche ?

— P'tain ! Z'ça, m'sieur Méndez !

— Je le connais.

— 'reus'ment qu'v'zavez pas 'té attention.

— Non, seulement en passant.

— Ça, 'vant qu'chose vzéchappe, m'sieur Méndez... Mais ça m'étonne qu'vous l'ayez pas 'fondu avec s'n'ami de cœur, le Carlota. T'l'monde s'trompe, avec eux.

— Vraiment, je ne comprends pas comment les gens peuvent être aussi distraits, dit Méndez. Le Carlota, tu pourras le constater, il a le cul bien en place. Et quand il marche, il le remue de haut en bas, jamais de côté.

— Comm'j'disais, rien vzéchappe, m'sieur Méndez. 'tout cas, c't'un fait qu'c'te grand'lope m'empêche de viv'.

— Il t'a offert de l'argent ? S'il le fait, accepte, la Bosse. C'est peut-être la dernière occasion de ta vie. Mais surtout, qu'il te paye en liquide. Ne lui prends jamais un chèque.

— Non, zpas ça. Comment donc qu'y m'offrirait du fric, c't'e grandes cernes, 'squ'y sait qu'on m'appelle le tigre, qu'j'me suis farci la moitié d'la rue et qu'un'fois, jété condamné pour zabus d'shonnête avec une femme d'garde civil. Zpas ça, m'sieur Méndez, c't'aut'chose, p'tain, c'qu'on peut pas viv' d'puis qu'c'mec loue la chamb' comme 'çonnière, et pis pour la came, qu'y fout un scandale d'tous les dieux. Qu'y faut qu'vous v'niez y met'un peu d'ord', que si vous les laissez faire et qu'ça traîne, c'mec et le Carlota f'niront par monter une maison de passe à la *Generalitá* de Catalogne ! V'savez qu'j'vous aide, Méndez, mais là t'suite faut qu'vous vous m'aidiez, p'tain !

Méndez eut un geste résigné.

— D'accord, dit-il, j'y vais. Mais ce n'est pas que ça m'amuse. Je venais justement de m'acheter *Libé*, pas l'espagnol, le français. C'est dingue, non ? Vous m'empêchez même de pratiquer les langues !

Comme chacun sait, il faut aimer pour être aimé : Méndez ne pouvait prendre le risque de voir se désintégrer le très efficace service d'indicateurs qu'il avait mis en place sur le quartier et qui se composait de : la Bosse, alias le Tigre, alias le Gars de la Sibylle, alias le Casse-Cul, alias le Cul-Cassé ; la Brigitte, alias la Dix-Maris, alias la Vierge ; le Sacristain, alias le Peloteur, alias le Cent-Mains, alias le Sans-Mains. C'est à ces personnes complaisantes — et à d'autres encore, gens de la rue rodés à tout, hommes et femmes, en service permanent, experts en surveillance de vespasiennes, de lits et de coins de rue — qu'il fallait attribuer le miracle par lequel Méndez parvenait à tout savoir, mais absolument tout, sans sortir de son bar, depuis l'endroit où avait abouti le dernier portefeuille dérobé, jusqu'au détail des services de main et de bouche dont les femmes de la Calle de San Olegario attendaient encore le paiement. Sur ce dernier point, Méndez avait cessé d'effectuer les démarches nécessaires pour leur assurer un règlement rapide, comme il le faisait à une époque plus reculée, mais il continuait d'écouter les doléances des intéressées et de les noter sur son carnet.

Il se rendit donc au domicile de la Bosse, Calle del Mediodía, un second étage avec tout le confort : eau courante, sonnette, galerie sur cour avec vue sur la chambre d'une voisine, balcon sur rue avec vue sur une chambre louée à l'heure ; des serrures à toutes les portes, car on ne sait jamais ; une salle à manger, deux chambres, un petit placard encastré, une grande niche pour le chien, une cuisine dont le tuyau d'extraction donnait directement sur le balcon de l'appartement voisin, une ampoule de quarante watts sur le palier. Une vieille marmite sur le fourneau, un superbe écran en verre opaque entre la cuisine et les chiottes proprement dites. Il ne manquait rien.

L'appartement du dessus, objet de la visite de Méndez, se voulait mieux meublé, mais en fait le policier le trouva encore plus triste : portes peintes et repeintes, jusqu'à former une croûte sous laquelle on aurait sans doute pu faire de fameuses découvertes archéologiques ; lits couleur marron exhalant la sueur d'une femme qui attend, le soulagement d'un homme qui passe ; images de calendrier encadrées, photos surexposées de femelles pour camionneurs, avec nichons garantis un an ou même plus ; miroirs tachés de chewing-gum, rideaux tachés de rouge à lèvres, robinets tachés de rouille, et bidets d'une sépulcrale noirceur, véritables curiosités historiques, où avaient peu à peu déposé leur lie les fesses les plus anciennes.

Même l'eau de l'unique douche jaillissait couleur marron, même le carrelage de l'entrée sentait la peau humaine.

Un voisin du même palier demanda :

— Vous avez un mandat pour perquisitionner ici, monsieur Méndez ?

Méndez, qui avait amené Leyland, le monte-en-l'air professionnel, pour se faire ouvrir l'appartement, répondit :

— Bien sûr que je l'ai. Dans ma poche de pantalon.

— Pas vrai ?

— Mets-moi la main dans la poche et tu verras. Peut-être bien que je te filerai de l'argent pour ça, en plus.

Dans la cuisine, des restes de nourriture commençaient à puer. Par terre dans les toilettes traînait une seringue, et sur les murs et la cuvette s'étalaient les traces d'un dégobillage.

— Ils ont même pas pris la peine de nettoyer, dit le voisin, qui les avait suivis. Quelle porcherie !

— Mais qui est-ce qui se réunit ici ? demanda Méndez. Des drogués ? Des pédés ? Des putes ? Des maquereaux ? Des journalistes ?...

— De journaliste, il en est venu un, observa le voisin. Sûrement important, parce qu'il portait même une cravate.

— Et il n'a pas pondu d'article pour dénoncer ce qui se passait ici ? demanda Méndez.

— Pensez-vous ! Il venait pas pour ça. Ici, y'avait un macchabée, mais lui s'en foutait, il a seulement parlé d'une statue qu'y avait sur le balcon du premier et qui datait, je crois, de mille huit cent soixante-dix. Ils ont même fait une photo. Pas du cadavre, de la statue.

Méndez garda le silence.

Il examinait tout cela, cette tristesse fossilisée, ce temps stagnant entre les murs, cette lumière, ces miroirs sans mémoire.

— Il y a des femmes qui viennent ? demanda-t-il.

— Une seule, dit le voisin.

— Une ? Pour combien de types ?

— Des fois, quatre ou cinq. Et vous devriez les voir ! Çui qui n'est pas camé est saoul et çui qu'est pas saoul, eh bien, comme on dit, il se la tripote dans l'escalier. Et une seule femme ! Je sais pas comment elle supporte ça. Je suppose que comme ça elle se fait plus de blé chaque fois, et que pour le reste, elle s'en fiche.

— Ouais, c'est pas joyeux, murmura Méndez qui commençait à sentir des démangeaisons sur tout le corps. Qui est-ce ?

— J'ai entendu qu'on l'appelait la Tere.

— Quel âge ?

— Pas vraiment vieille-vieille. En la regardant bien, on se rend compte qu'elle doit pas avoir plus de quarante berges.

— Curieux. Elle n'est pas du quartier, dit Méndez. Je n'en connais aucune dans ce genre-là.

Il ouvrit une des fenêtres : tuyau d'aération collectif, descente des cabinets, quelques cordes à linge, une robe de fillette absurdement suspendue dans ce monde qui n'était pas le sien, oubliée dans un recoin du temps.

Méndez sentit dans la gorge comme quelque chose de mou.

Chienne de vie ! Il n'y avait pas seulement des vieilles, dans ce foutu endroit, pas seulement des gens qui avaient déjà tourné le dos au destin, il y avait aussi des fillettes qui elles, le destin, le découvraient chaque matin. Il ferma la fenêtre et demanda à voix basse :

— La Tere, vous dites ?

— Oui. Qu'est-ce qu'elle doit en baver, cette femme ! Comprendre ça, rien de plus facile, mais le vivre, c'est autre chose.

Et il ajouta :

— Monsieur Méndez, vous n'allez rien faire ? Un procès-verbal, un avertissement, une bonne raclée ?

— Je vais voir ce que dit la loi, promit Méndez. Il me semble qu'elle parle des deux premières choses : le procès-verbal et l'avertissement.

— Et laquelle allez-vous choisir ?

— La raclée, naturellement.

Il avança de quelques pas et s'arrêta devant la marmite qui ornait le fourneau.

— C'est une œuvre d'art, dit-il.

— M'sieur Méndez, c'qu'y viennent parfois 'squ'à cinq, l'avertit la Bosse. J'dis ça, c'est à propos d'la raclée.

— Eh bien, ils seront cinq, et alors ? Ce sera la communion générale, mâchonna Méndez. Moi, j'ai surtout envie de parler avec cette Tere, avec la victime, je dirais. Il doit bien y avoir moyen de l'aider, de la sortir de cet égout. D'en faire une prostituée décente, quoi. Quels sont les jours où elle vient ?

— C'est pas fixe.

— Et on ne la voit pas dans le quartier ?

— Non, répondit la Bosse, 'vrai dire non. Et moi, un truc à jupe, même d'quarante ans, je cliche. J'l'aurais ici.

Il désignait son front, qui contenait peut-être plus de visages que les fichiers du KGB, et à des fins autrement utiles. Puis il dit au voisin fouineur :

— Allez, on r'descend, faut qu'l'inspecteur r'fléchisse à son coup. Il saura fermer.

Ils laissèrent Méndez seul, et Méndez s'installa pour réfléchir à son coup. Il s'allongea sur un des lits. On ne saurait projeter la destruction du crime organisé en même temps qu'on a mal à tous les os, chacun sait cela : un tel dessein impose d'adopter une position reposante. C'est seulement alors qu'il se rendit compte qu'un des miroirs permettait de contempler, par la porte ouverte sur la cuisine, la marmite.

Il grogna :

— Eh bien, au moins la décoration est pas mal.

Et il sortit de l'appartement. Un instant plus tard, il dut s'agripper à l'ampoule de quarante watts pour ne pas dégringoler dans l'escalier.

*

Le matin avait déjà laissé déserte la Calle Nueva, quand Méndez entra dans le commissariat. Les matins du vieux Barrio Chino barcelonais ne sont plus ce qu'ils étaient, ils ne signifient plus ces rues bondées, ces bars qui semblaient travailler à comptoir ouvert, ces bordels transformés en centres de promotion culturelle, ces hôtels remplis d'une importante clientèle étrangère, venue d'endroits aussi exotiques que Carabanchel, Ocaña et Puerto de Santa María. À l'heure où Méndez se glissa sous le porche comme un fantôme, les rues du district étaient désertes, les hôtels presque vides, sans un couple, sans une lumière, et les bars ne rendaient au gin qu'un hommage funèbre. Pour compléter le tableau, les nobles rombières d'antan, celles qui savaient traîner des légions d'hommes vers la plus plaisante des perditions, traînaient maintenant, au bout de sa laisse, un basset.

Parce que l'argent manquait, ou parce que s'était perdue la joie par laquelle, jadis, on savait masquer les peines — songeait souvent Méndez—, ce quartier n'était plus ce qu'il avait été. Lui-même en venait parfois à relâcher sa vigilance. Les trois ou quatre camés qui avaient coutume de somnoler sous les porches, par exemple, il les connaissait bien, c'étaient presque ses enfants. Et c'est ainsi qu'il ne remarqua pas, tandis qu'il marchait vers le commissariat, que l'un des portails habituellement fermés était ouvert et que, du fond de l'obscurité, le guettaient les yeux d'un individu assis dans une chaise roulante.

Quand Méndez fut passé, la personne assise dans cette chaise consulta sa montre, une vieille Universal de poche à boîtier en argent, rendue vénérable par le frôlement des doigts et le passage des heures. C'était une montre pleine de sagesse, le genre de montre que l'on hérite de son grand-père. Les chiffres phosphorescents indiquaient trois heures moins vingt, alors que la veille, quand Méndez était passé au même endroit, la montre marquait deux heures cinq. Avec de pareilles irrégularités d'horaires, il était impossible de tendre un piège à Méndez ; ce qui d'ailleurs corroborait la vieille théorie de celui-ci, selon laquelle un homme désordonné, sans méthode, sans habitudes bien définies, et bien entendu sans liaison féminine stable, peut espérer vivre cent ans.

La personne qui était assise dans la chaise roulante se leva, rempocha sa montre, sembla scruter les ombres autour d'elle et disparut lentement. Ses mouvements accablés et lents étaient ceux de quelqu'un qui vient de travailler pour rien, d'enterrer encore une nuit.

Méndez s'assit de l'autre côté de la table et écarta un peu la modeste lampe serpent dont la lumière coupait en deux le visage du commissaire. Le commissaire, tout comme lui, était un homme de la nuit, souvent il observait depuis le balcon crasseux la rue qui commençait à renaître, exhibant l'un après l'autre tous les signes de sa vitalité : le premier employé audacieux qui s'élançait sur le trottoir, la dernière putain déçue qui abandonnait le trottoir, le premier chien qui partait fièrement faire sa vie, le dernier chat qui partait se cacher, disparue la complicité de la nuit. Et les autres événements quotidiens : le premier serveur devant une porte sale, la première ménagère à son balcon, le premier oiseau, le premier rayon de lumière, la première personne embarquée par les flics, la première femme en larmes et, près d'elle, la dernière ombre d'une nuit terminée. Le commissaire était un homme à qui le temps avait enseigné que tout est écrit, que la vie se composera toujours de premières et de dernières fois, et qu'un jour pour lui aussi viendrait la dernière fois. Il se frotta les yeux, irrités par la nouvelle orientation de la lumière, et demanda :

— Qu'est-ce qu'il y a ?

— C'est à propos de ce crime dans un passage, monsieur le commissaire. Le crime à la chaise roulante, comme l'appellent certains.

— Ça ne nous regarde pas, Méndez.

— Oui, je sais bien. Mais c'est que je tiens la solution, je sais qui a fait le coup.

Loin de paraître enthousiaste, l'autre ami des ténèbres demanda :

— Pourquoi est-ce que vous vous fourrez toujours dans des affaires qui ne vous regardent pas, Méndez ?

— Vous savez, au fond, tout nous regarde, commissaire, même ce qui ne relève pas de ce district. Mais enfin, je ne voudrais surtout pas qu'on me juge mal, et j'entends réaffirmer mon adhésion inébranlable aux principes du service, à nos règlements et nos normes de fonctionnement interne.

— Méndez, ne commencez pas ! Je me souviens qu'un jour, vous avez proclamé votre admiration à l'égard du Sacré Collège. Dites-moi comment vous vous êtes embringué dans cette histoire.

— C'est tout ce qu'il y a de plus simple. Je cherchais une chaise d'invalide qui avait été volée.

— Et ça vous a amené à découvrir quelque chose ? Là, oui, vous m'étonnez... Qu'est-ce que vous avez découvert ?

— Que c'était un crime commandité. Les plus difficiles à élucider, comme vous savez.

— Et alors, vous, Méndez, le Méndez, persifla le commissaire, vous l'avez élucidé ?

Sans s'offusquer, le vieux policier murmura :

— Je ne connais pas l'auteur matériel du crime, mais je sais au moins par qui il a été payé pour le commettre. À partir de là, on trouvera le reste.

— Ah oui ? Et qui donc a financé le crime ?

— Une femme.

Le commissaire soupira.

— A priori, ce n'est pas une mauvaise théorie, dit-il : les femmes ne commettent généralement pas les crimes, on les commet à cause d'elles. Mais dites-moi, quelles preuves avez-vous ?

— Aucune.

— Bon début, Méndez !

Méndez se pencha un peu sur la table.

— Je sais bien que la brigade criminelle est intervenue, je sais bien que ce n'est pas notre affaire, que nous ne sommes en fin de compte que des policiers de quartier, et de quartier pourri, mais laissez-moi au moins tenter une simple conversation. Il n'y a aucun risque : je vais seulement aller voir une certaine personne et parler avec elle.

— Et après ça ?

— Si cette conversation donne le résultat que j'espère, je procéderai à l'arrestation de cette femme, de façon parfaitement réglementaire et discrète.

— Arrêtez vos conneries, Méndez.

— Ce n'est pas une connerie. Vous avez parfaitement compris ce que je vous demande, en fait : l'autorisation de retenir cette femme pendant quelques heures, avant de passer l'affaire à la Criminelle, qui ensuite la passera au juge. Je ne cherche absolument pas à me distinguer ni à voler la vedette à personne. Simplement, cette affaire, telle que je la vois, il n'y a qu'une seule manière de la conduire.

— Et il n'y a que vous qui puissiez le faire, c'est ça ?

— C'est à peu près ça.

Le commissaire ferma un instant les yeux, puis déplaça à son tour la lampe. Une zone d'ombre revint croiser son visage.

— Vous cherchez à m'amener sur un terrain bien glissant, dit-il. Je vais sans doute vous répondre non, mais au moins expliquez-moi votre théorie. C'est la seule chose que j'accepte, pour le moment.

— Très bien... Ça va tenir en peu de mots, si je commence par le commencement et que je m'en tiens aux données essentielles. Donnée essentielle numéro un : Paquito, la victime, était homosexuel.

— Ça n'a rien de particulièrement extraordinaire, dit le commissaire en haussant les épaules. Avec tous les castors qui fricotent par ici...

— Le terme de castor n'est pas le plus adéquat, chuchota Méndez. Dans ce cas précis, il existait une relation sentimentale véritable, je dirais même empreinte d'une certaine pureté.

— Entre qui et qui ?

— Entre Paquito, la victime, et un de ses amis d'enfance, nommé Abel.

— Comment avez-vous appris cela ?

— Eh bien, disons que tout est parti de deux bagues jumelles qui, même pour un individu aussi candide que moi, pouvaient faire penser à deux âmes jumelles. Mais c'était seulement le début ; après, Abel m'a tout confessé.

— Sans violence ?

— S'il vous plaît, quand donc est-ce que j'ai utilisé la violence ?

— Il vaut mieux que je me taise. Continuez...

— D'accord. Cette relation était très ancienne, je vous l'ai dit, mais aussi très intense, très particulière. Le même collège, les mêmes après-midi gris, les mêmes rêves secrets, tout ça. Les deux adolescents avaient vécu un amour romantique et, je suppose, essentiellement spirituel, autant dire très ennuyeux, de mon point de vue. Ensuite ils se sont séparés, quelques années ont passé et, quand ils se sont retrouvés, Paquito, c'est-à-dire Francisco Balmes, était déjà un homme marié. Mais il semble qu'il y ait des choses qui ne meurent pas, et voyez donc quel genre de choses ! Parce que je n'en reviens pas, croyez-moi : jusqu'ici, les amours éternelles m'émerveillaient déjà quand elles arrivaient à durer plus d'une semaine.

— Je n'ai que faire de vos opinions, Méndez. Je ne me suis pas inscrit à un cours accéléré de cynisme en dix jours.

— Jamais je ne me permettrais de vous donner des leçons de cynisme, commissaire. La hiérarchie existe encore. Mais je reprends : après leur nouvelle rencontre, ils ont compris à quel point certaines choses sont vraiment inévitables, ils se sont rendu compte que leur vieille relation n'était pas morte, mais plus vivante que jamais. Et ils se sont réunis de façon stable, non plus cette fois au niveau des regards et des pressions de mains, mais plutôt, disons, d'une chaise pour deux, d'une baignoire pleine de soupirs, d'un lit qui grince. Cela a duré des années, de nombreuses années. J'imagine que de leur point de vue, ç'a duré toute une vie.

— Mais vous m'avez dit que Paquito était marié, non ?

— En effet.

— Et alors, l'épouse ?

— C'est là qu'il faut chercher la clé, commissaire, l'unique clé qui logiquement explique le crime. Les deux hommes ont réussi à tenir toute l'affaire secrète, mais chacun sait que les femmes finissent par s'apercevoir de tout, absolument de tout, à l'exception d'une chose : que leur saison est derrière elles. La femme de Paquito a donc appris la chose, elle a été obligée de constater qu'elle n'avait pas perdu son mari à cause d'une autre femme, mais d'un homme. Il y a des choses qu'on ne pardonne pas, commissaire. Ç'a été pour elle l'humiliation totale, la limite absolue : jusque-là elle avait tout, à partir de là plus rien. Selon moi, c'est alors qu'elle a commencé à préparer sa vengeance.

— Si je comprends bien, vous voulez parler d'un crime passionnel, Méndez.

— Tout à fait.

— Mais les crimes passionnels ne se font pas de cette façon-là ! On s'y livre à la suite d'une discussion, dans le feu de l'action, avec toute une pyrotechnique. Ce sont des crimes qui possèdent une grandeur visuelle caractéristique, un certain folklore dramatique !

— Chez les hommes, oui, commissaire.

— Qu'est-ce que vous voulez dire ?

Méndez leva une main, qui elle aussi fut coupée

en deux par la lumière : une moitié morte, l'autre vivante, peut-être. Puis il chuchota :

— Nous autres, les hommes, nous sommes orgueilleux et stupides. Convaincus de notre évidente supériorité, de nos droits intangibles et, surtout, de la légitimité de nos colères. Lorsque nous tuons une femme parce qu'elle nous a trompé, nous croyons faire acte de justice et, au fond, nous serions furieux qu'un acte aussi exemplaire et recommandable ne vienne à la connaissance de personne. Élucider un crime passionnel commis par un homme, c'est extrêmement simple : il suffit de l'interroger. Il vous racontera tout, même le genre de lumière qu'on voyait à la fenêtre quand il a tué sa gonzesse. Mais avec les femmes, c'est différent, commissaire.

— Avec les femmes ?

— Eh oui, bordel ! Elles savent bien, les femmes, que personne ne comprendrait qu'elles défendent leurs droits par le sang : on a trop l'habitude qu'elles le fassent par les cris et les larmes. Peut-être, au fond, pensent-elles qu'il n'est pas non plus évident qu'elles aient ou doivent avoir des droits, comme on le prétend parfois. Le crime passionnel masculin, si on considère le fond des choses, est une grande revendication collective, tandis que le crime passionnel féminin est une cérémonie solitaire. La femme de Paquito vivait entre des murs que ses propres pensées avaient souillés peu à peu, elle se sentait enfermée, frustrée, devenue pas même une femme-objet, ce qui malgré tout signifie que l'on a une valeur, mais une femme-excuse, une femme-couverture : là, il n'y a plus aucune valeur, seulement le vide, peut-être le vide le plus absolu qui puisse exister. Le néant total. Nom de Dieu, commissaire ! Ça ne m'arrive pas souvent de parler comme ça, dans le genre exquis, et en plus sans lâcher de gros mots, mais c'est que cette femme, j'ai essayé de la comprendre. Et j'ai compris, oui, qu'il lui manquait sans doute le courage et la force nécessaires pour tuer Paquito, mais pas la détermination. La détermination, elle l'avait. Elle a passé un pacte avec quelqu'un ; quelqu'un qui, moyennant finances, je suppose, allait faire le boulot sans qu'elle puisse être soupçonnée. Et, suprême délicatesse, sans même qu'elle doive connaître la date de la mort de son mari, puisque tout serait organisé par l'autre, ni même contempler le cadavre plus de cinq minutes, le temps nécessaire à l'identification. Après, ce serait le silence, tout serait terminé ; c'est ainsi qu'agissent les femmes. Elle retrouverait les mêmes murs malpropres, mais désormais elle aurait fait la paix avec eux.

— Et vous croyez que c'est ce qui s'est passé, Méndez ?

— J'en suis sûr. J'ai tourné et retourné la question toute la nuit. C'était devenu une obsession. Je ne me suis même pas souvenu que cette semaine, je devais me laver les pieds : c'est terrible.

— Oui... Vous semblez également oublier que ce crime présente un autre aspect, qui n'a rien de passionnel. Car c'est un classique assassinat crapuleux, c'est-à-dire, comme le précisait le Code pénal avant sa dernière et regrettable réforme, « quand par suite ou à l'occasion du vol s'est produit un homicide ». La vérité, pour ce que je connais de l'affaire, c'est qu'on a voulu détrousser Francisco

Balmes, et voilà tout. Je dirais même qu'il s'agit d'un cas typique.

— Un peu trop typique, commissaire.

— Ne me faites pas le coup de l'ironie. Je sais ce qui se passe dans cette ville. Dites-moi seulement si vous pensez vraiment que ça ressemble, même de loin, à un crime passionnel.

— C'est justement pour ça, dit Méndez en levant à nouveau la main, c'est justement pour ça. Un crime commandité, on ne va pas lui donner l'apparence de ce qu'il est en réalité. La première chose à laquelle on pense, c'est à le déguiser. Et le professionnel qui s'en est occupé ne manquait pas de talent, à mon avis ; il y a même mis cette touche que vous appelez typique.

— Donc, d'après vous, il avait l'intention de tuer Balmes depuis le début ?

— C'est évident ; cela dit, il a sans doute commencé par faire tout le manège d'un homme qui cherche seulement à voler.

— Et pourquoi la chaise d'invalide ?

— Une idée très ingénieuse, il me semble. C'était un subterfuge pour emmener Paquito où il voulait, sans qu'il se méfie un seul instant.

— Bien. Mais comment l'homme à la chaise roulante savait-il qu'il allait rencontrer sa victime, ou qu'elle allait le rencontrer ? Hein ? Comment ?

— Raison de plus pour soupçonner la femme, susurra Méndez.

— Raison de plus ?

— Elle savait parfaitement, elle, où Paquito était allé ou avait pu aller, et vers quelle heure il pensait rentrer. Elle était probablement la seule à le savoir.

107

Le commissaire soupira, à la fois fatigué et soulagé. Fatigué à cause de l'heure, mais soulagé parce que tout cela présentait une certaine logique, parce que ç'avait l'air de coller.

— Je suis presque convaincu, murmura-t-il.

— Alors donnez-moi un coup de main, commissaire. Accordez-moi cette autorisation.

— Pour quand, Méndez ?

— Dans quelques heures, si vous êtes d'accord. Cet après-midi, par exemple.

Le commissaire ne dit rien.

Mais il fit un signe d'assentiment. C'était tout ce qu'attendait Méndez, qui tourna un peu la tête vers le balcon, par lequel n'entrait que l'incertaine clarté de la nuit, et murmura :

— Dommage que je ne puisse pas aller la voir maintenant.

— Pourquoi ?

— Je la trouverais nue.

— Et puis alors ? Qu'est-ce que vous pourriez encore faire avec une femme nue, Méndez ?

— D'abord, je prendrais un visage de tigre, pour lui donner l'impression qu'il pourrait vraiment se passer quelque chose. Que ça va être sept fois coup sur coup.

— Et après ?

— Je lui tendrais ses vêtements.

Méndez se leva et se dirigea vers le balcon en sautillant, parce qu'il faut faire un peu de jogging de temps en temps.

*

À nouveau l'appartement de la Calle del Rosal, l'entrée si exiguë qu'elle semble faite pour un seul visiteur, ou pour plusieurs mais seulement l'un après l'autre, à nouveau la lumière sépulcrale d'une lampe sûrement offerte par le grand-père, à nouveau, surtout, le corps d'Esther, encore utilisable, digne des premières rêveries d'un petit-fils néophyte. Par le balcon ouvert, on entend un téléviseur dérouler ses publicités pour femmes programmées : Monsieur Propre, Monsieur Propre, ce mâle infaillible. Ou encore, jouant de toutes les ressources du langage : ça va, Saba. Tout cela dans une odeur de maison tranquille et stable, une odeur de chambres où ne forniquent que des voisins au-dessus de tout soupçon. Un chat gémit quelque part, peut-être sur une citerne, et Méndez sourit à la porte, avec des airs de fée bienfaisante. Tout y est, la chorégraphie lui paraît parfaite.

— Tous mes hommages, madame.

— Ah oui, vous êtes le vieux camarade de mon mari, c'est ça ?

— Vieux, oui, sans aucun doute, madame. Mais attendez, attendez, je vais vous expliquer... Je peux entrer ?

— Mais bien sûr, entrez, je vous en prie. Retirez votre manteau, si vous voulez. C'est vrai, vous ne venez pas demander un supplément pour la niche funéraire ? L'autre jour, je n'ai pas été très convaincue.

Méndez a l'impression que l'entrée s'est un peu agrandie, car une fois qu'on est dedans, on découvre qu'elle s'élargit du côté de la cuisine. Il y a là un miroir avec son applique, le portrait d'un ancêtre dans le glorieux uniforme des Postes, une console, une petite boîte à musique, une fleur oubliée dans un vase jaune, comme un ex-voto. Ton petit monde, Paquito, le monde que tu ne reverras plus, ton monde de tendresses inutiles.

— Que désirez-vous, monsieur Méndez ?

— Seulement parler un moment avec vous, si c'est possible.

— Mais comment donc. Voulez-vous que nous passions à la salle à manger ? Au fait, vous auriez pu ne pas me trouver à la maison. Voulez-vous boire quelque chose ?

— Un coup d'anis à brandiller, si c'est possible.

— Désolée, je n'en ai pas. De l'anis à quoi, vous avez dit ?

— Ça ne fait rien, ce sera pour un autre jour. Croyez-moi, je vous en offrirai une petite bouteille. J'en ai acheté l'autre jour tout un excellent lot à la criée, Plaza de las Glorias. Paquito aimait ça, lui aussi ?

— Non, lui ne buvait pas.

Méndez s'assit. Mieux vaut parler sans attendre, une bonne fois pour toutes, vieux rapiat, inutile de tourner autour du pot, de commencer à te dire qu'Esther est encore pas mal du tout, qu'elle fait encore une bonne publicité à la magie des soutiens-gorge Cœur croisé, qu'elle a encore un je ne sais quoi dont n'importe quel chanoine saurait : aire son profit. Va donc droit au but, demande-lui quand elle a appris que Paquito rendait visite à Abel, quand elle a appris que c'était chez lui, dans leur petit nid pour deux hommes, qu'il vivait ses rêves les plus authentiques, au contraire d'ici où ne restaient que des rêves de location.

C'est là que tu trouveras ta preuve, Méndez,

dans le fait qu'elle ne savait rien et qu'elle a tout appris d'un seul coup. Voilà ce qui explique tout. Allez, Méndez, attrape-la par surprise, lâche ce que tu sais, attaque !

Pourtant, Méndez n'osa pas fondre sur elle à la manière d'un inspecteur des impôts, et il demanda d'une voix doucereuse :

— Cet appartement est plus grand qu'il n'en a l'air, non ? Combien de pièces y a-t-il ?

— Non, il n'est pas grand, pensez-vous ! Tous les appartements du quartier sont à peu près identiques : une cuisine, une entrée pouvant faire salle à manger, un petit salon et deux chambres, dont l'une avec une alcôve. Venez, je vais vous montrer.

— Ce n'est pas la peine, ne vous dérangez pas, madame.

— Mais si, mais si, j'aurais l'impression d'être impolie, c'est la seconde fois que vous venez. Regardez...

En se levant, Méndez sentit une douleur dans les articulations, héritée de très anciens rhumatismes.

— Là où vous êtes, c'est le salon, on y mange aussi parfois. Voici la chambre que nous avons achetée au moment de notre mariage.

Méndez aperçut des rideaux grenat, sans doute trouvés un samedi Calle del Hospital, un tapis évoquant quelque voyage à Crevillente, par la route du soleil, une lampe banale qui avait dû briller, par un lointain après-midi, aux Galerías Maldá, des meubles sombres, achetés un bon prix chez un spécialiste du style valencien.

— Comme vous voyez, tout ça est en très bon état, les meubles conviennent toujours très bien.

Ceux de la salle à manger, par contre, ils sont plus modernes mais je les trouve très fragiles, comme s'il leur manquait quelque chose, comme s'ils n'étaient pas faits pour durer toute une vie. Et voici l'autre chambre, la chambre d'Abel.

Méndez, malgré sa douleur aux articulations, faillit sauter en l'air.

— Quoi ?... balbutia-t-il.

— La chambre d'Abel, c'est ce que j'ai dit. Vous l'avez rencontré l'autre jour.

— Mais alors, Abel vivait avec vous ?

— Bien sûr. Son domicile officiel était ailleurs, un vieil appartement qu'il avait gardé. Mais il vit avec nous depuis qu'un jour, après bien des années, Paquito l'a retrouvé. Tout de suite, il lui a dit de s'installer ici.

— Mais en permanence, vous voulez dire ?

— Bien sûr, en permanence. Pourquoi ?

Méndez comprit que toute sa théorie s'effondrait, se diluait à tout jamais dans la lumière un peu spectrale de l'appartement. Il ne parvint qu'à balbutier :

— Et merde !

VII

Les visiteurs

Elvira rangea dans le tiroir supérieur de la console les quelques estampes mortuaires qui n'avaient pas été réparties à l'enterrement de sa tante Ana, connue dans la société (le marché, le salon de coiffure, la boulangerie, la Caisse d'épargne du coin) sous le nom de Mme Ros. «*Preguem al Senyor*»... «*Va morir cristianament*»... Et au verso quelques vers de Maragall qui en cet instant paraissaient à Elvira avoir été écrits pour une fenêtre vide et une chambre automnale, peut-être parce que Elvira était préparée à l'idée des choses qui s'en vont. Ensuite, elle ferma le tiroir et regarda le paysage, au-dessous de cet angle de la maison.

La chaise roulante passa lentement sur le trottoir, s'arrêta un instant devant la porte du jardin, puis se perdit entre les passants hâtifs, les clientes de la supérette et une bande de filles maigres, ascétiques, qu'on aurait dites honteuses de leur sexe, des filles rigoureusement *light*. La chaise et son occupant disparurent comme ils étaient apparus, laissant sur le visage d'Elvira la trace d'un froncement de sourcil, l'empreinte d'une ombre fugitive.

Ce n'était pas la première fois qu'elle voyait la

chaise d'invalide passer devant la maison. Elle l'avait déjà vue la veille et aussi l'avant-veille : un léger éclat de rayons qui tournent, un reflet rapide, à sa façon, portant la nostalgie d'une impossible Honda 750, puis les yeux de quelqu'un, cloués sur la maison, des yeux qui — imaginait-elle — lançaient sur elle un très noir regard. Mais bon, rien de plus. La distance était trop grande et Elvira n'avait même pas pu voir quel genre de personne se tenait dans la chaise.

Elle haussa les épaules et retourna au milieu de la pièce, oubliant ce détail sans importance. Il n'y avait que la solitude de la maison, et son désir de regarder pour la dernière fois la rue depuis cet endroit-là, pour lui faire prêter attention à de pareilles broutilles. À coup sûr, cette chaise roulante passait depuis longtemps sur ce trottoir, sans qu'elle s'en soit jamais aperçue, elle qui s'intéressait si peu à ce qu'il y avait autour de la maison, autour de cette forteresse où commençait et finissait le monde.

En descendant l'escalier, elle sentit qu'un ennemi la guettait, un ennemi qui n'était jamais revenu depuis les jours de son enfance : la peur. Elvira avait peur d'arpenter les chambres maintenant si vides, peur de l'escalier trop haut, des fenêtres à vitraux par lesquelles n'importe qui aurait pu entrer, des armoires immenses où n'importe qui aurait pu se cacher. Peur des nuits redevenues interminables, des meubles grinçant dans l'obscurité, peur même de l'ombre de tante Ana qui paraissait continuer de flotter sur son fauteuil préféré. Parfois, en se levant le matin, Elvira se répétait une phrase toute simple :

— Il faut que je m'en aille d'ici.

Mais les souvenirs la contraignaient à rester, à consommer les derniers délais, parce que cette maison était sa vie, tout ce qui lui permettait d'avoir un passé et lui donnait une identité. Du reste, elle n'aurait pas même besoin de s'en aller : on la forcerait à partir. Alfredo Cid avait envoyé un dernier avertissement après l'enterrement et les possibilités de résister, déjà minimes du vivant de tante Ana, étaient maintenant égales à zéro. Il faudrait qu'elle parte ; mais, en attendant, il restait entre ces murs comme un témoignage, comme un écho de ses jours de petite fille.

Cette peur, si liée à son effrayante impression de solitude, était encore aiguisée par d'autres facteurs. D'une part, son frère ne pouvait être près d'elle, car il avait trouvé à Madrid un travail temporaire. D'autre part, durant les nuits, elle entendait des bruits dans le jardin, des frôlements qui n'avaient rien de furtif : des pas, des corps qui rasaient les montants des portes. Elvira était absolument sûre que quelqu'un entrait, surveillait son sommeil, comptait ses heures. Dès que la nuit recouvrait les arbres centenaires, tout s'emplissait d'invisibles présences. Elle le savait.

Mais, à ce moment-là, il ne faisait pas nuit, à ce moment-là entrait dans la pièce la lumière du soleil.

Elvira, une fois de plus, comme chaque jour, alla vérifier les serrures des deux portes, les volets des fenêtres du rez-de-chaussée, le verrou de l'unique lucarne du grenier, sur laquelle les branches des arbres retombaient presque. Elvira était convaincue qu'une personne agile, en grimpant à l'un des pins, aurait pu arriver jusque-là et entrer dans la maison par la lucarne, si elle ne barrait pas celle-ci. C'est pourquoi elle était obsédée par ce verrou.

Pourtant, ces précautions étaient inutiles, Elvira le savait ; elle savait qu'il était impossible de lutter contre cette mystérieuse faune de la nuit, contre les êtres qui, si la maison était fermée, n'en peuplaient pas moins le jardin. N'importe lequel d'entre eux pouvait entrer, non par les fenêtres du rez-de-chaussée, mais en brisant les vitraux du premier étage, dont le plus grand formait toute une paroi, au retour de l'escalier. Ces vitraux n'étaient défendus par rien, car ils symbolisaient des temps plus stables, et plus sûrs, où les belles choses, si inutiles fussent-elles, pouvaient être savourées en paix.

Même, une nuit, elle l'avait entendu distinctement, elle était sûre de l'avoir entendu : un poing qui frappait en rythme les volets d'une des fenêtres. Et une autre nuit, elle l'avait clairement vue, elle était sûre de l'avoir vue : une forme humaine collée aux vitraux de l'étage, une forme qui se balançait, comme la branche d'arbre où elle était montée. Elvira n'avait pas même trouvé la force de crier : elle s'était contentée de courir jusqu'à son lit et de s'y enfouir, pleine d'un sentiment d'horreur et de fatalité, le visage recouvert, les jambes si raides qu'elle ne pouvait plus les remuer, désirant inconsciemment qu'ils en finissent avec elle (mais sans qu'elle ne voie rien) et que ce cauchemar prenne fin une fois pour toutes.

Elle se rendait bien compte qu'en pareil cas, elle ne pourrait même pas appeler à l'aide : le téléphone était coupé faute de paiement. Elvira n'avait pas de travail et n'avait plus que l'argent indispensable pour subsister pendant une très courte période et payer quelques jours de pension quand son frère serait de retour ; car à son retour, c'était certain, ils n'auraient nulle part où aller.

Elle retrouvait ces nuits de jadis où les terreurs infantiles la poussaient à se couler comme une ombre jusqu'à la chambre de tante Ana et à rester là immobile, rigide, morte de froid, sachant seulement que la respiration cadencée de cette femme si âgée et si puissante la protégeait de tout danger. Parfois, le claquement de ses dents de petite fille réveillait la tante Ana, qui la découvrait alors, chétif fantôme immobile, hiératique, sentant au fond des os que la chaleur de la vie l'abandonnait minute après minute. « Mais qu'est-ce que tu fais ici, petite ? Qu'est-ce que c'est que cette folie ? Mon Dieu, mais qu'est-ce que tu fais ici ? »...

— Laisse-moi rester avec toi, Tani. Juste un moment. Je te jure que je ne te dérangerai pas. Je prendrai très peu de place, je resterai tranquille et, quand tu voudras, je m'en irai. Mais, s'il te plaît, laisse-moi rester avec toi, avec toi, avec toi...

Quand ce grand corps compact l'enveloppait de sa chaleur protectrice, la rendait invulnérable à toutes les mains furtives, à tous les bruissements au milieu des meubles, à toutes les ombres à côté des portes, Elvira traversait un magique instant de bonheur et de plénitude, qui à lui seul était capable, elle le savait, de remplir toutes les autres nuits de sa vie. Elle se serrait bien fort contre le grand corps chaud et murmurait :

— Ah, que c'est bon, Tani...

La tante Ana l'embrassait fort, la pressait contre sa forte poitrine un peu tombante, parfois un peu poisseuse, et soupirait :

— Mais pourquoi as-tu peur, idiote ? Tu ne sais pas que tu pourrais m'appeler, s'il se passait quelque chose ? Tu n'apprendras donc jamais à être une femme ?

Et, disant cela, elle l'enlaçait plus fort encore ; certaines nuits, Elvira avait vu des larmes humecter les joues de Tani.

Les temps avaient changé, Elvira — se disait-elle maintenant en se regardant dans la glace —, le temps n'est plus où grâce à toi quelqu'un pouvait s'assurer qu'il servait à quelque chose et que dans le monde palpitait encore un peu d'espérance.

Maintenant la peur régnait sans partage, maintenant la protection de Tani n'était plus que le souvenir d'un visage flou et lointain, qui n'avait peut-être jamais existé.

Elvira, certes, n'était plus une enfant, simplement une jeune fille timide ; elle aurait pu parvenir à dominer la peur par la seule force de sa raison. Mais quelque chose l'en empêchait : ces nuits qui étaient comme un lac d'horreur, ces nuits durant lesquelles elle entendait dans le jardin toute sorte de bruits, devinait les mains qui couraient sur les fenêtres, percevait même le rythme d'autres respirations au-delà des murs, au-delà de l'atmosphère qu'elle-même respirait, et qui la guettaient. Ce n'étaient pas de vaines imaginations : le lendemain matin, en sortant, elle pouvait voir, nettement imprimées dans la terre du jardin, les empreintes de pas qui entouraient la maison.

Quelqu'un ou *quelque chose* pénétrait toutes les nuits dans le jardin, depuis que tante Ana était morte. Et comme l'étape suivante serait que *quelqu'un* ou *quelque chose*, forcément, entrerait dans la maison pendant son sommeil, Elvira alla prévenir la police. Elle était allée jusqu'au bout de ce mystère insensé, elle n'en pouvait plus.

— Il n'y a rien qu'on puisse faire, dit l'inspecteur de garde, tout en considérant avec curiosité ses vêtements, son visage très pâle, ses cheveux de poupée ancienne. S'il y avait eu des dégâts ou si on avait essayé d'entrer dans la maison, ce serait différent, bien entendu. Mais je sais ce qui se passe, moi. Voulez-vous que je vous dise ? S'ils ont flairé que la maison allait bientôt être démolie, les clochards doivent déjà être en train de prendre position par là-bas. Il y en a une flopée, je peux vous le dire, et ils doivent s'intéresser à ce nouveau refuge possible. À propos, est-ce que tout ferme bien ?

Elvira savait que tout cela était inutile, qu'elle était irrémédiablement seule et que, de plus, il ne s'agissait pas de simples clochards. Des clochards ne seraient pas arrivés là si vite, se disait-elle, et puis ils auraient laissé dans le jardin des marques de leur présence : de la nourriture, un morceau de tissu, un journal, une bouteille ou une boîte de conserve, un simple mégot, une délicate trace de miction. Rien de tel n'était visible parmi les fleurs qui se mouraient, seulement ces empreintes qu'Elvira découvrait chaque matin et qui semblaient concrétiser une menace d'autant plus terrible qu'elle était aseptique et glacée.

De plus, elle ne voyait aucun rapport avec sa vie

antérieure ou celle de tante Ana. Personne n'était jamais entré dans le jardin, personne ne les avait cambriolées ; il s'agissait donc d'une situation nouvelle, comme si elle était soudainement passée dans l'orbite d'une nouvelle planète.

Puis, un matin, elle se rendit compte qu'en fait, il y avait bel et bien un rapport. Les deux planètes, celle de la sérénité passée et celle de l'horreur actuelle, s'étaient mises à tourner de conserve, à avancer dans la même direction. Elle rentrait de porter des fleurs sur la tombe de tante Ana, des myosotis jaune pâle enveloppés d'un ruban violet. Mais, à son retour, le bouquet de myosotis était là, près de la cheminée, qui l'attendait reflété dans le miroir de Murano, dans un vase ancien, dans un poudrier rococo de Tani, sur une coiffeuse qui se trouvait deux chambres plus loin, au-delà des portes ouvertes et des murailles de silence.

Elvira n'était plus en état de supporter ce choc. Elvira perdit connaissance.

VIII

Les rencontres de Méndez

Méndez commença sa victorieuse razzia, cet après-midi-là, en mettant le grappin sur un tourneur de bonneteau, qui avait installé son bazar à l'entrée de la Calle de las Tapias, et qui lui échappa vingt pas plus loin en criant : « P'tain d'med', 'spéteu, faut bien becqu'ter ! » Méndez, pour continuer, entra dans une pension pour se renseigner sur un client qui aurait bien pu être un délinquant invétéré qu'on appelait « Sept-Vies » ; mais il s'avéra que « Sept-Vies » venait justement de mourir. (Ce qui amena Méndez à constater qu'il avait gardé le mandat d'amener dans une de ses poches pendant plus d'une semaine, avant de le retrouver. En effet, on le lui avait renvoyé de la blanchisserie où il avait donné son veston à nettoyer. Mais cela tenait également, loué soit l'esprit du temps, au fait qu'il était un vieil admirateur de « Sept-Vies » et souhaitait le délivrer du mal, ainsi soit-il.) Toujours est-il que Méndez eut tout de même un peu de chance et put compenser cet échec, car il découvrit dans cette même pension un évadé de la Modelo, en train de sodomiser non la patronne, comme il aurait été convenable, mais le mari de la patronne. Méndez les arrêta tous les deux après ce cri de guerre inspiré : « Je vous ai chopés le cul à l'air ! »

Sans conteste, sa razzia marchait bien.

(Tout de suite se déroula entre les proscrits et le représentant des forces répressives un dialogue difficile à retranscrire, en raison de son extrême technicité juridique, mais qui donna à peu près ceci :

Méndez : Là, vous êtes bons. Je vais faire un rapport qui ne manquera pas de jus !

L'évadé : Vous allez raconter qu'on s'envoyait en l'air ?

Méndez : Et comment, que je vais le raconter ! Tout ce que je regrette, c'est de ne pas pouvoir le faire en musique. Le début donnera à peu près ça : « C'est alors qu'ils pratiquaient la sodomie *in situ* que furent interpellés par l'inspecteur soussigné deux individus qui, ayant été dûment détachés l'un de l'autre, ont déclaré se nommer... »

L'évadé : Bon, mais alors, si vraiment vous tenez aux détails, précisez que c'est moi qui lui mettais.

Méndez : C'est pareil. Celui qui met est tout aussi pédé que celui qui se fait mettre.

L'évadé : Très bien, mais tout de même, parce qu'on sait jamais, précisez que c'est moi qui lui mettais.)

Une fois terminées les premières formalités, qui consistaient à tendre leurs vêtements aux personnes interpellées, à les avertir qu'ils pouvaient prévenir un avocat (pourvu qu'il n'en soit pas lui aussi), à téléphoner au commissariat pour qu'on dirige sur la pension une expédition armée, Méndez poursuivit sa mémorable razzia en faisant connaître à la Chaste — eh oui, c'était son patronyme, pour de bon —, cofondatrice du syndicat de la métallurgie, que la prochaine fois qu'elle volerait son portefeuille à un client ivre, elle était priée de lui laisser au moins ses papiers. (La Chaste était une si glorieuse vétérane, si digne de la médaille du Travail, que pendant ses premières années dans le métier elle avait effectivement été mêlée à l'affaire du syndicat de la métallurgie, une idée des Rouges barcelonais, en 36, pour conférer aux camarades putains la dignité socio-professionnelle à laquelle elles avaient droit. Comme tout le monde devait appartenir à un syndicat, et qu'ils ne savaient pas très bien auquel les rattacher, ils finirent par choisir, après mûre réflexion, celui de la métallurgie, vu le rapport direct entre le travail de ces camarades et les sommiers de lit. Les choses se maintinrent ensuite en l'état jusqu'au triomphe total du Glorieux Soulèvement franquiste — dont certes l'intitulé aurait également pu servir d'abri à ces dignes professionnelles, mais personne d'autre que Méndez n'y avait jamais songé.)

Après ce paternel avertissement, Méndez fit évacuer un bar ; sema la panique dans une salle de baby-foot où il y avait au moins dix peloteurs de gamins disposés à payer et dix gamins disposés à se laisser payer ; et termina son glorieux périple en arrêtant deux camés dans les toilettes pour dames d'un hôtel meublé, toilettes dans lesquelles Méndez — qui n'en fit pas mention dans son rapport — s'était introduit et apprêté une demi-heure auparavant.

Ce fut, en deux mots, un profitable après-midi,

intégralement consacré à la sécurité de la grande agglomération. Bien entendu, Méndez se consacra aussi, en passant, à d'autres menus travaux qui, soigneusement notés sur son calepin, consistèrent à : a) veiller cinq minutes le cadavre d'une ex-courtisane qui avait été des plus élégantes dans les années quarante et qu'on avait même surnommée la Pompadour; b) rendre une brève visite à Antonio Pajares et à son chien pour dire au premier qu'on pourrait bientôt lui rendre sa vieille chaise roulante, bien qu'il eût déjà la jouissance de la nouvelle; c) exhiber son pistolet extra-réglementaire, modèle Colt 1912, devant un employé livreur qui, à en croire les rumeurs du quartier, se farcissait sa fille; d) le menacer en outre, s'il persistait dans les mêmes dispositions, de se farcir lui-même sa femme; e) noter que l'autre avait demandé, et devant témoins : « Toi ? Et avec quoi, Méndez ? »; f) l'arrêter pour insulte à l'autorité et à ses attributs; g) s'envoyer quelques amuse-gueule au Cuernos, bar qui jadis était en effet glorieusement décoré de douzaines de cornes (dont aucune de provenance humaine), mais était devenu un local aseptique, assez comparable à une clinique orthopédique et où les seules cornes étaient celles que Méndez aurait pu dénombrer sur la tête de certains clients.

Les *tapas* n'étaient pas mauvaises, mais l'addition correspondante lui parut terriblement élevée, car Méndez se souvenait d'avoir consommé au même endroit, vers le milieu des années quarante, de mémorables bières accompagnées de *pinchos* aux olives, aux anchois et peut-être aux mouches, élevées maison, pour la modique somme d'une peseta. On voit bien là que Méndez souffrait de plus en plus de l'incurable infirmité des nostalgiques, qui continuent à considérer les villes, les prix, les rues et même les femmes — détail particulièrement dangereux — non pour ce qu'ils sont mais pour ce qu'ils étaient.

C'est en sortant du Cuernos qu'il tomba par hasard sur Abel, qui remontait la Calle de San Pablo en direction du Paralelo. Le concept de «hasard» n'était évidemment pas pertinent par rapport aux habitudes de Méndez, qui contrôlait les horaires de toutes les personnes de sa connaissance ; il n'en est pas moins vrai qu'en cette occasion, Méndez rencontra Abel une demi-heure avant l'heure à laquelle il avait prévu de se trouver à l'endroit où devait se produire ce hasard.

— Vous terminez très tôt, Abel.

— Comme vous voyez. J'ai eu peu de gens à aller voir aujourd'hui, Méndez. Ça dépend des jours. Et vous, qu'est-ce que vous faites là ?

— La même chose que d'habitude. C'est mon secteur.

— Eh bien moi, je rentrais chez moi.

— Chez vous ?

— Oui. Vous savez certainement que je vivais avec Paquito et la femme de Paquito.

— Mais cela ne figure nulle part... Votre domicile officiel est situé ailleurs.

— Bien sûr... C'est mon domicile antérieur. Je n'ai jamais pris la peine de le faire changer. Pour quoi faire ?... D'ailleurs, voyez ce que c'est que la vie : je vais sûrement devoir y retourner. Je ne sais plus ce que je fabrique chez Paquito.

Méndez s'était mis à l'accompagner tout naturellement, sans que l'autre trouve cela absurde, comme si leurs chemins n'en faisaient qu'un, et c'est de la même manière, tout naturellement, qu'il l'invita à s'asseoir à la brasserie Bohemia. La brasserie Bohemia, sur la Ronda de San Pablo, est également un lieu digne de figurer aux archives de la Couronne d'Aragon, avec son passé de glorieuses bacchanales, de femmes aux hanches pesantes, de femmes à la tête légère, et de généreuses rations de thon mariné à une peseta cinquante.

Méndez murmura :

— À vrai dire, ça m'a fait une drôle de surprise.

— Quoi donc ?

— Que vous habitiez chez Paquito. Je n'aurais jamais imaginé ça. Non, vraiment, en aucun cas. Depuis le début, j'avais cru qu'Esther était à côté de la plaque, en ce qui concerne vos relations à tous les deux. J'avais même échafaudé une théorie.

— Une théorie ?

— Oui. Ça ne me gêne pas de confesser ce que j'ai pensé, même si j'ai eu tort de le penser. J'en étais venu à imaginer... Je ne sais pas... Que l'instigatrice de la mort de Paquito devait être sa propre épouse.

Abel fronça un de ses sourcils, si soignés, des sourcils qu'on aurait dit dessinés et épilés par un professionnel discret, peut-être bien un eunuque.

Il susurra :

— Mais qu'est-ce que vous racontez ? Esther ?... Pourquoi Esther aurait-elle fait une saloperie pareille ?

— Pour la raison la plus vieille du monde,

répondit Méndez. Enfin, non, pas la plus vieille : cette raison ne pouvait pas exister tant qu'il n'existait qu'un homme et une femme. Elle est apparue quand il y a eu un homme et deux femmes, donc plus tard. Encore que les temps ont changé, savez-vous ? Nous avons tant progressé qu'elle peut également se manifester quand il y a une femme et deux hommes. Je veux parler de la jalousie féminine.

Abel encaissa sans ciller. Au contraire, c'est en le regardant droit dans les yeux qu'il dit tranquillement :

— Esther ne pouvait pas être jalouse. Elle était au courant de nos relations. Elle savait tout, elle acceptait tout.

— Vous voulez dire que Paquito et vous dormiez dans un lit et elle dans un autre ? Mais alors, qu'est-ce que vous faisiez pour qu'elle n'entende rien ? Vous mettiez de la musique ? Ou bien est-ce que vous ne preniez pas même la peine d'être discrets ?

— Ce n'est pas croyable que vous vous montriez si vulgaire, Méndez, si faubourien, si semblable aux vieux frimeurs du cinquième district. Ça me déçoit. J'ai presque envie de me lever et de m'en aller tout de suite ; si je ne le fais pas, c'est parce que je suis mieux élevé que vous. Je vous ai parlé, au café Condal, à quelques centaines de mètres d'ici, de certaines choses que je pensais que vous comprendriez. Je vous ai parlé de choses toutes simples, un souvenir, un visage d'enfant, un vieux cinéma, un après-midi moribond. Je vous ai parlé de valeurs qui vont de soi, de choses que n'importe quelle personne moyennement sensible perçoit dès qu'elles sont dans l'air. Vous n'avez donc toujours rien compris ? Mes rapports avec Paquito n'étaient pas des rapports de lit, du moins pas uniquement. Vous auriez dû vous en apercevoir. Ce qui comptait le plus pour nous, c'était la compagnie, la complicité, un baiser sur la bouche, une caresse sous la douche. Mais nous avons toujours fait cela en l'absence d'Esther. Nous avons respecté sa sensibilité. Nous avons honoré un accord tacite, établi entre deux hommes et une femme, ou entre trois femmes, si vous préférez voir les choses ainsi. Maintenant, tout cela m'est égal. En tout cas, Paquito partageait la couche conjugale avec Esther, et moi je dormais tout seul.

Méndez dut laisser passer quelques secondes avant de chuchoter :

— Pourquoi tolérait-elle cette situation ?

— Demandez-le-lui.

— Je vous le demande, à vous. Et ne venez pas prétendre que vous ne connaissez pas la réponse. Vous la connaissiez dès le premier jour.

— Qu'est-ce que cela peut vous faire ?

— Ça ne m'intéresse pas au niveau policier, mais humain. Depuis toujours, les crimes m'intéressent exclusivement par leurs aspects humains. Enfin, ne tournons pas autour du pot ! Répondez-moi.

— Bien... Je vais vous répondre sans quitter le terrain des sentiments humains, dont j'observe avec une réelle surprise que vous aussi, vous leur accordez une valeur. Si Esther tolérait cette situation, c'est pour une raison bien simple : parce que la vie ne lui avait pas apporté grand-chose, ou du moins parce que la vie ne lui avait pas apporté autre chose. Esther est une fille de ce quartier, Esther n'a connu dans son enfance qu'une chambre sans fenêtre, un oiseau recueilli dans la rue, et une triste galerie sur cour. Pardonnez-moi de parler ainsi, mais c'est qu'à ma manière, je suis un chroniqueur des petites choses. Esther, quand elle était adolescente, n'avait que les pentes du Montjuic pour courir, le cinéma Condal pour rêver et son doigt pour se frotter. Vous voyez, ce n'était pas beaucoup ; mais Esther s'est résignée : elle savait que la vie ne lui en donnerait pas plus. Elle a compris cette vérité subtile, que les petites choses peuvent être importantes. Et cette vérité est entrée en elle, est devenue une partie de sa vie.

Il fit une petite pause, les mains posées sur le guéridon, et ajouta :

— Ensuite est arrivé Paquito, miraculeusement, un homme qui était beau, qui avait de l'éducation et apparemment un avenir, même si Esther a sans doute deviné tout de suite que Paquito était trop rêveur pour se soucier de rêver d'argent. Mais elle a également accepté cette particularité, elle a également accepté des règles qui, de son point de vue, étaient déjà écrites dans l'air de sa rue. Elle est passée du cinéma Condal au cinéma Goya, qui est plus distingué, elle a troqué sa chambre sans fenêtre pour un balcon qu'effleurait un soleil parcimonieux, avare de ses minutes. Elle a remplacé son doigt de soliste par les caresses en duo si attendues, qui ne furent pas non plus ce qu'elle avait imaginé dans ses rêves d'écume, dans ses longs après-midi de cristal. Mais écoutez-moi bien, Méndez : tout cela, c'était la vie, qui nous accompagne, qui à force de coups nous mène vers l'ultime forme qui finira par être la nôtre. Ai-je besoin de vous dire qu'Esther s'est aussi résignée ? Eh bien oui, elle s'est résignée. Après tout, elle pouvait voir dans son univers immédiat des douzaines de femmes qui vivaient comme cela. En outre, elle aimait Paquito, c'était quelqu'un de bien, apprécié de tout le monde, qui avec elle se montrait doux, délicat, sentimental. Qui lui parlait d'un passé amer, tout aussi chargé de solitude que le sien. Qui a eu le courage de lui dire la vérité... Quand elle a appris cette vérité des lèvres de Paquito, elle n'a pas voulu permettre qu'une vérité la blesse plus qu'un mensonge. Elle n'a pas voulu le perdre à cause de cela. Paquito n'était pas seulement un homme bon, il représentait aussi sa petite sécurité, il la reliait à l'appartement, à l'épicerie du coin, au cinéma du samedi, à la minute de soleil sur le balcon. Tant de choses à la fois si petites et si importantes ! Il y a des millions d'êtres qui les apprécient, qui vivent ainsi, Méndez, même ceux qu'on ne laisse pas entrer à l'épicerie du coin, même ceux qui n'ont jamais vu le soleil. Elle s'est rendu compte aussi que moi-même, j'étais comme un prolongement de Paquito et, comme elle l'aimait, il ne lui a pas été difficile de me tolérer et de m'accepter. Nous nous ressemblions tant, lui et moi, qu'il lui arrivait même, en parlant avec nous, de nous confondre. Aux yeux de tout le monde, j'étais un hôte payant, dont la présence les aidait à payer les charges ; pour elle, certes, je représentais aussi une contrariété, sans doute la plus amère de toutes, parce que c'était la seule qu'elle n'avait jamais imaginée dans ses rêves d'adolescente. Mais Esther a fini par m'accepter comme elle avait, au long de sa vie, accepté tout le reste : le quartier d'où elle ne sortirait jamais, la chambre minuscule, le soleil trop lointain, l'oiseau blessé. Tout un petit monde que vous, Méndez, n'avez jamais compris et ne comprendrez jamais.

Méndez le regardait fixement.

Il bougonna :

— Qu'est-ce que vous en savez ?

— D'accord, je n'en sais rien. Je n'ai fait que répondre à votre question, de la façon la plus sincère possible.

— Je regrette que les choses se soient passées comme ça, Abel, dit Méndez subitement.

— Pourquoi ?

— Parce que ça flanque par terre ma théorie. Je tenais la coupable, voyez-vous. C'était une chaîne de faits très simple, très logique, si simple et si logique qu'elle était même accessible à un commissaire de police.

— La vie ne présente généralement pas ces caractéristiques, Méndez : elle n'est ni simple ni logique. Vous y avez déjà songé ?

Méndez fut sur le point de dire qu'il y avait songé plus de fois que n'importe quel autre policier des effectifs barcelonais, mais il haussa les épaules et se contenta de demander :

— Qu'allez-vous faire maintenant, Abel ? Ce logement n'a plus aucun sens pour vous.

— Non, il n'en a plus.

— Vous allez partir ?

— Sans doute la semaine prochaine. Et vous, qu'allez-vous faire, Méndez ? Je peux vous poser la question ?

— Bien sûr que vous pouvez. Je vais continuer

à chercher le coupable, voyez-vous. Et peut-être que je le trouverai.

— Ça me surprendrait.

— Moi aussi. Vu le succès de ma dernière théorie, il va falloir que je me cache la nuit, si je ne veux pas que la benne à ordures m'emporte.

— Inutile pour ça d'attendre que vos théories se cassent la figure, Méndez. Il y aurait bien d'autres raisons pour que la benne vous emporte.

Méndez ne s'offusqua pas. Au contraire. Il déposa avec douceur de la monnaie sur la table pour payer leurs deux bières et demanda, sur un ton presque affectueux :

— Et quelles sont les amitiés d'Esther, la veuve de Paquito ?

— Vous continuez à penser à elle ? Pourquoi ? Vous ne vous êtes pas dit que moi aussi, par exemple, je pourrais être le coupable ? Que la crise de jalousie dont nous parlions, c'est peut-être moi qui l'ai faite ?

— Non, Abel. Paquito n'aurait pas poussé une chaise roulante avec vous dedans. S'il vous avait vu sur un pareil trône, il en serait peut-être mort, mais de rire.

— Oui, c'est vrai.

— Alors, dites-moi quels étaient les autres amis d'Esther.

Abel haussa les épaules.

— Eh bien, commença-t-il, puisque vous êtes si curieux, moi, après tout, ça ne me gêne pas que vous soyez au courant. D'ailleurs, les amitiés d'Esther sont si limitées que ce n'est même pas la peine d'en parler. Des gens du quartier, des commerçants, des encaisseurs, peut-être un collègue de travail de Paquito, de ceux qui se réunissent pour dîner ensemble une fois l'an... Tous les petits êtres qui entrent dans la petite logique qui est aussi celle de l'existence, vous voyez ? Pour le dire autrement : Esther vit la vie insignifiante des gens qui ne vivent pas. Ah ! J'ai failli oublier ; la personne qui vient la voir le plus souvent est Eulalia, une courtisane plutôt chanceuse. Vous connaissez cette expression qu'on emploie en Catalogne : « Il a plus de chance qu'une putain » ? Hein, vous la connaissez ?

— Il se peut que je l'ai déjà entendu prononcer, susurra Méndez avec une mine de légat pontifical.

— En tout cas, Eulalia est le type même de la putain qui a de la veine, bien que ça me gêne de parler de cette façon. Elle est avec un riche qui lui paye des repas dans les restaurants chers, des langoustes avec garantie d'origine, des vêtements à la dernière mode, des voyages dans des endroits exotiques... Elles parlent surtout de ça, toutes les deux, des voyages. Eulalia lui raconte ses aventures dans d'autres contrées, et Esther l'écoute avec ravissement. Savez-vous pourquoi ? Esther aurait adoré voyager. Ça la rendrait folle de joie.

— Et elle ne l'a jamais fait ?

Sur les lèvres d'Abel se dessina un sourire acidulé.

— Ne vous moquez pas, murmura-t-il. Avec quel argent ?

— Je ne sais pas..., dit Méndez en levant légèrement les mains. Je ne suis pas ce qu'on appelle un aventurier, mais il m'a semblé tout à coup qu'une expédition sur la Costa Brava ou au val d'Aran ne devait pas non plus revenir trop cher.

Ce sont aujourd'hui des régions complètement pacifiées, d'un niveau culturel tolérable, et où les indigènes n'hésiteraient peut-être même pas à vous venir en aide. Je l'ai entendu dire à des personnes de toute confiance.

— Et zut, à la fin, Méndez! Je crois qu'un homme comme vous, même son propre père n'a jamais dû le comprendre. Et sinon, il a dû mourir jeune. Moi, je vous parlais de choses sérieuses. Des voyages en Amérique, dans les pays nordiques, à Bali, à Jérusalem, en Inde... Des endroits de ce genre.

Méndez ouvrit la bouche.

— Eulalia a visité tout ça? bredouilla-t-il.

— Mais bien sûr. Je vous ai déjà dit qu'elle fricotait avec un riche, dont apparemment elle tire tout ce qu'elle veut. Ce n'est un secret pour personne qu'en ce monde, un bon cul peut accomplir des prodiges.

Le vieux policier le regarda à nouveau fixement.

— Oui, fit-il.

Abel pâlit.

— Méndez, vous m'offensez, dit-il en se levant.

— S'il vous plaît, ne partez pas... Je vous en prie... Je ne voulais pas vous offenser. Je parlais des femmes, pas des hommes. Parfois, quand on parle de zones aussi périlleuses et d'une telle utilité publique, je m'embrouille, croyez-moi. Essayez de comprendre. D'ailleurs, qu'est-ce que j'en ai à faire, de cette Eulalia? C'était seulement une question pour mieux situer l'atmosphère, pour essayer de saisir... Oubliez ce que j'ai dit. Mais qu'est-ce qui vous arrive? Vous partez, Abel?

Abel Gimeno, en effet, avait écarté sa chaise. Il murmura, les traits tendus :

— Merci pour votre invitation, Méndez. Mais n'oubliez pas de la noter sur votre agenda, parce que ce sera la dernière. Vous n'arriverez jamais à savoir qui je suis, vous n'avez rien compris à rien. Bonne nuit.

Et il s'éloigna parmi les tables, sans attirer l'attention d'aucun homme, mais au contraire, discrètement, celle de quelques femmes. Quand les femmes remarquent que quelque chose ne va pas, elles crèvent de curiosité, se dit Méndez. Certains ont même découvert — pensa-t-il encore, quoique avec deux siècles de retard — que c'est le meilleur système, avec elles. Quel dommage de ne pas l'avoir su plus tôt : ça m'aurait valu des insultes que je n'ai jamais encore entendues.

*

— La seule chose que je lui ai dite, expliqua Méndez plusieurs heures plus tard, au commissariat, alors que le petit matin approchait, c'est qu'un cul peut faire des miracles. Plus exactement, c'est lui qui l'a affirmé, et je me suis contenté de corroborer cette thèse essentielle. Je ne sais pourquoi, il s'est senti offensé. Est-ce que ce n'est pas quelque chose que tout le monde sait ? Vous vous souvenez tous du vieux commissaire que nous avions ici dans le temps ? Hein ? Qui ne s'en souvient pas ? Ce saint homme avait coutume de dire : « Mes enfants, dans la vie, pour arriver loin et obtenir ce que l'on veut, il faut toujours se montrer rectaux. »

Après cette proclamation, si fidèle à la sagesse des nations, Méndez enfila comme il put son manteau noir, ferma à clé le tiroir central de son bureau (où il conservait une bouteille d'anis sec de Chinchón), décrocha la lettre «A» de sa machine à écrire pour que personne ne puisse s'en servir en son absence, puis abandonna ce temple de la sécurité urbaine avec la satisfaction d'un homme qui emporte avec lui le sentiment du devoir accompli.

Dans la Calle Nueva, tout près de là, se trouvait la Bosse. Les deux hommes, en s'apercevant, firent preuve d'une grande éloquence pour se témoigner leur mutuelle estime :

— P'tain, 'spéteu Méndez !
— Bon sang de merde, la Bosse !
— 'Cré plaisir d'vous voir, 'spéteu ! Pas b'soin d'un p'tit r'montant ? 'Cor que, si on nous voit potes, ça peut v'faire du tort, savez comme c'est.
— Mais non, mon vieux, mais non, penses-tu ! Puisque tout le monde le sait déjà, que tu me files des tuyaux... Même Couteaux le sait, alors tu penses !
— Couteaux, quand y sortira d'tôle, faudra qu'j'me tire d'Espagne, 'spéteu Méndez.
— Mais c'est pas toi qui l'as fait plonger !
— Non, mais j'ai plongé aut'chose à sa femme.

Méndez fit un petit bond.

— L'Alicia ? demanda-t-il.
— Non. La Petra.
— Mais putain, qu'est-ce que tu racontes ? La Petra n'est plus la femme de Couteaux ! Maintenant c'est la femme de la Ruade. Ils ont passé un marché.
— Nom de Dieu !

La Bosse avait dû s'appuyer au mur. Sa mâchoire tremblait. Méndez le retint au dernier moment. Si ç'avait été sur un ring, la Bosse aurait été sauvé par le gong.

— C'est toi qui as besoin d'un verre, mon vieux! cria Méndez. Allons, du cran! Qu'est-ce qui t'arrive?

— Presq'rin. C'que Couteaux est en tôle, mais la Ruade, lui, il est d'ors! Fait pas deux jours, j'suis'lé avec lui 'ch'ter un cran d'arrêt!

— Alors là, oui, tire-toi d'Espagne avant qu'il l'apprenne. De Dieu, quelle connerie t'as faite, mon petit gars! Mais comment c'est possible? C'est donc que la Petra et toi, vous 'vous parlez pas? Elle t'a pas dit avec qui elle était?

— Et med'! D'jà qu'on doit l'faire dans l'scalier en cinq minutes, en plus on d'vrait parler du gusse? Va pas, non?

— Eh bien, tu aurais mieux fait de me demander, mon vieux. Qui t'a raconté que la Petra était encore avec Couteaux?

— Un gars qu'travaille dzun journal, m'a 'spliqué qu'la connaissait.

— Putain de sa mère. Et comment il s'appelle, celui-là?

— Amores.

— Amores? Et tu l'as cru, la Bosse? Tu sais pas dans quoi tu t'es fourré!

— 'Spas ça l'plus important, 'spéteu. 'Vais c'fiance en lui. J'lui ai d'mandé conseil, pour si Couteaux l'saurait.

— Oui? Et qu'est-ce qu'il t'a conseillé, Amores? Allez, dis!

— D'chercher protection.

— Auprès de qui ?

— D'la Ruade. Tout lui'conter, m'en r'mett'à lui. P'tain, j'ai failli. J'y ai même filé du blé pour le cran. S'en est fallu d'un poil qu'j'lui dise, 'dant qu'le gars y assait sa langue su'l'tranchant : « 'Coute, ça m'fait d'la peine pour l'cornard, mais en c'moment j'rends service à la Petra. Quand on s'voit, j't'jure qu'l'en veut, 'squ'à plus soif. »

Méndez se sentit frissonner.

Il tenta d'imaginer la silhouette de la Bosse sur une table d'autopsie.

Il dut fermer les yeux.

— Viens, dit-il, je t'offre un verre à la *bodega* Bohemia. Je crois que tu en as plutôt besoin, tu sais ? Et la *bodega* Bohemia, surtout, ne confonds pas avec la brasserie qui s'appelle pareil, elle est si près d'ici qu'on va y arriver avant que tu tombes. Allez, magne !

*

En des temps reculés, des temps déjà perdus parmi les brumes d'autres temps encore — dix-huit ans, peut-être vingt ans —, un policier ami de Méndez vit à Berlin un documentaire sur la *bodega* Bohemia. C'était dans un cinéma dont le nom se terminait, très normalement, en *er* ou *en*, un cinéma bien organisé, avec des opérateurs tatillons, et un public semblablement organisé et tatillon. À ce qu'il parut à l'ami de Méndez, ce public buvait le vendredi, faisait l'amour le samedi et consacrait le dimanche à étudier les mœurs des chiens domestiques. Ce public put ainsi découvrir avec stupeur que la *bodega* Bohemia était un phénomène international, mais sans parvenir à saisir tout le désordre, toute la lividité, toute l'espérance pathétique qui se déversaient là chaque nuit. Oh, Gran Gilbert traînant le poids de son âge, Lola cherchant dans l'air des coins de rue une voix à jamais disparue, mister-madame Arthur entretenant dans un cadre musical l'énigme d'un sexe dont plus personne ne voulait... Méndez n'avait jamais vu le documentaire berlinois (prise de vue grise et crue, bien faite pour la vivisection de pustules méditerranéennes), mais lui aurait fort bien compris la lividité des visages, l'ambiguïté de ces gestes qui trahissaient un déchirement intérieur, une vérité enfuie. Il aurait perçu la couleur du temps qui ne t'a pas attendu, mon frère, le secret d'une *pachanga* rythmant nos funérailles. Entre donc, Méndez, et regarde-nous encore, contemple nos années accrochées à la dernière lumière, à l'ultime cri. Entre donc, et au moins dis-nous que nous avons encore un nom.

Dix-huit ans, vingt ans peut-être, avaient passé depuis l'époque du documentaire berlinois, et une bonne part de son tatillon public ne pouvait plus boire le vendredi, ne cherchait plus à baiser le samedi et, qui sait, n'avait peut-être même plus de chien pour meubler la solitude du dimanche ; ce public avait sombré dans l'histoire. En revanche, sur la *bodega* Bohemia, on aurait pu tourner à nouveau le même film. Avec l'atmosphère d'alors, la musique d'alors, le même pathétique défilé de vieux artistes qui avaient jadis eu un avenir. Une silhouette d'arc tendu, et une voix, et la couleur de la vie sur une peau née pour la joie du monde. Qui maintenant revenaient du fond du temps, réduites au passé : une silhouette veineuse, une tache jaune sur la peau, une voix que vous, cher public, ne comprendrez jamais, parce que c'est une voix qui vient de très loin et dont la magie est de résonner en secret, pour nous uniquement. Entrez, respectables spectateurs, et riez de ce que nous sommes. Jamais vous n'aurez le privilège de savoir ce que nous avons été.

Méndez but à petits traits son verre de *manzanilla* pendant qu'une vieille artiste (on pouvait se demander si elle remontait au premier ou au second Empire) égrenait cette chanson :

> *Dans ma maison y'a un jardin*
> *Qu'il est quasiment divin*
> *Mais j'ai personne pour l'arroser*
> *Et y commence à s'dessécher.*

Sa voix portait en elle le Temps, portait le Passé, portait encore la dernière Espérance.

Méndez ferma les yeux à nouveau.

Et, à côté de lui, le chuchotement de la Bosse. La Bosse dit :

— La Tere el'vient'ci, des fois.
— Qui ça ?
— Bin la Tere ! Cê'du 'rnier étage d'mon immeub'. Cê'qui prend cinq hommes.
— Ah oui...

Méndez se souvenait, tout à coup. Il bafouilla :
— Elle vient ici ? Pour quoi faire ?
— Et 'quoi voulez-vous ? Ê'vient voir des gens 'core pus malh'reux qu'ê. Ça la c'sole.

Le vieux policier avait souvent eu l'occasion de vérifier, au fil des années, que les diagnostics les plus justes viennent souvent des gens de la rue. Il fit un geste d'assentiment et dédia à la Tere une de ses rares phrases pieuses :

— Pauvre gonzesse, dit-il.
— 'Jod'hui, pas 'ché plus loin, un mich'ton l'a filé n'trempe.
— Là-bas ?
— Non, dzune pension dégueu d'la Calle l'Cid. Fallu qu'un d'mes potes l'aide pr'aler au 'spensaire. Chienne d'vie, dites, saloperie d'merde ronde. Qu'je crois, y la soign' encore.

Méndez termina son *manzanilla*. Il paya. Maintenant, la vieille issue d'un Empire ou d'un autre chantait :

J'étais dans mon lit et je me suis levée
Pas qu'y avait une puce qui m'a réveillée
Salement en colère, j'ai tout d'suit regardé
Et j'ai bien l'impression qu'elle est dans ma chemise.

Les gens riaient, les gens se moquaient de ses rides, de sa voix éreintée, de ses seins sur le nombril, d'un passé qui appartenait à elle seule mais qu'elle exhibait comme une supplication, mêlée de provocation. Méndez sentait un goût étrange lui monter dans la bouche. Méndez avait assez d'expérience pour savoir qu'aucun passé, jamais, ne peut se transmettre.

— Sortons d'ici, la Bosse.
— Où qu'on va ?
— Au dispensaire.
— Au 'spensaire ? Quoi faire ?
— J'aimerais connaître la Tere. On verra, je

pourrai peut-être l'aider. Je voudrais au moins qu'elle porte plainte, après on trouvera bien quoi faire, une idée comme ça.

— Sûr, qu'ê port'plainte. Mais zallez voir qu'ê voudra pas. Pour ê ça s'rait 'core pis. Bon, onzyva.

Le dispensaire sentait le papier officiel, le désinfectant et aussi, curieusement, le tabac prolétarien. Un des infirmiers les salua avec le respect habituel :

— Bonjour, monsieur Méndez et compagnie ! Avec vous, on peut dire que la nuit s'annonce bien !

— Salut, Robles.

— Vous cherchez quelque chose, monsieur Méndez ? Je vous préviens que cette nuit, il ne s'est rien passé. Rien que les bagarres du quartier, ce genre de broutilles.

— Ce sont les broutilles qui m'intéressent. Est-ce que vous avez reçu une femme à qui on aurait flanqué une raclée ?

— Au moins quatre.

— Celle dont je parle s'appelle Tere.

— Ah oui, celle qui n'avait pas de papiers. Vous dites qu'elle s'appelle Tere et elle a dit pareil, mais elle peut aussi bien s'appeler Joséphine Bonaparte ou être la nièce du pape. Parce qu'on en voit certaines, par ici... Mais je ne vous apprends rien, monsieur Méndez.

— J'aimerais savoir si cette femme est encore au dispensaire, dit le policier.

— Non. Nous nous sommes occupés d'elle et elle s'est tirée.

— Mais, puisqu'il y avait blessures, vous avez bien dû faire un rapport...

— Bien entendu. Mais vous parlez d'un rapport ! Au début, on lui avait volé son argent et ses papiers sous un porche. Après, on l'avait frappée parce qu'elle se débattait. Et, à la fin, elle ne connaissait absolument pas les deux hommes. Enfin, le même truc que d'habitude... Les gens n'osent dénoncer personne. Dès que l'affaire arrivera au juge, il classera.

Méndez eut un geste résigné et demanda :
— Les blessures étaient graves ?
— Non. Pas graves-graves. La dérouillée classique. Mais tout de même, cette femme faisait pitié, vous pouvez me croire. Oui, elle faisait pitié... Elle est repartie en se traînant, comme une chienne.
— Et elle n'a fourni aucune adresse ?
— Si. Calle del Mediodía, pas loin d'ici.
— Sfaux, mâchonna la Bosse. Je l'saurais. C'dans cette rue qu'ê fait la chose, mais l'y vit pas.

Méndez haussa les épaules.
— Je n'arriverai jamais à voir la Tere, murmura-t-il. On croirait un fantôme.
— Mais si elle reçoit des hommes Calle del Mediodía, c'est qu'elle habite dans le quartier, opina l'infirmier. Vous ne l'avez jamais vue, monsieur Méndez ?
— Moi, jamais. Et vous, avant ?
— Moi non plus. C'est une première. Mais... qu'est-ce que ça peut faire ? Je vais vous dire, monsieur Méndez. La seule chose certaine, pour cette femme, c'est que personne ne prendra jamais la peine d'écrire son histoire.
— C'est vrai. Personne, dit Méndez.

Et il marcha jusqu'à la porte en traînant les

pieds, comme la femme un instant plus tôt. Sans doute l'un et l'autre sentaient-ils dans leurs jambes le même poids, celui de la vie qui s'en va, mais Méndez, du moins, feignait de l'ignorer.

*

C'était l'heure à laquelle se vident les rues de l'Ensanche, si l'on en excepte quelques-unes qui ont réussi à concentrer tous les progrès de la vie moderne : Rambla de Cataluña (travestis), Paseo de Gracia (drugstore), Consejo de Ciento (Scala), et d'autres de moindre notoriété, auxquelles le destin n'a accordé qu'un « topless » ou un bingo. C'était l'heure des voitures solitaires (jeunes médecins aux urgences, qui ne voyaient devant eux qu'un obscur avenir fait de portails fermés et de rues vides ; vieux journalistes désespérés auxquels on avait annoncé que leur journal ne survivrait pas ; dames vertueuses courant rendre leur dernier service de cette nuit-là) ; et des autobus solitaires qui transportaient un unique client endormi, d'une banlieue à une autre.

C'était l'heure des rues passées au vernis, des devantures toutes noires. L'heure à laquelle une voix demanda, au coin de rue désert :

— Pardon. Vous ne pourriez pas me faire traverser la rue ?

Le passant se retourna. Seulement alors, il se rendit compte que la voix venait d'une personne assise dans une chaise roulante.

IX

Toutes les ombres de la nuit

Ce matin-là, Alfredo Cid ne roulait pas en Jaguar, mais dans sa R-25, conduite par son chauffeur. Une R-25 suscite un certain respect, sans être pour autant ostentatoire, or il allait avoir besoin d'inspirer du respect. Par ailleurs le chauffeur, un homme tout à fait frappant, ancien professeur de judo, lui assurait une protection dont il pouvait bien avoir besoin. Alfredo Cid avait toujours soutenu qu'en tenant compte des divers facteurs et impératifs, on contribue à l'harmonie de l'univers.

Le bar où il entra avec son chauffeur, curieusement, était plutôt modeste et sentait le casse-croûte sur le pouce, le cognac ou prétendu tel, les cafés préparés à la chaîne. Les trois hommes assis à une table du fond, qui absorbaient quelques-uns de ces cafés tout en commentant l'impossibilité, aujourd'hui — mais où est-ce qu'on va comme ça ? —, de trouver une miss dotée d'un fessier un peu respectable, c'est-à-dire une qui, rien que sur la balance, donne un peu le goût du combat, se levèrent en le voyant.

— Bonjour, monsieur Cid.
— Comment ça va, monsieur Cid ?

— À vos ordres, monsieur Cid.

M. Cid présenta l'homme qui l'accompagnait.

— Voici mon chauffeur.

— Eh bien, enchanté ! Monsieur Cid, vous connaissez tout le monde. Autant qu'on s'assoie.

On fit à nouveau circuler cafés et cognacs, cette fois du Torres Fontenac, ce qui dénote déjà un certain niveau d'urbanité. Puis le chauffeur, jouant le maître de cérémonies, annonça :

— Bon, vous pouvez expliquer à monsieur Cid où vous en êtes.

— On a suivi vos ordres au pied de la lettre, commença l'un des trois hommes qui l'avaient attendu. Passer nos nuits dans le jardin. Faire un peu de bruit. Rendre la vie difficile à cette fille, lui foutre la trouille au maximum.

— Alors ? demanda le promoteur.

— À vrai dire, elle paraît pas sur le point d'emballer ses affaires pour se tirer, poursuivit un autre. Encore qu'elle doit pas être bien rassurée, même qu'elle est allée chez les flics. Mais il n'y avait aucun délit, alors ils s'en sont complètement foutus, vous pensez bien.

Le troisième des hommes ajouta :

— Permettez, monsieur Cid. Moi, j'y ai été plus fort, parce que je commence à penser que les bruits nocturnes, ça va pas suffire. Hier matin, elle est sortie, comme elle fait parfois, alors je l'ai suivie, et j'ai vu qu'elle s'arrêtait au cimetière de Montjuic. Quelle idée ! Faut vouloir, hein ? On avait pris le même autobus, mais comme elle me connaît pas elle a pas fait gaffe à moi. Dites, entre nous, sans charre, la fille est plutôt pas mal. Et puis elle a un je-ne-sais-quoi, avec ses fringues à l'ancienne, un genre pas-touche qui empêcherait peut-être pas une baise enragée. Enfin, tout ça pour dire : au cimetière, j'ai dû la suivre de très loin, parce que là c'est sûr que j'aurais attiré son attention, mais j'ai quand même pu voir qu'elle déposait un bouquet de fleurs sur la tombe de la vieille, cette Mme Ros. Quand elle s'est éloignée, j'ai eu une idée : je suis allé jusqu'à la tombe, j'ai raflé le bouquet et je suis descendu sur l'esplanade de Casa Antúnez par un autre côté, pendant qu'elle attendait l'autobus pour rentrer. J'ai pris un taxi et je suis arrivé à la maison une bonne demi-heure avant elle. Là, je me suis tranquillement servi d'une des clés que vous nous avez données et j'ai laissé le bouquet à l'intérieur. Une sacrée sensation, que ça allait lui faire, je me suis dit. De quoi avoir envie de se tirer de Barcelone dans la minute.

Alfredo Cid fit un geste d'assentiment, tout en réfléchissant à la situation. En principe, il n'avait rien contre le fait que les gens aient des initiatives, interprètent un peu les ordres reçus, mais il ne fallait pas qu'ils dépassent les bornes. Est-ce que ce type avait dépasssé les bornes ? Il termina son cognac et murmura :

— Ce n'était pas une mauvaise idée, Yáñez. À vrai dire, je pensais moi aussi à serrer un peu la vis, mais je ne savais pas bien comment. C'est qu'il ne faut pas non plus charrier, vous m'entendez ? Il ne faut donner à la police aucun prétexte pour intervenir. Nous ne faisons rien d'illégal, ce n'est pas mon genre, mais je profite tout de même de l'occasion pour vous rappeler que si jamais il y a le moindre problème, une enquête ou ce genre de choses, vous ne me connaissez absolument pas. Vous ne m'avez tout simplement jamais vu.

Yáñez rit.

— Le mieux serait de se la farcir, la nana, dit-il. Alors là, sûr qu'elle se tirerait.

— Il y a le risque que ça lui plaise, dit M. Cid avec un sourire d'homme du monde. Et que cette salope reste, histoire qu'on lui repasse le plat.

À nouveau sérieux, il agita la main d'un air d'ennui.

— Non, dit-il, aller la voir dans son lit, c'est exclu, parce que c'est là qu'on aurait droit à une réaction de la police, et de première bourre, encore. Je veux dire que les flics prendraient la peine d'examiner les circonstances et arriveraient peut-être à une conclusion. Au bout de leur raisonnement, ils pourraient tomber sur moi, vous comprenez ? Donc, pas question. Tout ce que je veux, c'est qu'on lui rende la vie insupportable dans cette maison, à la fille, et qu'elle aille se dégotter un autre endroit. Déjà, ça n'a pas été facile de faire qu'elle se retrouve seule, je peux vous le dire, ç'a pas été facile. Il a fallu que je passe par l'intermédiaire d'un ami pour trouver un emploi temporaire à son frère, pour qu'il parte à Madrid. Et c'est qu'on est obligé de tout faire comme ça, putain, dans ce pays, toujours la combine, tout de la main gauche. Le juge a donné trois mois de plus à Elvira, délai soi-disant non renouvelable, mais qui me dit que tout à coup il va pas disjoncter et lui en filer trois de plus ? Et pendant ce temps, moi, je paye des salaires. J'ai embauché des gars pour les travaux, et ils se tournent les pouces ailleurs, à des endroits où on n'a pas besoin d'eux. Quand ils décroisent les bras, c'est pour se chatouiller le poireau, ils n'ont rien d'autre à faire. La moitié d'entre eux sont payés pour deux heures par jour minimum, qu'ils les fassent ou non, vous imaginez un peu les frais. J'ai le droit de me défendre, non ? Ce serait le comble, qu'une petite bonne femme qui ferait même pas une apprentie putain me mette sur la paille !

Il eut un large geste pour embrasser toute l'amplitude de son infortune. Les autres, qui étaient là pour l'aider, tout prêts à se sacrifier pour lui, demandèrent un peu plus de cognac, du cher.

Quand ils eurent bu, l'un des hommes dit, sur un ton dubitatif :

— On arrivera à rien en continuant comme ça, monsieur Cid. On est en train de faire peur à la fille, d'accord. Et puis après ? D'abord, on peut pas dire que même cette idée soit faramineuse, si vous voulez mon avis, vu que j'ai déjà lu quelque chose du même genre dans un roman de cow-boys écrit par Marcial Lafuente Estefanía. Il y avait une fille qu'on voulait chasser d'un ranch, et on cherchait à l'effrayer. Cela dit, je vais pas remettre en cause l'idée ; après tout, les choses les plus simples sont parfois les plus efficaces. Ce que je veux dire, c'est que la frangine, aussi bien, elle va tenir le coup. Je crois qu'il faut faire autre chose, n'importe quoi, mais la pointure au-dessus.

— Et cette pointure, tel que tu vois les choses, qu'est-ce que ça pourrait être ?

— Je sais pas... Moi, je lui couperais le gaz et l'eau. Sans gaz et sans eau, on peut pas vivre. Surtout sans eau. Et sans cognac.

Il finit son verre.

— Ne dis pas de bêtises, grogna Cid. Les fournitures, c'est les compagnies qui les coupent, pas un particulier comme moi, même si légalement je suis propriétaire de la maison.

— Eh bien, et si quelqu'un abîmait les installations ? plaida l'amateur de cognac. Pas dehors, il pourrait y avoir une plainte, mais à l'intérieur. Dans une maison où tout est bouzillé, impossible de vivre. Et je crois pas qu'elle ait assez d'argent pour payer des réparations continuellement. Elle finira par en avoir marre.

— Ce n'est pas une mauvaise idée, complimenta Alfredo Cid. Mais, vu qu'elle y est, dans la maison, qui va pouvoir y entrer ?

— Quelqu'un qui aurait gagné sa confiance, proposa un autre homme, qui voulait compter lui aussi au nombre des gens utiles. Ou alors, peut-être, quelqu'un qui lui ferait pitié. Je sais pas... Je trouverai bien un nom.

Alfredo Cid fit un signe d'acquiescement pour signifier que c'était peut-être une bonne piste, puis leva les bras au ciel en s'exclamant :

— Putain, merde, qu'est-ce qu'un entrepreneur ne doit pas faire, aujourd'hui, pour pouvoir travailler !

Il regarda son chauffeur, et son chauffeur se montra absolument d'accord.

— Putain, merde, c'est que c'est vrai, monsieur Cid, dit-il tandis que les autres hochaient la tête en silence.

— Il va falloir penser à quelqu'un, indiqua Cid. Voyons... Ça ne peut être aucun d'entre vous, parce qu'on ne sait jamais, elle a pu déjà vous voir. Allons, trouvez-moi quelqu'un de confiance, nom de Dieu ! Faites un peu travailler vos méninges, une fois en passant ça vous fera pas de mal.

Et tous ces hommes si utiles à Cid — en qualité d'encaisseurs exécutifs, de liquidateurs du personnel difficile en fin de chantier, de briseurs de grèves, et autres métiers absolument indispensables — se mirent à penser. Cette activité dut leur occasionner une migraine insupportable, car ils redemandèrent du cognac. À la fin, l'un d'eux murmura :

— Je connais un homme qui pourrait l'embobiner, je crois qu'il saurait faire ça. C'est quelqu'un de cultivé, je veux dire qu'il est capable de bourrer le mou à n'importe qui, et en même temps il pourrait lui inspirer de la pitié. Ça, bien sûr, il faudra lui expliquer les choses, et lui montrer tous les plans que vous avez, qu'il voie où sont toutes les installations de la maison. Dans le détail, je veux dire.

— Il pourrait inspirer de la pitié à Elvira, tu dis ? Pourquoi ça ?

— Parce qu'il est à moitié paralytique. Pas toujours, mais très souvent, il est obligé de se balader dans une chaise roulante.

X

L'univers des galeries
sur cour

Curieusement, l'affaire était tombée sur le même juge, qui traînait toujours son manteau à revers de velours noir, son cartable d'écolier semblant contenir des vers inédits d'Antonio Machado ou des lettres d'amour à une tante interdite, et ce regard qui semblait encore perdu dans la vision d'un lointain casino de Castille. Le juge examina le passage, l'écriteau d'une école qui fabriquait des chômeurs à des prix abordables, les fenêtres où séchait du linge, et dit simplement :
— Ce passage ressemble à l'autre.
— Pourtant, celui de la dernière fois se trouve loin d'ici, murmura le chef d'équipe qui avait pris en charge cette affaire. Au moins à une demi-heure à pied, je dirais.
Le linge qui séchait sur les étendoirs des fenêtres était d'aspect plutôt sordide : maillots de corps de troisième génération, culottes pour mamans immémoriales, soutiens-gorge à armature approuvée par les Travaux publics, *bodies* faits pour recouvrir la totalité de la peau féminine et recommandés, sans nul doute, par le curé du coin. Méndez, à l'angle de la rue, se demanda s'il n'exis-

tait plus de femmes portant des petites culottes frivolité, des jarretelles qui faisaient schlac et laissaient la lumière éclater sur de belles grosses cuisses, des corsets dont le dégrafage exigeait beaucoup d'abnégation et tout un après-midi de Carême, pour le moins. Méndez avança en sautillant, se plaça à côté du cadavre et reçut en plein visage l'expression féroce du chef d'équipe et le regard impénétrable du juge.

Le policier de la brigade criminelle marmotta, comme s'il ne l'avait pas vu :

— Ça ressemble à l'autre crime, effectivement. La seule différence, c'est que je ne vois aucune chaise d'invalide dans les environs...

De fait, entre les voitures en stationnement, auxquelles personne n'avait été autorisé à toucher, on remarquait un Vespino de couleur pourpre et deux motos Yamaha relevant du moderne érotisme de la culture laser, mais rien qui rappelât les anciens fastes de la tradition manuelle. Pourtant, reconnut Méndez, tout le reste était identique : passage avec solitude et chat, ciel gris, cadavre jaune, tache rouge. Et, planant sur tout cela, une chape d'oubli municipal, pour un corps que probablement personne ne réclamerait. Le juge souleva la couverture qui recouvrait le mort et demanda doctement :

— Quand s'est produit le décès ?
— Cette nuit, vers deux heures du matin.
— Qui l'a découvert ?
— Un voisin matinal qui allait prendre sa voiture, informa le chef d'équipe. Il nous a prévenus, une voiture de patrouille est venue, deux agents sont restés ici et les autres ont emmené le voisin.

— Pourquoi ?
— Comme suspect, naturellement.
— Bien entendu, grogna Méndez. Quelle idée de prévenir la police !

Les deux autres se tournèrent vers lui. Et le flic de la Criminelle lui demanda, avec toute la politesse requise par la situation ;
— Qu'est-ce que vous foutez ici, Méndez ?
— Rien de spécial. Je passais par hasard, parce que juste à côté, il y a un bar où la friture est une petite merveille.
— Bon marché ? voulut savoir le juge.
— Non, ça, on ne peut pas dire.
— Mais alors...
— Je n'y vais qu'en début de mois, assura Méndez.

Puis, ne reculant devant rien, il accomplit à nouveau un triple bond — soixante-quinze centimètres en tout, son record urbain pour l'année écoulée — et fléchit le tronc pour mieux lever la couverture qui lui cachait le cadavre.
— C'est le même travail que dans l'autre passage, dit-il.
— Vous parlez de l'assassin qui avait oublié sa chaise roulante ? Cette fois, il ne l'a pas oubliée, Méndez.
— Non, bien sûr.

Et il ajouta :
— Leur prix a dû augmenter.
— Qu'est-ce que vous faites ici, Méndez ? Vous n'avez pas répondu à la question. Au lieu de ça, vous m'avez envoyé cette vanne sur un bar qui servirait de la friture.
— Une friture historique, souligna Méndez.

Mais je vais vous parler franchement : j'ai capté le message sur la fréquence de la police, quand on a averti les voitures de patrouille, et tout de suite j'ai pensé que cette affaire pouvait avoir un rapport avec la précédente. Bien sûr, vous allez me demander pourquoi.

— Non, je ne vais pas vous le demander, dit celui de la Criminelle. Mais, malheureusement, vous allez me le raconter quand même.

— C'est à cause du passage — continua Méndez imperturbable, comme s'il n'avait pas entendu. Il m'a semblé qu'entre les deux affaires existait une relation topographique, ce qui au fond constitue une relation sensée et tout à fait satisfaisante. Il est très manifeste que les humains ont tendance à manger, à satisfaire leurs besoins les plus éphémères, à travailler, à vivre de façon indécente et à mourir dans la décence, à l'intérieur d'un cercle extrêmement limité, dans lequel chacun de nous se sent plus ou moins rassuré. Si quelqu'un a réussi un crime dans un passage, il est probable qu'il recommencera dans un autre. Outre cela, dites-moi si vous connaissez un meilleur endroit pour liquider quelqu'un de façon discrète, sans que le voisinage se plaigne, c'est-à-dire sans perturber la paix sociale ? J'ai dit.

Il tendit un bras vers ce boyau urbain, cet espace résiduel où, de nuit, n'importe quoi pouvait vous arriver, sauf de rencontrer une femme aux mœurs tant soit peu honorables.

— Qui était le mort ? demanda-t-il ensuite, comme si c'était lui qui dirigeait l'enquête.

— Il s'appelait Abreu. Un employé de bureau, mais il plaçait également des assurances, ou quelque chose de ce genre : l'après-midi, il travaillait à son compte.

— Marié ?
— Non.
— De l'argent ?
— Il est bien habillé, dit le juge, encore qu'aujourd'hui on ne sait plus très bien ce que ça veut dire, être bien habillé. Disons qu'il portait des vêtements chers.

«Et il n'a pas l'air pédé», pensa Méndez en considérant les objets sans valeur répandus par terre, derniers reliquats du pillage auquel avaient été soumises les poches de la victime. Un paquet de tabac, des clés, un permis de conduire, un stylo-bille, un *Guide des Loisirs* permettant de faire une rencontre à partir du téléphone d'un cinéma, pour le prix coutumier d'une dame inexperte, ou bien d'un travesti oublié par les pouvoirs publics. En revanche, pas de briquet, ce qui indiquait qu'il était beau et qu'on l'avait pris. Ni montre, ni bijoux, ni argent. Tout rappelait le cas de Paquito, sauf qu'ici aucune bague ne criait une dernière vérité ou un dernier hommage.

L'homme de la Criminelle demanda avec ironie :

— Satisfait, Méndez ?
— Oh, très !
— Emportez donc le *Guide des Loisirs*.
— Pourquoi ?
— Vous y trouverez peut-être l'adresse de quelqu'un pour vous mettre en forme.
— Moi ? À moins d'essayer l'acupuncture..., dit Méndez.

Et il s'éloigna. Il laissa derrière lui ce petit univers de places de stationnement convoitées, de voisines épiées, de lingerie connue de tous. Le juge remonta ses revers de velours, parce qu'un petit vent frais commençait à monter du Tibidabo, et une grosse et grasse voisine entreprit de retirer de l'étendoir des culottes où elle n'aurait certainement pu entrer. Un mari qui se levait tard se mit à la zieuter, imaginant sans doute un miracle qui rendrait ces chairs comprimées à nouveau aptes au service. Bref, tandis que Méndez s'éloignait, la vie de chaque jour continuait avec toute la vivacité souhaitable.

*

Les pensées qui couraient dans la tête de Méndez, au contraire, avaient peu de rapport avec la vie et beaucoup plus avec la mort. Il se rendait compte que «l'assassin (e) à la chaise roulante» — comme il l'appelait en son for intérieur — était une sorte de professionnel (le) du cimetière : la première fois, il ou elle n'avait pas tué par jalousie ou par fureur, ni pour le compte d'un tiers jaloux ou furieux. Il ou elle avait tué pour voler, ou alors sous l'effet d'une haine que Méndez n'était pas pour l'instant en mesure d'analyser. Pour la première fois depuis des années, il ressentait une espèce de vertige.

Deux éléments apparaissaient en tout cas à Méndez comme incontournables, tandis qu'il avançait en rasant les façades des immeubles. Premièrement : «l'assassin (e) à la chaise roulante» pouvait recommencer à tuer. Deuxièmement : lui-même devait oublier une fois pour toutes sa théorie initiale, selon laquelle Esther, pour des motifs sentimentaux, aurait commandité le crime. Méndez regagna à pied le commissariat, par les vieilles rues de la ville, qu'il examina avec plus d'attention que jamais, comme s'il prenait congé d'elles, avec toujours ces deux pensées ancrées dans la tête. Pourtant, il savait parfaitement à quel point il est malsain de réfléchir.

Au même moment, un autre homme, non loin de là, prenait congé de son ancien univers. Abel Gimeno, les yeux mi-clos, regardait à travers les vitres de la galerie toutes ces cours avec pots de fleurs et chien, ces fenêtres avec vieille femme laissée à sécher au soleil, ces terrasses avec draps au vent, ces galeries avec toilettes et gamine qui entre et qui sort — maman, mais qu'est-ce qui m'arrive ? Cet univers si confiné représentait néanmoins tout un morceau d'histoire, c'était un cercle fermé, parfait, à l'intérieur duquel s'était déroulée toute la vie de bien des gens désormais disparus. Là aussi s'était déroulée la vie d'Abel, telle était la vérité ; mais maintenant plus rien de tout cela n'avait de sens.

Il ferma un instant les yeux, caressa les vitres comme si elles jouissaient d'une sensibilité, et tourna le dos à tout cet univers, à tout ce musée sentimental qu'il allait laisser derrière lui pour toujours. C'est alors, en se retournant vers l'intérieur de la pièce, qu'il aperçut Esther, qui le regardait. Esther sur rectangle de mur, sur tache de lumière, sur voix lointaine qui semblait venir du fond de la maison. Elle lui demanda :

— Tu t'en vas ?
— J'étais en train de ranger mes affaires.

— Oui, j'ai vu. Tu as deux valises sur le lit.

Et tout de suite elle ajouta, comme si c'était un détail d'une importance décisive :

— Elles sont neuves.
— Oui.
— Tu viens de les acheter ?
— Oui... Je les ai achetées aujourd'hui. Quel besoin pouvais-je avoir de valises, jusqu'ici ? Je croyais que je ne quitterais jamais cette maison, bien sûr, je le croyais.

Esther acquiesça d'un léger mouvement de tête. Non, évidemment, Abel n'avait jamais parlé d'abandonner ce logement. D'entendre maintenant parler du contraire la déconcertait. Elle se détacha du mur, avança jusqu'à lui, jusqu'à la galerie aux fleurs et aux oublis, frôla les portes de la chambre où elle avait vécu tant d'heures de solitude, enfin revint vers la tache de lumière, comme si c'était une boîte où elle se serait sentie en sécurité.

Et elle murmura :

— Ça suffira ? Tu n'auras pas besoin d'une autre valise ?

— Je ne vais prendre que ce dont j'aurai vraiment besoin, vois-tu. Je me suis aperçu qu'en fin de compte, j'avais un tas de vieilles affaires, autant les laisser ici, tu les donneras. Enfin, si ça ne te gêne pas.

— Non, bien sûr. Ça ne me gêne pas.

Abel marcha jusqu'au couloir. Il connaissait très bien ce couloir, ça oui, il le connaissait : vingt-quatre dalles, exactement huit pas à faire, les chambranles des deux portes, des écailles de la peinture à trois doigts de l'extrémité, un fil électrique solitaire, comme la patte d'un animal capturé en plein ciel, un clou auquel jadis avait pendu un cadre, rongé, dévoré par le temps. Et toujours les voix qui paraissaient arriver de là-bas, de tous les coins de l'appartement, les voix de personnes qui avaient un jour existé. Il tourna soudain la tête et murmura :

— Les meubles, et tout ce qu'il y a dans la chambre, il vaudrait mieux que ça reste, ça aussi.

— Mais tu y tenais...

— Il faut éviter les choses auxquelles on tient trop, dit Abel à voix basse. La vie finit par vous le faire comprendre, même quand on préférerait l'ignorer.

— Donc, tu ne vas rien emporter des affaires de Paquito ?

— Esther, les affaires de Paquito sont à toi.

— C'est pour ça que tu n'as pas osé y toucher ?

— C'est pour ça.

— Eh bien, tu as tort... Elles t'appartiennent plus qu'à moi. Paquito ne m'appartenait pas.

Elle s'appuya au mur et resta là immobile, respirant avec peine, contractant les muscles de sa gorge dans un effort désespéré pour ne pas pleurer. Elle n'y parvint qu'en partie, car au fond de ses yeux les larmes jaillissaient.

— Abel...

— Quoi ?

— Tu ne peux pas partir comme ça.

— Il faut que tu comprennes, Esther. Je n'ai plus ma place dans cet appartement. D'ailleurs, je t'avais dit que je m'en irais.

— Depuis combien d'années es-tu ici ?

— Quelle importance, maintenant, Esther ?

— Je t'en prie... Le temps importe toujours, Abel. Le temps.

— Je viendrai te voir, Esther.

— Non, tu ne reviendras pas. Quand on quitte un lieu où on n'a laissé que des pièces vides, on n'y revient pas. Mais ça ne fait rien, sais-tu, ça ne fait rien. Au fond, j'ai toujours été seule.

Elle essaya de se dominer, d'arracher avec les ongles ce qui brillait au fond de ses yeux, de relever les épaules, de contenir avec la langue ce cri qui voulait monter des ténèbres de sa gorge. Ses hanches s'alourdissaient, elle sentait dans ses fesses pressées contre le mur un froid qui semblait venir des entrailles de l'immeuble. À la fin, elle se détacha de la paroi, regarda le couloir tout empli des pas perdus de la femme qu'elle était, vit aussi la lumière jaune tout au fond : la lumière familière de l'entrée, la lumière des cours de derrière et des galeries ignorantes du temps.

— Je vais te préparer quelque chose, murmura-t-elle.

— S'il te plaît, Esther ! Je n'ai pas besoin que tu me fasses à manger. Je ne pars tout de même pas pour l'Himalaya !

— C'est que je ne peux pas te laisser partir ainsi, comme un étranger, balbutia-t-elle. Et puis, je veux remplir mon devoir jusqu'au bout. Je n'ai jamais agi autrement.

Et elle partit à la cuisine.

*

Ce fut le moment que choisit Eulalia pour faire son apparition. Eulalia était vêtue de façon quasi extravagante (souliers noirs à talons très hauts, qui auraient pu avoir été volés à une vedette du Victoria, pull-over en angora déniché dans des soldes, moyennant une judicieuse utilisation des arts martiaux, pantalon serré, en velours rose, prêté par un travesti sortant de chez le gynécologue, petit bonnet de vison recueilli dans le sarcophage d'une grande dame), mais il y avait en Eulalia quelque chose qui faisait aller tout cela ensemble, qui agglutinait tout ce monde dispersé, infantile, incohérent : Eulalia faisait partie de ces femmes qui sont au-dessus des heures convenues et des garde-robes autorisées. Ces femmes qui, revenant de New York, ont acheté un bonnet de vison à l'aéroport Kennedy parce qu'à New York il faisait froid, qui dans les toilettes de l'avion ont changé de pantalon en velours, parce qu'elles ont taché l'autre dans le précédent vol, par un aléa du *catering*, qui sillonnent Venise, qui sont capables de troquer un diamant contre un pull-over en angora lorsqu'une poétesse parle de mourir (à condition qu'une déclaration aussi essentielle pour la poésie ait été faite sérieusement). Eulalia était de ces femmes qui justifient tout par la seule force de leur vie, la force et la nécessité de leur désordre. Elle se laissa tomber là comme la figure même de la Liberté — cette fille poursuivie, obligée par conséquent d'improviser, à qui personne de bonne foi n'oserait poser de questions. Eulalia était l'antithèse des choses démontrées et raisonnables, Eulalia était ainsi, et c'est ainsi qu'elle avait été acceptée par Esther.

Elle sortit Esther de la cuisine, après lui avoir posé un baiser sur chaque joue.

— Mais enfin, mon chou, ces idées que tu as ! Cuisiner à des heures pareilles ! Tu es devenue folle ? Ou alors tu as pris goût à l'esclavage ? Hein, ma biche ?

— Il faut que je prépare quelque chose, Lali. Abel s'en va.

— Comment ça, Abel s'en va ? Mais lui aussi devient fou !

Elle entra dans le petit salon, écarta une chaise, indifférente à la tristesse qui s'insinuait dans les miroirs et par les entrebâillements des portes, la tristesse de tous les yeux de toutes les femmes qui, sur ces galeries, avaient tout à coup réalisé où s'étaient déroulées leurs années de petites filles. Elle se planta devant Abel et, criant presque, demanda :

— Mais pourquoi est-ce que tu pars ? Comment peux-tu oser ?

— C'est beaucoup mieux comme ça, Lali.

— C'est toi qui le dis ! C'est beaucoup mieux, c'est beaucoup mieux... Vous autres, les hommes, vous avez toujours la même explication, et comme par hasard c'est toujours vous qui savez ce qui est bien et ce qui ne l'est pas. Vous passez votre vie à faire ce qu'il faut faire, sans consulter la femme qui est à côté de vous. Voyons voir... En quoi ça te gênerait de rester quelques jours de plus ? Tu ne pourrais pas faire ça, simplement pour qu'Esther ne se retrouve pas aussi seule ?

— Écoute, Lali...

Elle brandit un argument écrasant :

— Ce qu'il y a, en fait, c'est que tu ne nous as jamais aimées. Moi, en particulier, tu n'as jamais pu me sentir.

— Mais si, bien sûr que je t'apprécie, Lali. Il y a longtemps que je te connais.

Eulalia haussa les épaules, comme pour marquer qu'elle ne le croyait pas, ou qu'en tout cas cette vérité ou ce mensonge n'auraient pas la moindre influence sur sa destinée. « Le monde est plein de gens qui ne demandent qu'à m'aimer », semblait proclamer son geste. Puis elle changea de sujet, comme si le premier avait perdu toute importance. Elle soupira :

— Je n'arrive pas encore à croire que je suis de retour ici.

— Pourquoi ?

— Je suis rentrée d'Inde il y a deux jours.

Esther s'était assise à côté d'elle, immobile, soumise, et tripotait l'ourlet de son tablier de cuisine. Elle chuchota :

— Tu me racontes ?

— Eh bien, qu'est-ce que tu veux que je te dise ? Tu sais comment est Ricardo. Toujours le grand luxe.

— Dans quels hôtels êtes-vous descendus ? demanda Esther à voix très basse.

— Je ne sais pas si j'arriverai à me rappeler tous les noms : le Taj Mahal, l'Oberoi, le Mandarin, je ne sais combien de Sheraton. Là-bas, ils ajoutent toujours d'autres noms un peu bizarres.

— Je croyais que le Mandarin était un hôtel de Hong Kong, ou de Singapour, objecta Abel sévèrement.

— Bien sûr... C'est un hôtel de Singapour. Mais nous sommes aussi allés à Singapour. Nous sommes descendus au Hyatt et au Mandarin, mais finalement on n'a pas aimé et on a préféré le

Raffles. Ricardo aime avant tout la discrétion. Il y a un endroit, là-bas, qui s'appelle le « Bar des Écrivains », il y a passé des heures.

Abel n'éleva plus d'objections.

Il avait entendu parler du Bar des Écrivains et, dans la solitude de sa chambre de bonne, il avait dévoré des pages entières sur ses bois sculptés, ses vieux cuirs, ses bières ambrées, ses conversations à voix basse, réservées à ces hommes qui, aux yeux d'Abel, étaient mystérieusement parvenus à découvrir le secret de leur temps. Les écrivains universels, ceux qui n'étaient plus obligés de rêver dans une chambre de bonne, qui ne condescendaient à rêver qu'entourés d'orchidées. Il enviait Eulalia d'avoir été là-bas et même, à un niveau plus personnel, d'avoir pour ami quelqu'un comme Ricardo, un homme sans doute peu exigeant au lit, amateur de caresses lentes, de pendules discrètes, de miroirs en ovale, de maisons chargées de tradition et, surtout, d'une certaine élégance un peu surannée. Une élégance — se disait Abel — certainement liée à diverses subtilités très considérées dans le monde culturel, comme le vol d'une statue byzantine ou la flagellation jusqu'au sang de la femme de chambre venue servir le thé.

Il aurait aimer connaître Ricardo, deviner à quel degré de connaissance de la beauté celui-ci était parvenu grâce à cette sorte de perversité ; mais Ricardo avait toujours été un homme important, donc inaccessible pour quelqu'un comme lui. Eulalia, en revanche, qui voyait Ricardo presque chaque jour, était trop stupide pour avoir tiré de sa compagnie aucun enseignement, aucune sensation autre que visuelle, alors qu'avec des hommes comme Ricardo — tel du moins que l'imaginait Abel —, les choses importantes sont évidemment celles que l'on ne voit pas.

— J'ai beaucoup lu de choses sur Singapour, murmura-t-il, j'ai même prêté des livres à Esther.

— Oui, dit la veuve en détournant le regard, mais moi, je ne pourrai jamais y aller, là-bas. Abel peut-être, je ne sais pas.

— Bien sûr... Mais qui peut savoir ? fit Eulalia.

— Moi j'en suis sûre, Lali. Dis-moi, qui donc me paierait ça ?

— La loterie, avec un peu de chance.

— Allons donc ! C'est toi qui as tiré le gros lot, Lali !

Eulalia rit.

Bizarrement, son rire semblait parfois un peu las, un peu trouble : le rire d'une femme qui aurait su, depuis bien des années, quel message lançait l'appartement où elle se trouvait à cet instant.

— Tout n'est pas non plus formidable, dit-elle. Ces voyages sont interminables, épuisants. Les nuits dans l'avion, les aéroports... Bien sûr, plus tard tu y repenses et tu te rends compte que ça valait le coup.

— C'est Singapour que tu as préféré ?

— Non, non... Pas du tout. Pourtant, c'est rudement beau.

— Qu'est-ce que tu as préféré, alors ?

— Le Cachemire.

Esther tendit un peu le cou, avança la tête.

— Le Cachemire ? Où est-ce que c'est ? demanda-t-elle.

— En Inde.

— Ah... Je croyais que c'était un autre pays.

— Ça pourrait l'être, parce qu'ils veulent être indépendants. Ricardo m'a expliqué ça. Une partie du Cachemire est devenue pakistanaise, le reste est indien. Ça se trouve au nord, au pied des cordillères, tout à fait à la limite de l'Inde. Tu as une carte ? Eh bien, à gauche en montant.

Et elle rit de nouveau. Esther, qui entre-temps avait préparé du café, la servit cérémonieusement, comme si l'importance de la conversation et l'invisible présence de l'argent d'Eulalia imposaient une certaine solennité.

— Et au Cachemire, dans quel hôtel étiez-vous ? demanda-t-elle.

— Aucun. Nous vivions dans des barques.

— Dans des barques ? Qu'est-ce que tu racontes ?

— Ce sont des maisons flottantes, expliqua Eulalia. À vrai dire, pas exactement des barques. Je me suis mal exprimée. Ce sont des maisons. Imagine un lac aux eaux tranquilles, un merveilleux lac au pied des montagnes, et au-dessus de l'eau ces barques, à peu près de la taille des «hirondelles» qui vous emmènent au brise-lames, depuis la Puerta de la Paz. Depuis combien d'années est-ce qu'elles circulent, ces hirondelles ? Mon Dieu ! Je crois que je les ai vues toute ma vie, et ma mère elle aussi les avait vues. Parfois, je me dis qu'elles représentent un peu mon enfance et je m'arrête pour les regarder, comme une idiote. Moi-même, je ne comprends pas pourquoi... Mais, pour revenir à ce que je disais : ce sont des bateaux à peu près de cette taille, et tout le bateau te sert de maison. Enfin, je devrais expliquer ça encore autrement : il y a trois chambres, chacune pour deux personnes. Bien entendu, on a sa salle de bains, comme dans un hôtel. Et puis il y a la salle à manger, toujours très grande, et à côté un énorme salon avec bureau, fauteuils, canapés... Et ce n'est pas tout : il y a aussi une espèce de véranda, au-dessus des eaux du lac, avec des sièges qui se balancent très doucement en même temps que le bateau : zzziiiiic... zziiiiic... zzziiiiic... On ne sent plus le temps passer. Le temps n'existe pas. C'est comme un miracle.

Elle marqua une courte pause, avala une gorgée de café, et ajouta :

— Mais ce que j'ai le plus aimé, ce n'est pas même ça. Pas non plus les meubles, des meubles sombres, trop solennels, en bois sculpté à la main. Je te jure que ce qui m'a le plus impressionné, ce sont les tapis. Et les fourrures.

Abel demanda avec étonnement :

— Les fourrures ?

— Oui, c'est cela. Et les tapis. Tout le sol du bateau, dans tous les coins, est couvert de tapis, mais des compositions si riches, si solennelles, que je ne crois pas qu'on n'en ait jamais vu ici. Les pieds s'enfoncent dedans, tous les sons, absolument tous les sons disparaissent. Voyons, comment t'expliquer ça ? On n'entend plus que le chlac, chlac de l'eau. Et puis on voit aussi, constamment, des marchands de fourrures, tous pareils, je suppose, à ceux des anciennes caravanes, sauf qu'ils n'arrivent pas à dos de chameau mais traversent le lac sur de fines barques. Et ces fourrures, imaginez un peu, ils les étendent sous vos yeux, sur le sol du salon, comme si elles ne valaient rien, comme si c'étaient simplement des cadeaux à choisir. Des manteaux qui chez Balcázar ou Espar Ticó coûteraient un million de pesetas sont là, à vos pieds, attendant qu'on marche dessus. Et par-dessus chacune de ces merveilles, les marchands étendent une autre merveille. On en a le tournis, on ne sait plus où regarder. C'est une espèce de rêve.

Même quand Lali parlait de tapis qu'Esther n'avait jamais vus, de fourrures qu'elle n'avait jamais touchées, ses mots restaient parfaitement compréhensibles pour Esther, parce qu'ils ne se rattachaient pas à des réalités mais à des rêves. C'était comme si elle voyait tout cela, comme si elle aussi assistait, fascinée, au spectacle qu'on venait de lui décrire. Les détails exacts (la structure du bateau, la couleur des cloisons de bois, la teinte précise, derrière les fenêtres, des eaux de ce lac inconnu) n'avaient pas d'importance, car son imagination y suppléait, dans une sorte de nébuleuse. Elle ne voyait que les tapis et les fourrures, des tapis et des fourrures magiquement transportés depuis les vitrines de Barcelone, où c'étaient des articles inaccessibles, jusque dans ce bateau oriental perdu, où tout devenait accessible. Là, soudain, ils étaient à elle, devant ses pieds.

— Et c'est Ricardo qui t'a payé tout ça? demanda-t-elle.

— Évidemment... Tu sais bien qu'il m'a toujours beaucoup gâtée. En plus, nous aimons tous les deux les voyages. Nous prévoyons déjà un autre départ.

— Où ça?
— En Chine.

La Chine a toujours été un nom magique, surtout pour les gens qui n'ont jamais eu la possibilité de quitter leur ville, qui ne connaissent qu'une lumière toujours semblable, dans des rues toujours semblables. Esther tendit à nouveau le cou.

— Et ce sera quand ? balbutia-t-elle.

— Eh bien, je ne sais pas, parce que pour aller là-bas il faut des visas, des inscriptions, des réservations et tout le tintouin. Tu connais ces problèmes... Mais c'est prévu pour le mois prochain, dans un mois et demi tout au plus.

— Lali... Tu... Tu ne sais pas quelle chance tu as eue.

— Tu veux parler de Ricardo ?

— De Ricardo, bien sûr.

— Il faut reconnaître qu'il me traite avec plus d'égards que si j'étais sa femme.

— Moi, d'ailleurs, je crois que vous finirez par vous marier.

— Non, ça, sûrement pas. Là-dessus, tu vois, je ne me fais pas d'illusions. Ou plutôt, je ne le souhaite pas non plus. Ricardo tient à sa liberté, et s'il a l'intention de rester célibataire, ce ne sera pas moi qui le ferai changer d'idée. Mais en plus, je me sens mieux comme ça. S'il a tant d'attentions pour moi, c'est justement parce qu'il sait qu'entre nous les choses ne sont pas fixées une fois pour toutes.

— Enfin, tout de même ! Ça fait combien d'années que vous êtes ensemble ?

— Oui, pas mal. Pas mal d'années, c'est vrai.

— J'aimerais le connaître.

— Bien sûr, mais c'est que je ne peux pas l'amener ici, tu comprends bien. Moi, j'aime ce logement, parce que nous sommes amies, toutes les deux. Qu'est-ce que je peux dire de plus ? De mon point de vue, tout ici est épatant. Et c'est que c'est vrai, hein, c'est vrai ! Quand on a une maison aussi propre et convenable que la tienne, qu'est-ce qu'on peut demander de plus ? Mais Ricardo fait partie d'un autre monde, il y a des choses qu'il ne comprendrait pas. Par exemple, pourquoi il devrait s'asseoir avec nous dans une pièce qui, d'entrée de jeu, lui déplairait.

— Mais là-dessus je suis d'accord, vois-tu. Je reconnais que j'aurais un peu honte de faire entrer quelqu'un comme lui dans cet appartement. Par contre, on pourrait se rencontrer ailleurs, aller prendre un café ensemble, par exemple. Je vais te dire : je serais même prête à vous inviter à dîner quelque part.

— Mais enfin, ma fille, comment peux-tu songer à une chose pareille ? Sortir, comme ça, si peu de temps après que Paquito...

— Oui... Tu as raison, dit Esther piteusement, en se mordant la lèvre inférieure. Excuse-moi, je n'avais pas fait le rapport.

— D'un autre côté, sans vouloir jouer la fière, Dieu m'en garde, inviter Ricardo à dîner, ce n'est pas si facile. Pas donné, non plus. Tu ne sais pas le genre d'endroits qu'il fréquente, tu ne peux pas savoir. Il ne supporte que Reno, ou Via Veneto. Parfois, je lui dis : écoute, mon cœur, si on cherchait un endroit plus simple, j'en ai par-dessus la tête de devoir lire ces cartes compliquées, on dirait des passages de la Bible. Lui répond oui, parce qu'il me dit toujours oui, et en fin de compte il m'emmène au Finisterre. Parce que pour lui, ça c'est un endroit simple, tu imagines un peu ! Un endroit où tu payes chaque gamba cinq cents pesetas ! Heureusement encore qu'ils mettent des couverts très raffinés, avec toutes ces petites pinces qui ont l'air faites pour s'épiler les sourcils. Et Ricardo, là-dedans, tout tranquille, tout content. Il ne regarde jamais les prix.

Elle frappa légèrement la table avec la paume de la main et ajouta :

— C'est pour ça que je te dis, ne le prends pas mal, mais inviter Ricardo à dîner, ça te coûterait les yeux de la tête. D'ailleurs, ce n'est pas vraiment nécessaire. On trouvera bien une occasion pour que tu le rencontres, va. Laisse-moi faire, j'arrangerai ça de telle façon que ça paraîtra la chose la plus naturelle du monde.

Elle se resservit un peu de café, tandis qu'Abel la regardait fixement. Lali ne s'en rendait pas du tout compte — peut-être parce que pour elle, à ce moment-là, dans la petite salle à manger, rien n'avait d'importance qu'elle-même —, mais Abel était en train de la détailler centimètre par centimètre, en se demandant pourquoi diable un homme comme ce Ricardo, un millionnaire qu'il ne connaissait pas, avait jeté son dévolu sur une femme comme cette Lali, une prolétaire qu'il connaissait fort bien. Abel avait entendu Lali raconter elle-même qu'elle venait d'une famille indigente, qu'elle était née dans le sordide quartier de Bogatell, près duquel débouchent les égouts, et qu'avant de rencontrer Ricardo elle n'avait jamais connu aucune sorte de luxe. Ni vêtements de couturier, ni souliers de marque, ni bijoux, ni montre digne de ce nom, marquant les heures avec une certaine distinction. Et cela se voyait, parce que les luxes qu'une femme a connus dès l'enfance laissent sur elle une empreinte : elle fait preuve vis-à-vis d'eux d'une attitude naturelle. Lali, au contraire, ne portait pas même avec aisance les bijoux d'imitation qui lui servaient à mettre en valeur son rôle de petite amie quinquennale, avec pedigree. Abel savait très bien qu'ils étaient d'imitation, car il observait toujours les bijoux et les parures des femmes. Esther le savait bien sûr aussi, n'étant pas pour rien la veuve d'un représentant en bijoux fantaisie. Du reste, Lali n'avait jamais menti sur ce point : « Ce ne sont que des copies, ma chérie. Les vraies, c'est Ricardo qui les garde, parce qu'il sait que moi, telle qu'il me connaît, on finirait par me les voler. »

« Ou aussi parce que c'est une façon de te tenir en laisse, avait plus d'une fois pensé Abel. N'importe qui serait capable de te supporter, si c'était toi qui les avais, parce que tu serais capable de plaquer Ricardo et de les vendre. »

Aussi trouvait-il tout à fait raisonnable que Lali ne porte que de simples copies. Ce qui le gênait, en revanche, ce qui l'irritait presque, c'était qu'elle ne sache pas les porter, qu'elle semble leur accorder autant d'importance qu'aux joyaux de la Couronne. Cette façon qu'elle avait de caresser ses bagues, de continuellement palper ses lobes d'oreilles pour vérifier que ses boucles y étaient toujours, de tendre les dix doigts pour exhiber ses pierres — ses fausses pierres —, ne convenait pas à une femme habituée à manger, eût-ce même été debout, à la Via Veneto ou au Reno, c'était indigne de toute femme avec un rien de classe. Cela dit, bien sûr, rien n'obligeait Lali à avoir de la classe, à accomplir le double miracle d'être une femelle et, en plus, de le mériter.

Abel continua à regarder Lali attentivement pendant qu'elle parlait à voix basse de nourritures épicées, de saris transparents, de babouches argentées et de turbans écarlates. Lali — et c'était un avis là sans appel, venant d'un expert comme lui — ne méritait plus la convoitise des hommes, mais bien leur compréhension et leur pitié, lesquelles, de l'avis d'Abel, restaient de possibles ressources matrimoniales, tout à fait estimables. Lali, quoiqu'elle cherchât à le dissimuler, était doublement rongée par le temps : le temps qui la martelait au-dehors, le temps qui la déchirait au-dedans. L'insécurité de son existence, peut-être aussi la crainte que Ricardo ne finisse par l'abandonner si l'idée l'en prenait, avaient produit une usure que tout le monde ne voyait pas, une usure âpre et secrète. À moins que ce ne fût le lit : même si Ricardo n'était pas un fornicateur très exigeant, se disait Abel, le lit obligatoire dévore les êtres. C'est perdre un bout de ses souvenirs, de ses rêves, de ses images d'enfance, chaque fois qu'on obéit à l'ordre de plonger la tête dans l'oreiller, de se mettre à quatre pattes, de feindre d'avoir trouvé le paradis à deux dont on avait rêvé depuis toujours. Car le maître n'est pas dupe, il ne demande pas en réalité que l'on jouisse, que l'on vive : il demande seulement que l'on feigne, et feindre avilit.

Mais Abel, au bout du compte — et il le reconnaissait lui-même —, était parfois trop compliqué. Peut-être que rien de ce qu'il pensait n'était vrai. Peut-être que cette usure qu'il constatait chez Lali, chaque jour plus manifeste, tenait seulement au passage du temps. Elle avait le même âge qu'Esther, et les années ne pardonnent pas. Pourtant, curieusement, Esther, moins apprêtée qu'elle, paraissait plus jeune et plus fraîche.

Eulalia finit par se rendre compte qu'elle était observée.

— Pourquoi est-ce que tu me regardes comme ça ?

— Oh, pardon, je ne me rendais même pas compte que je te regardais. Excuse-moi.

— Oui, tu avais l'air d'être dans les nuages. Je parie que tu n'as même pas entendu de quoi nous parlions.

— D'un prochain voyage en Chine.

— Mais non, allons, pas du tout. Tout simplement d'un déjeuner. Demain, Ricardo m'emmène à la Cerdaña, à l'hôtel Boix ; une étoile dans le Michelin, je crois.

— Je n'ai jamais été à la Cerdaña, dit Esther, l'œil perdu. Paquito ne m'y a jamais emmenée.

— Eh bien c'est dommage, Esther. Vraiment... C'est dommage.

Et Lali se leva. Elle promena un regard lointain, chargé d'indifférence, sur la lumière qui venait des galeries et des cours.

— Eh bien, ma biche, susurra-t-elle, je vois que j'oublie l'heure. En fait, j'étais seulement venue pour t'embrasser. Je m'en vais.

Le couloir, huit pas exactement, la lumière jaune, le fil électrique au plafond comme la patte d'un insecte coulé vivant dans le plâtre. La porte qui s'ouvre sur le palier de l'escalier, les marches brunes, la rampe noire, l'ampoule couleur d'oubli.

Laisse-moi te faire une grosse bise, ma chérie. Je te tiendrai au courant. Si on ne se voit pas, je te rapporterai un carré de soie de Beijing, tu te rends compte quel drôle de nom ils ont donné à Pékin, ces gens-là. Ricardo dit que même lui finit par s'y perdre. Bzz, comme tu as les joues froides, mon trésor ! Puis à nouveau le silence de l'appartement, l'odeur spéciale de l'appartement, la lumière spéciale de l'appartement — les trois seuls bienfaits que dorénavant leur concédera la vie. Et ils le savent. Et il y a une lueur morte dans les yeux de la femme, un tremblement secret, comme jadis, dans un logement identique, à une époque qui paraissait identique, dans les yeux de sa mère.

— Tu vas partir maintenant, Abel ?

Il sentit quelque chose trembler au bout de ses doigts, qui n'avaient jusqu'alors caressé que Paquito, et sur la peau de ses paupières que seul Paquito — il s'en souvenait comme si ç'avait été la veille — avait parfois embrassées. Et c'est exactement avec cette douceur disparue qu'il caressa les paupières d'Esther.

— Non, murmura-t-il, je ne sais pas pourquoi, mais je ne peux pas te laisser comme ça. En fin de compte, sais-tu, ce n'est pas si pressé. Je partirai un autre jour.

Et il ajouta en riant, comme pour dédramatiser ce moment trop solennel, qui soudain les prenait tous deux à la gorge :

— Ça ne t'étonne pas, tous les chichis que fait Lali pour dissimuler son Ricardo ? Je ne sais pas... Tu n'as pas l'impression que ce sont des faux-fuyants, qu'elle ne veut le présenter à personne ?

Esther releva la tête.

— Je l'ai pensé bien des fois, susurra-t-elle, mais je n'osais pas le dire. Tu t'en es aperçu aussi ?
— Mais bien sûr..., dit Abel. Moi, sur ces choses-là, je suis plutôt curieux. J'attends avec impatience de voir à quoi ressemble le nommé Ricardo, ça tu peux me croire. Et que Paquito me pardonne si, pour la première fois, je pense très fort à un autre homme. Parce que, oui, c'est comme ça.

XI

Amores

Méndez, de la table du fond, aperçut Amores qui pénétrait dans le Café de l'Opéra. Tout de suite, il appela :
— Vite, garçon ! L'addition !
Mais le serveur était en train de s'occuper d'un couple — pas un homme et une femme : un homme et un homme, qui paraissaient ne s'être sustentés, depuis une semaine, que de cachets d'aspirine et de séances de cinéma expérimental. Il ne bougea pas. Méndez chercha désespérément la porte de derrière.

Il n'y en avait pas.

Ah, si seulement il avait payé l'addition ! Il aurait pu s'enfuir ! Mais non. Méndez tenta anxieusement de s'abriter derrière l'occupant de la table voisine, un gros homme en train de parler de la remarquable façon de charger qu'avaient les taureaux en 1917, et qui pour étayer cette vérité oubliée menaçait de la tête son interlocuteur, faisant mine de l'encorner et criant « Meuh »... « Meuh »... Un aficionado de cette sorte, de poids respectable, bien garni et protégé, constitue généralement un refuge tout à fait raisonnable, mais même cela ne tira pas Méndez d'affaire. Amores se dirigea tout droit vers lui, comme s'il avait été muni d'un radar, en s'exclamant :

— Mais c'est mon cher inspecteur Méndez !

Le cher inspecteur Méndez se leva, tel Massiel après sa chute, et se répandit en acclamations :

— Mais c'est l'admirable Amores, mon vieil ami, mon soutien spirituel, le journaliste le plus lu de Barcelone !

Amores s'empressa de nuancer cette importante information.

— Non, allons, pas tout à fait le plus lu, non, mais enfin on fait ce qu'on peut. Vous ne savez pas quel plaisir ça m'a fait, quand je vous ai vu ! Je peux m'asseoir ?

— Mais bien sûr, comment donc, il ne manquerait plus que ça. Tiens, assieds-toi donc à côté de ce monsieur, il est très aimable.

Méndez l'installa près du taureau, qui avec un peu de chance expédierait cet emmerdeur d'Amores à l'infirmerie, les bourses viriles arrachées ; mais le taureau, par malheur, cessa de charger justement à ce moment-là et entreprit de discourir sur le rôle des cornes dans la poésie méditerranéenne. Il ne fut pas très explicite quant au genre de cornes dont il parlait, mais en tout état de cause, malheureusement, les bourses viriles d'Amores demeurèrent intactes, le sang ne coula pas.

— Vous êtes sûr que vous n'alliez pas partir, monsieur Méndez ?

— Mais non, voyons, quelle idée !

Et comme le serveur passait justement à côté de lui, il le tira vivement par la veste, en lui glissant :

— L'addition, abruti ! Vite, l'addition !

Amores ne remarqua pas cette agile manœuvre. Il souriait d'un air béat.

— Alors, monsieur Méndez ? demanda-t-il.

— Alors quoi ?

— Alors comme ça, de façon générale...

— Eh bien, de façon générale, c'est plutôt la merde.

— C'est bien ce qu'il me semblait.

— Bien sûr, rien ne t'échappe, Amores. Tu es toujours sur tous les coups.

— Ne croyez pas ça. Certains jours, peut-être.

— J'ai entendu dire qu'on avait fini par te donner une rubrique régulière, au journal ?

— Oui, très régulière. La page des nécros.

— Dis donc, c'est un succès, ça !

— Mais ça demande du flair, monsieur Méndez, je vous prie de me croire. Il faut tout calculer. Les nécros, c'est la seule page qui ne soit pas calibrée à l'avance, parce qu'on ne sait pas combien de morts vont vous tomber dessus ni par conséquent la place qu'ils vont prendre. Le reste de la page, on le remplit avec des infos, mais lesquelles ? Et surtout, combien ?

— Voilà, dit Méndez, tout est là : combien ?

— En effet, c'est ça le problème. Il faut en mettre assez pour qu'il ne reste pas de blancs, mais sans non plus qu'elles soient trop longues ou trop importantes, au cas où il y aurait trop de faire-part à placer, parce qu'alors certains textes devraient être retirés de l'édition. D'ailleurs on vous reprochera toujours d'avoir écarté la seule information vraiment importante. Il y a aussi le problème de la rédaction des notices nécrologiques à la mort d'un industriel important, d'un annonceur du journal ou de gens comme ça, qui au moment de mourir figuraient sur nos registres comptables. Moi, je mets toujours ce qu'il faut mettre, parce que j'ai du métier, sans vouloir me vanter, mais c'est vrai que des fois, avec les meilleures intentions du monde, on se plante, eh oui, on se plante. Par exemple, quand quelqu'un meurt alors que son affaire est encore menacée de séquestre, j'explique toujours que cette personne a consacré sa vie à créer des postes de travail et à améliorer le bien-être de ses ouvriers. Ça fait toujours bien, et on vous en sait gré, voyez-vous. Eh bien, la semaine dernière, crac, engueulade et pagaille, parce que j'avais écrit ça à propos d'un type qui était à la retraite depuis vingt ans, autant dire que des ouvriers, y en avait pas l'ombre d'un. Et le lendemain, c'est tout juste si on m'a pas éjecté de mon poste, parce que j'ai refait le même topo à propos d'un autre type qui lui, était loin d'être à la retraite mais qui avait fait son infarctus au moment où ses ouvriers voulaient mettre le feu à son usine. Encore pas de chance, hein ? La doc qu'on m'avait passée disait qu'il avait cané de mort naturelle. Comment est-ce que je pouvais savoir ?

— C'est que de la veine, ce qui s'appelle de la veine, tu n'en as jamais eu, Amores.

— Ça, c'est bien vrai. Une autre fois, j'ai fait le coup du dévouement au bien-être de sa famille, à propos d'une veuve très en vue...

— Et alors ?

— Elle avait tué son mari, dans des conditions pour le moins douteuses, deux ans plus tôt. Elle était en liberté provisoire, mais en raison de son âge. Le boxon que ç'a fait! Même le juge est venu me voir!

Méndez jeta un coup d'œil au plafond. Il redoutait que ce plafond, Amores étant là, ne s'effondre d'un instant à l'autre et ne cause d'irrémédiables dommages parmi les bons chrétiens rassemblés dans ce café.

— Ce n'est pas ta faute, Amores, dit-il pour le réconforter. Penses-tu!

— Bien sûr que non. Ce n'était pas non plus ma faute, le soir du type qui est mort deux fois.

Méndez sursauta.

— Un type qui est mort deux fois? gémit-il. Qu'est-ce que tu veux dire?

— Eh bien... C'est à cause des nouvelles techniques. Vous n'imaginez pas ce que c'est, monsieur Méndez. Tout ça parce que je suis trop soigneux, parce que j'aime le travail bien fait. On reçoit donc un faire-part en catalan, pour un défunt nommé Lluis, et au dernier moment, en relisant les épreuves, je m'aperçois qu'ils n'avaient pas mis d'accent à Lluis, alors qu'en catalan, il faut un accent sur le «i». Les correcteurs n'avaient rien remarqué. Qu'est-ce que je fais? Je me précipite sur l'écran électronique, je recompose le nom correctement, j'envoie ça à l'atelier, j'y vais à toute vitesse et je demande qu'on reporte la correction sur le montage.

— Eh bien, tu as agi fort noblement, dit Méndez étonné. Je ne vois pas ce qu'on pourrait te reprocher.

— Les techniques, monsieur Méndez, les techniques. Et merde aux techniques! Avant, avec le plomb, quand on remplaçait une ligne par une autre, il fallait retirer la mauvaise pour insérer la bonne, parce qu'il n'y avait pas assez de place pour les deux. Mais maintenant, c'est différent. Maintenant, avec les progrès techniques, on ne compose plus au plomb : tout se fait sur papier, il suffit donc de coller une petite bande sur une feuille. Et moi, comme j'étais à la bourre parce qu'on allait boucler l'édition, j'ai fait ça moi-même, je l'ai collée de mes mains. J'ai posé la ligne corrigée par-dessus la première, en recouvrant celle-ci. Pas besoin de retirer quoi que ce soit.

— Eh bien, ça aussi, ça me semble parfait, Amores. Tu t'es comporté comme un ange. Et alors ?

— Alors rien, monsieur Méndez, sauf que je me suis trompé d'endroit. J'ai mis le nouveau Lluís au-dessus du nom d'un autre mort, qui par conséquent a disparu de l'édition, tandis que ce fameux Lluís, on l'a eu une fois avec accent et une autre sans. Vous imaginez ça, monsieur Méndez ? Deux fois le même mort, mais avec des âges différents, des domiciles différents, des heures d'enterrement différentes et surtout des veuves différentes. Ç'a été ma fête, monsieur Méndez. La guerre civile ! Pourtant, en quoi c'était de ma faute ? Mais surtout, imaginez le lendemain, quand les deux veuves se sont présentées en demandant à me voir. Les deux, vous m'entendez ?

Méndez préféra ne rien imaginer du tout.

Il se contenta de balbutier :

— Est-ce qu'elles t'ont laissé le temps de rédiger ta propre nécro ?

— Des collègues héroïques ont prétendu que j'étais souffrant et répondu à ma place, geignit

Amores. Mais le directeur a demandé une enquête. J'ai droit à une enquête par semaine, savez-vous. Ah la la, mon Dieu, cette fois-ci je ne vais pas m'en sortir, c'est foutu, c'est foutu...

Amores courba la tête et se laissa envelopper, étouffer par l'arôme du café crème qu'il avait commandé, par cette odeur bon marché de temps qui passe, de matinée grise, de bureau ignorant ce qu'est l'espoir. Méndez, qui avait vu des milliers d'êtres humains dans cet état, les épaules affaissées et le regard dans le vide, lui sourit pour lui redonner courage. Et, comme au fond il était brave homme, il susurra :

— Allons, mon vieux, remets-toi, il ne va rien t'arriver. De toute façon, l'Espagne a fini par renoncer à la peine de mort !

— Ouais, c'est déjà ça.

— Et de toute façon, ne t'en fais pas. S'ils te virent, on te trouvera toujours quelque chose.

— Dites-moi, monsieur Méndez, vous n'auriez pas une information exclusive ? Quelque chose qui pourrait me sortir d'affaire ? Un de ces trucs qui vous laissent le directeur sur le cul ? Histoire, le directeur, de le circoncire, comme j'ai lu sous la plume d'un journaliste débutant ?

— Moi ? Et qu'est-ce que tu veux que j'aie, mon garçon ? Tout le monde sait qu'on ne me confie que des coins de rue à surveiller. La dernière affaire importante sur laquelle on m'a laissé intervenir, c'était pour le vol d'une cargaison de cacahuètes, destinée aux animaux du Zoo municipal.

— Et vous l'avez résolue ?

— J'ai été à deux doigts d'arrêter le gorille.

— Monsieur Méndez, arrêtez de me charrier.

Quelqu'un m'a dit que vous enquêtiez sur deux crimes mystérieux, commis par quelqu'un qui se déplacerait sur une chaise roulante.

— Mais non, mon garçon. Ça, c'est le boulot de la Criminelle. L'affaire relève d'eux.

— Eh bien, à la Criminelle, l'autre jour, ils se plaignaient que là encore vous étiez venu fourrer votre nez. Et ils soupçonnent que vous avez une piste.

— Moi ?

— Vous avez une piste, oui ou non, monsieur Méndez ?

— Aucune, absolument aucune. Je suis en plein brouillard. En plus, dans ce genre de cas, on ne peut pas travailler comme je le fais, en amateur. Parce que personne ne vous donnera un coup de main, ne vous livrera un indice. Personne.

— Vous avez au moins un atout, dans cette enquête, inspecteur.

— Quel atout ?

— Le nombre des criminels possibles est très limité. À Barcelone, il n'y en a pas tellement, des gens qui circulent dans les rues dans une chaise roulante.

— Si tu veux dire qu'il y a peu d'invalides de cette catégorie, je te répondrai que tu as raison. Mais la question n'est pas là. Une chaise roulante, n'importe qui peut s'y asseoir.

— Ce n'est pas si simple, monsieur Méndez. S'y asseoir, bien sûr, n'importe qui peut le faire, mais se promener comme ça en public en ayant l'air naturel, c'est autre chose. Pour cela, il faut déjà avoir une certaine expérience.

Méndez fronça un sourcil.

— Finalement, tu n'es pas toujours à côté de la plaque, Amores, susurra-t-il.
— Vous n'aviez pas pensé à ça ?
— Très vaguement.
— Eh bien, cherchez tout de même plutôt parmi les paralytiques, et surtout parmi les anciens paralytiques. Je crois que c'est la bonne piste.

Méndez hocha la tête.

Ce n'était pas la première fois qu'une piste lui était suggérée, parfois en une simple phrase, par une femme qui ne faisait que passer, par un demeuré qui contemplait le ciel ou tout simplement par un enfant. Pour atteindre au fond des choses, il faut une certaine pureté : la vie avait enseigné cela à Méndez. Il ne s'étonnait plus que, dans les plus éminents conseils d'administration américains, on fasse parfois siéger comme auditrice la femme chargée de nettoyer les ascenseurs : car certaines solutions peuvent relever d'une vérité trop évidente pour avoir jamais été débattue dans une université ou exposée en chaire.

— Ainsi, tu penses que c'est un ex-paralytique ! bougonna-t-il. Ou un ex-accidenté.
— À coup sûr.
— Moi, j'avais bien dans l'idée que c'était forcément quelqu'un d'assez agile, mais jusqu'ici je n'avais pas prêté attention à ce détail : c'est vrai que se déplacer sur une chaise roulante exige un apprentissage, reconnut Méndez. Il faut avoir déjà eu l'occasion de s'en servir.
— Vous voyez... Au fait, inspecteur, combien de gens de cette catégorie connaissez-vous ?
— Eh bien... Il y a quelques paralytiques dans

mon secteur, mais ce sont des vrais, des gens complètement en miettes, qui n'arriveraient même pas à ramener leur femme quand elle file avec un autre. Par exemple Pajares, le type à qui on a volé sa chaise.

— Rien du tout, répliqua Amores, à qui sa profession avait au moins appris à parler clair. Ce n'est pas parmi ceux-là qu'il faut chercher. Bien sûr, vous n'allez pas non plus enquêter sur toutes les personnes malades ou accidentées qui se sont servies d'une chaise roulante au cours des dernières années, dans tous les hôpitaux et les cliniques d'Espagne. À la fin de l'enquête, l'assassin serait déjà à la retraite. Mais, vraiment, vous ne connaissez personne d'autre ? Quelqu'un qui se serait rétabli depuis peu ?

— Et pourquoi devrais-je connaître quelqu'un comme ça ?

— Je ne sais pas. C'est une question.

Méndez chercha dans ses souvenirs.

— Des personnes qui ont eu des accidents et qui sont restées paralysées quelque temps, j'en connais beaucoup, conclut-il au bout d'un instant. Il y a même plusieurs policiers dans le lot. Et plusieurs personnages du quartier où je me balade... Par exemple, un boucher dont la femme a essayé de lui arracher l'os à moelle quand elle l'a trouvé au lit avec la bonne... Ou encore, la patronne d'un bar à putes, que son maquereau a caressée avec une hache... Il y a aussi un policier municipal qui est tombé d'un balcon pour échapper au mari de sa poupée... Enfin, des vies tout à fait ordinaires, entraînées par le fleuve de la routine et de la plus parfaite normalité.

Amores le regardait, fasciné.

— Qu'est-ce que votre quartier est monotone, Méndez, dit-il. On voit qu'il ne s'y passe jamais rien.

— Je pense aussi à quelqu'un d'autre, ajouta Méndez, mais c'est une femme que je ne connais que vaguement, de loin. Elle était la petite amie d'un gars riche, un promoteur appelé Alfredo Cid, que j'ai arrêté une fois parce qu'il se farcissait une mineure dans un claque. J'avais dû le relâcher tout de suite et lui demander pardon, pratiquement l'aider à remettre sa veste et lui jurer sur la tête de ma mère qu'en réalité, c'était la petite qui se l'était envoyé : j'avais reçu des ordres. Bien entendu, je me suis vengé en veillant à ce que sa femme et sa maîtresse soient au courant des vicelardises auxquelles il se livrait. Je leur ai délicatement raconté l'affaire à toutes les deux, un dimanche après-midi.

— Et quelle a été leur réaction ?

— La petite amie grimpait aux rideaux. Elle s'appelait Lourdes, je m'en souviens très bien. Elle criait : « Salaud ! Espèce de porc ! Une mineure, c'est sacré ! » J'ai appris plus tard qu'elle aussi, bien sûr, Alfredo Cid l'avait dépucelée avant sa majorité. Mais c'était une autre histoire.

— Et l'épouse, qu'est-ce qu'elle a dit ?

— Elle m'a regardé avec mépris, avant de chuchoter : « Je suis une dame, moi. Les histoires de poubelles ne m'intéressent pas. »

— Ah...

— Et c'est vrai que c'était une dame, reconnut Méndez. Les dames ont ceci de particulier, que ce qui les dérange n'existe pas, tout simplement.

— Lourdes avait été paralysée ?

— Pendant un petit moment. Un accident de voiture, ou quelque chose comme ça. Quand j'ai fait sa connaissance, elle faisait des exercices de rééducation, et Cid payait encore tout, mais il tirait la gueule de plus en plus. Même un aveugle aurait vu que c'était fichu pour cette femme, que son richard allait la plaquer à la première occasion, avec un dernier chèque et une caresse sur la joue, au lieu d'une bonne tape sur le cul qui aurait encore été un signe d'affection. Je suppose qu'elle aussi se rendait compte que cette histoire arrivait au bout : c'était devenu un dragon enragé, qui semblait avoir honte d'être née femme. Mais attention, ça ne veut pas dire qu'elle s'identifiait aux mecs, au contraire. Elle les détestait à mort. Et je plains celui qui serait tombé entre ses mains, parce qu'il faut voir quelle force elle avait ! Pour arriver à faire avancer sa chaise roulante, elle s'était entraînée comme une haltérophile.

Amores insinua :

— C'est tout à fait le genre de personne qui aurait pu commettre ces crimes.

— Une femme ?

— Bien sûr. Une femme habillée en homme et aussi forte qu'un homme. Pour ce qui est de la voix, ce n'est pas si difficile de la déguiser. N'est-ce pas qu'au fond, vous pensez la même chose que moi, Méndez ?

Méndez ne le nia pas.

— En fait, ça pourrait avoir été n'importe qui, dit-il.

— Mais une femme aussi bien, pas vrai ?

— Oui.

— Vous connaissez encore d'autres personnes répondant à ces caractéristiques ?

Amores essayait de se montrer analytique, de poser les mêmes questions qu'aurait pu poser, par exemple, son ami Carlos Bey, rédacteur à *La Vanguardia*. Mais ses pensées ne cessaient de s'éparpiller, de se porter vers les clients du café, la décoration baroque, les chuchotements des serveurs, les femmes au postérieur engoncé dans un blue-jeans qui s'arrêtaient devant la porte. Il commençait en outre à se fabriquer un rêve merveilleux et parfaitement plausible, dans lequel c'était lui qui arrêtait l'assassin à la chaise roulante.

Méndez dit, sans à peine remuer les lèvres :

— Oui, bien sûr. Je t'ai déjà dit que je connais pas mal de gens. Mais il y a un homme auquel je devrais consacrer une attention toute particulière, maintenant que j'y pense. Une association d'idées, tu comprends ? C'est en parlant d'Alfredo Cid que celui-là m'est revenu en mémoire. Je pense à une espèce d'acolyte qu'il avait.

— Qui est-ce ?

— Un type dangereux, que j'ai envoyé en prison, une fois. Discret, bien élevé, pas de doute ; mais je dirais que ça le rend encore plus dangereux. Lui aussi a été obligé de circuler en chaise roulante pendant quelque temps.

Après une brève hésitation, il ajouta :

— L'ennui, c'est que j'ai perdu sa piste.

— Eh bien, retrouvez-la, monsieur Méndez.

— Peut-être que tu vas m'aider à le retrouver, toi ! dit le policier en plaisantant.

Mais il s'en repentit sur-le-champ. Amores, lancé à la découverte d'un criminel de ce genre, était capable d'en terminer en dix minutes avec tous les respectacles membres de l'Association des invalides civils d'Espagne.

— Enfin non, oublie ça, dit-il. Hein ? Tu as sûrement des choses plus importantes à faire.

— Non, monsieur Méndez.

— Qu'est-ce que ça veut dire, non ?

— Je vais vous démontrer, à vous et à tout le monde, que je suis un homme utile. Que je peux mener des enquêtes. Dans la presse. À l'Hôtel de ville. Dans n'importe quelle branche. Que je ne commets pas d'erreurs comme on le prétend, que je n'en ai jamais commis.

Et il se leva.

Une résolution absolue brillait dans son regard.

C'était l'homme de l'avenir.

C'était l'industriel qui a mille millions de dettes sur le dos et qui trouve la solution : s'inscrire à des cours du soir de direction d'entreprises.

Rien n'est plus important que la foi.

Méndez chuchota :

— Écoute, Amores, il vaut mieux que tu laisses tomber. C'était une façon de parler.

Amores fit à nouveau la preuve de sa hardiesse. En virevoltant sur lui-même, il renversa certes son verre de café crème, encore plein de liquide, mais on ne pouvait contester que son demi-tour eût été élégant, presque triomphal. Et c'est d'un ton digne qu'il dit :

— Pardon.

Ensuite, il marcha vers la porte, en oubliant de régler ; mais il est vrai aussi qu'il laissait Méndez en caution.

Il pressa le pas.

Ce fut une glorieuse retraite.

Bien sûr, ce qui se passa alors n'était pas de sa faute. Un manque de chance voulut qu'à ce moment-là, le taureau fût à nouveau en train de charger, cette fois pour ressusciter les illustres taureaux de l'année 1922 ; il fit trébucher Amores, pris à contre-pied. Autre déveine, le serveur arriva justement en même temps, le plateau plein, des insondables profondeurs de l'établissement. Amores, pour ne pas tomber, se raccrocha à lui. Le contenu du plateau alla se répandre sur le pantalon d'un garde civil. Celui-ci invoqua à grands cris les droits sacrés de la patrie. Un des clients assis près de la porte, en guise de réponse, se leva et cria : « *Visca Catalunya lliure.* » À partir de là, tout se passa pour Amores comme dans un tourbillon, dans des montagnes russes, ou encore dans ses glorieux débuts de journaliste, quand on l'avait envoyé à l'imprimerie pour monter la page de tauromachie et qu'il s'était trompé de photo : au lieu de celle de Bernardó, il avait mis celle de Franco, persuadé que le dictateur avait assisté à la corrida. Cette erreur aurait pu être vaguement excusable, si la légende de la photo n'avait consisté en cette simple phrase : « *Le grand matador.* » Eh bien, ce qu'il ressentit alors, ce qu'il entendit alors, les souvenirs à sa sainte mère que lui exprimèrent alors tous les grands manitous du journal, restaient peu de chose, comparés au concerto *molto vivace* qui se déchaîna dans le café. Le pire fut quand Méndez se précipita pour le sauver : il voulut sauter sur une table pour retenir le garde civil, mais à l'heure de vérité les forces lui manquèrent, et il s'effondra devant le taureau. Celui-ci cherchait à montrer, au même instant, comment chargeaient les taureaux de la génération de 1927, qui fut comme on sait une grande année — en tout cas au niveau littéraire — pour les espérances de l'Espagne.

Méndez ne sut jamais si cet homme pouvait faire totalement confiance à sa femme.

En tout cas, son coup de cornes était redoutable.

*

En vérité, il fallait bien commencer quelque part. Aussi, Méndez, après qu'on se fut occupé de ses blessures — à l'aide de cognac, de marc de Galice et d'un peu d'aspirine, dissoute dans du gin —, décida qu'il y avait deux grandes tâches à l'ordre du jour. La première était d'arrêter Amores pour outrage à la patrie et à ses institutions, avec en réalité l'intention de le sortir de là pour le libérer au premier coin de rue ; la seconde de retrouver Alfredo Cid, pour savoir s'il avait encore à son service cet acolyte qui jadis avait été contraint d'utiliser une chaise roulante.

Rendre la liberté à Amores ne fut pas si facile. Le garde civil tint à l'accompagner et à faire une déposition, de sorte qu'il fallut organiser au commissariat un débat de haut niveau sur les droits constitutionnels des citoyens en matière de glissades dans un café. Méndez, après avoir profondément réfléchi, décida qu'il s'agissait d'un acte casuel, sans intention d'outrage, et qu'il convenait de relâcher Amores. Le garde civil s'y opposa énergiquement, au nom de la défense de la patrie. Les collègues de Méndez intervinrent alors à leur tour. L'un d'eux proposa qu'on arrête Méndez et qu'on laisse Amores en liberté ; un autre, qui était à la veille de la retraite, demanda où se trouvait Amores le 19 juillet 1936, deux jours après le soulèvement franquiste à Melilla ; un troisième, fraîchement débarqué, réclama la grâce des militants de l'Union militaire démocratique.

On constatait un certain malaise collectif.

Pour en terminer, Méndez fit savoir en hurlant qu'au nom du gouvernement, et conformément à l'article 26 de la Constitution, il décrétait la remise en liberté d'Amores. On ne pouvait dire que ce fût là une décision impartiale, du moins fut-elle efficace. Les autres policiers haussèrent les épaules et retournèrent au travail. Le garde civil cessa d'insister : entendant citer un article précis, certainement doté d'une valeur réglementaire, il faillit se mettre au garde-à-vous.

— Ah bon, dit-il, en ce cas c'est différent.

Amores, lui, en se voyant devant la porte, faillit baiser les mains de Méndez.

— Merci, inspecteur... Jamais je ne pourrai m'acquitter du service que vous m'avez rendu. Sans vous, on m'aurait emmené à la caserne de la Garde civile, Calle de San Pablo, et là, ils me les auraient coupées.

— Enfin, peut-être pas, tout de même.

— Mais si, ils me les auraient coupées. Vous n'avez pas vu que ce garde civil grimpait aux murs !

— Tu es certain qu'on ne t'a pas déjà emmené un jour dans cette caserne, Amores ?

— Moi ? Pourquoi ?

— Non, pour rien.

— Écoutez, monsieur Méndez... Vous m'avez vraiment sidéré... Alors, comme ça, vous connaissez la Constitution... Dites, simple curiosité, qu'est-ce qu'il dit, l'article 26 ?

— C'est un article très ancien, Amores.

— Vraiment ?

— Plus ancien que la Constitution elle-même.

— Mais c'est impossible !

— L'article 26 traduit l'antique sagesse du peuple, depuis toujours habitué à ce que les gouvernements, quelles que soient les lois en vigueur, disposent à chaque instant d'un recours pour faire ce qui leur chante. Dans ces dictons populaires il y a souvent plus de science politique, sais-tu, que dans tous les travaux de Ramón Tamames ou d'Oscar Alzaga. Les gens ont parfaitement compris que ceux qui commandent trouvent toujours de quoi les faire taire. Voilà donc ce que dit l'article 26 :

Et il récita en catalan :

> *— Per l'article vint-i-sis*
> *el Govern té atribucions*
> *par passar-se per collons*
> *totes les lleis del país.*

Ayant prononcé ces paroles, qu'aucun citoyen sensé ne devrait jamais oublier, il relâcha Amores.

Il entreprit ensuite de retrouver la piste d'Alfredo Cid. Cela s'avéra moins difficile, parce qu'un citoyen honnête tel qu'Alfredo Cid laisse quantité de traces de son passage dans l'existence : commandements en instance, dossiers à l'Inspection du Travail pour infractions au Code du travail, créances de la Sécurité sociale, contestations des honoraires de ses propres avocats, une douzaine de procès en prud'hommes pour autant de licenciements et discriminations salariales, sans parler de l'absurde plainte déposée par une employée, pour tentative de viol sans accord préalable concernant la délicate question de la promotion due en échange. Bref, se dit Méndez, rien qui fût de nature, par les temps qui courent, à faire rougir un citoyen pas encore à la retraite.

Méndez, bien entendu, savait que ce n'était que la partie visible de l'iceberg. Au-dessous, on aurait pu trouver des dépôts bancaires effectués dans la plus absolue discrétion, des sociétés fantômes, des biens mis au nom de truchements, des amitiés avec de hauts fonctionnaires municipaux, que M. Cid démentirait jusqu'à l'instant de sa mort. C'était, en résumé, un homme solvable mais qui avait parfois intérêt à prétendre le contraire, certainement par modestie.

Méndez apprit très vite qu'on pouvait le trouver dans ses nouveaux bureaux, dans le haut de la Diagonal, ou à défaut dans les établissements bancaires les plus proches. Mais il ne s'y rendit pas directement, car deux raisons l'en empêchaient. Premièrement, il n'avait ni autorisation ni prétexte aucun pour aller déranger Alfredo Cid. Deuxièmement, et c'était encore plus grave, les courants d'air pur circulant librement sur la Diagonal risquaient d'entraîner chez lui à tout le moins une hémiplégie. Il n'en serait pas allé de même si Alfredo Cid avait fréquenté les établissements proches du port, par exemple Panam's ou El Cangrejo.

Méndez résolut alors de délimiter le cadre de l'enquête, en examinant les affaires qu'Alfredo Cid avait en cours et les activités de son équipe de collaborateurs immédiats. Il saurait ainsi si

Alfredo Cid employait encore à son service cet ex-invalide sur lequel il portait certains soupçons. Partant de là, il n'eut aucune difficulté à apprendre que les affaires d'Alfredo Cid traversaient une période difficile (comme celles de presque tous les promoteurs) et que le seul chantier auquel il consacrait alors ses efforts concernait la construction d'un immeuble de luxe sur le terrain d'une vieille demeure dont certains se rappelaient encore qu'elle se dressait au milieu du silence, des arbres et des oiseaux, non pas aux portes mais aux fenêtres de la ville. Ce qui représentait, à bien y regarder, une totale aberration du point de vue historique.

Méndez alla y jeter un coup d'œil exploratoire. Par chance pour lui, sous cet après-midi pluvieux les vieilles pierres de la façade offraient une teinte d'éternité, des ombres fantomatiques se dessinaient aux carreaux des fenêtres, l'eau chantonnait dans une gargouille oubliée, et les feuilles des arbres exhalaient l'odeur d'un monde qui vient de naître. Tant de choses sans utilité, dans une ville qui avance de façon décidée vers le progrès, ne pouvaient que rendre malade n'importe qui, tout particulièrement Alfredo Cid. Aussi Alfredo Cid se trouvait-il à la porte. Il glapissait quelque chose en direction d'une fille délicate, mais aux formes assez pleines, présentables dans leurs trois dimensions, se dit l'enquêteur (non dénué de convoitise) : une fille réservée, timide, mais qui sait, peut-être qu'un coït à l'ancienne mode... Ne me fais pas ça ici, je t'en prie, surtout pas dans cette position, on va faire du bruit, on va finir par déchirer les rideaux de mémé.

XII

La femme du silence

Cette femme méritait davantage que l'attention superficielle des mâles de passage. Il était évident, du moins pour Méndez, qu'elle aurait pu symboliser toute l'élégance, la délicatesse, la résignation, le mensonge même, d'un temps désormais révolu, d'un temps auquel Méndez se sentait rattaché par une certaine poésie mais surtout, au fond, par des motivations d'alcôve. La toilette de la fille était modeste, mais impeccable, et ses talons hauts mettaient en valeur sa silhouette (il y eut un temps, se dit Méndez, où les femmes n'étaient pas des passantes anonymes ni, disons, des objets trouvés dans un conteneur municipal, mais savaient se déplacer par les rues avec une grâce de caravelles). On devinait sous ces vêtements la présence de sous-vêtements discrets (afin de ne pas attirer l'attention) mais choisis avec soin (afin d'attirer l'attention vers ces endroits dont les jeunes filles apprennent à parler dans les bons collèges). Un personnage de chambre fermée, de coiffeuse à miroir, de perversion silencieuse, telle était Elvira pour l'œil d'un connaisseur, ou bien d'un dessinateur mort en 1930. Enfin, ce n'étaient là que divagations mendéziennes, relevant d'un certain monde intérieur rigoureusement impartageable.

Cependant, puisqu'il faut tout expliquer, Elvira attira son intérêt, outre ces raisons secrètes, par le fait qu'elle supportait poliment, et en public, les insultes d'Alfredo Cid. Lequel lui présentait énergiquement un papier, probablement d'origine judiciaire, en vertu duquel elle se devait de décéder avec toute la célérité possible.

Les piétons défilaient sans prêter la moindre attention à ces cris, pressés, comme des qui veulent pas arriver en retard à l'enterrement de leur chef. Méndez, qui entendait des bribes de ce que hurlait Cid, avait feint de se plonger dans la contemplation d'une vitrine, car Cid l'avait déjà vu et aurait pu le reconnaître. Le promoteur, toutefois, ne se souciait pas du tout de Méndez — ni même de l'architecture intérieure de la fille —, mais uniquement du morceau de papier par lequel les séculaires édiles de la ville en appelaient à la justice divine.

Dès que Alfredo Cid se fut éloigné de quelques pas, Méndez s'approcha d'Elvira, avec une expression de pasteur en visite.

— Excusez-moi...

Elvira, qui allait rentrer dans la maison, se retourna.

— Qui êtes-vous ?
— Police.

Les lèvres d'Elvira tremblèrent.

— Vous êtes déjà là ? demanda-t-elle.
— Qui ça, moi ? Vous m'attendiez ?
— M. Cid m'a dit que la police ne tarderait pas

à venir, que je n'y échapperais pas. Je constate que c'est vrai.

— Et vous le croyez, ce M. Cid ?
— Mais, mais... ce n'est pas lui qui vous envoie ?
— Non. Tout au contraire, je dirais.

Elvira le regarda en clignant les cils.

— Quoi, vous venez m'aider ? demanda-t-elle, incrédule. Allons donc !
— Je peux au moins dire que je ne suis pas ici pour vous faire du tort.
— C'est difficile à croire.
— Pourquoi ?
— Entre quelqu'un comme M. Cid et quelqu'un comme moi... je n'ai jamais vu la police aider quelqu'un comme moi.
— C'est vrai, mais je vous ai déjà dit que j'étais là pour tout le contraire, susurra Méndez en prenant l'air gentil.

(Les airs gentils de Méndez ne rassuraient généralement pas les femmes. Mais alors pas du tout. Tout récemment encore, une femme à laquelle il avait adressé la parole dans des circonstances analogues avait pris la fuite, persuadée qu'il voulait la sodomiser sous le prétexte d'une tombola de bienfaisance.)

Mais Elvira ne devait pas avoir autant d'imagination, car elle murmura, le visage serein :

— Qu'est-ce que vous cherchez, alors ?
— Disons que je voudrais savoir si M. Cid vous a menacée...
— Certainement... Il m'a menacée, mais d'une certaine façon il a raison. Un tribunal m'a condamnée à m'en aller d'ici, et j'essaie de faire en sorte

que le jugement soit exécuté le plus tard possible. C'est pour ça qu'il est furieux.

— Pourquoi, qu'est-ce qui se passe ? Vous êtes en retard dans vos loyers ?

— Non, non... Ça n'a rien à voir. Cette maison avait toujours appartenu à ma famille. Mais, à cause d'une hypothèque impayée, la maison a été vendue aux enchères. Déjà ma tante, qui est morte tout récemment, savait que nous devrions partir.

— Ainsi, légalement, la maison appartient à M. Cid...

— Oui. Vous voyez, je ne peux pas me plaindre, s'il me menace. Il est dans son droit.

— Vous êtes une femme très compréhensive, dit Méndez.

— Je crois bien que je n'ai plus le choix. Un pauvre compréhensif meurt dans les larmes, un pauvre qui ne l'est pas meurt dans la colère. Tout compte fait, je préfère encore les larmes.

Méndez tenta de sourire.

— Peut-être que M. Cid a le droit, en un sens, de vous menacer, dit-il, mais a-t-il employé pour cela des procédés extra-légaux ? Je veux dire : vous a-t-il envoyé, peut-être, prenons les termes les plus délicats possibles, un nervi, un malfrat, une ordure, quoi ? M. Cid a toujours utilisé des rufians pour contraindre les gens. Nous sommes quelques-uns dans la police à le connaître pour ça.

— Non, il ne m'a envoyé personne. Par contre, je suis allée au commissariat déposer une plainte, parce que j'ai la certitude que la nuit, quelqu'un m'épie depuis le jardin. Ah, oui... Maintenant, je comprends. Vous venez sans doute pour ça.

Méndez, naturellement, ignorait qu'elle avait

porté plainte, mais il ne le dit pas. Sa mine devint soudainement impénétrable. Convaincu d'être sur la bonne voie (ces présences furtives dans le jardin lui paraissaient ouvrir toute une série de fascinantes possibilités, depuis une manœuvre de Cid jusqu'à une rencontre galante entre plusieurs cantonniers), il susurra :

— Personne n'est entré chez vous ?
— Enfin, entrer, vraiment entrer... Non, personne...
— Pas même quelqu'un qui, dans le temps, aurait été invalide ?
— Comment ?
— Quelqu'un qui, dans le temps, aurait été invalide ?

Elvira Ros cligna à nouveau les yeux.
— Non, dit-elle.
— Non ?
— Non.
— Si vous voyiez cet homme, rendez-moi un service.
— Quel service ?
— Prévenez-moi. Voici mon numéro — il lui tendit une carte. J'aimerais lui parler, à cet homme ; de rien qui risque de vous nuire, bien entendu.
— J'espère bien... Mais pourquoi est-ce que vous aimeriez parler à cet homme ?
— Je désire seulement prendre des nouvelles de sa santé, expliqua délicatement Méndez.
— Très bien... S'il venait, je vous le ferais savoir. Merci pour votre carte. C'est toujours rassurant de savoir que la police s'intéresse aussi aux gens normaux.

Méndez déclara pompeusement :

— C'est bien le moins. Je vous remercie pareillement, au nom de la loi.

Et il se retira, plein de dignité.

*

Il retourna dans son district. En partie parce qu'il avait du travail à y faire — on lui avait commandé de rechercher et d'arrêter un travesti de vingt ans, qui volait leurs portefeuilles aux travestis de cinquante ans —, en partie parce qu'il avait besoin d'échapper au maléfique air pur de la partie haute de la ville. Dès qu'il fut de retour sur ses terres, Méndez connut une immédiate renaissance corporelle, outre qu'il trouva là toutes sortes de secours spirituels.

— J'te tuerai, Méndez, lui chuchota au fond d'un bar un citoyen méritant qu'on appelait la Moufette. T'as laissé filer ma femme. Elle m'cherche pour m'faire la peau, mais j'te jure qu'j'aurai troué la tienne avant.

— Tu m'dois dix mille balles, Méndez, l'informa peu après sa logeuse. Y sont passés hier pour l'bonn'ment d'journal.

— Il faut que vous récupériez mon flingue, Méndez — exigea de lui, à un coin de rue, un de ses informateurs les mieux introduits. — On me l'a volé hier.

— Ah oui ? Et où le portais-tu ?

— Au même endroit que d'habitude. Entre le pantalon et le caleçon. Le gars qui a fait ça, il avait le coup de main.

— Et tu sais qui c'est ?

— Bien sûr !
— Qui donc ?
— Le Manchot.
— Tu es sûr, vraiment sûr, que tu ne t'es rendu compte de rien ?
— Enfin si, bien sûr, j'ai bien senti quelque chose. Mais c'est tout.
— Qu'est-ce que tu veux dire ?
— J'ai cru qu'il faisait ça en toute bonne foi.
— Je ferai mon possible, promit Méndez, mais ça dépend où il l'aura caché. Parce que moi, il y a des endroits où je ne mets pas la main...
— Eh bien, ça alors... Vous êtes devenu bien délicat, Méndez. On ne peut plus compter sur personne.

En plein cœur du district, le vieux policier se prêta aimablement à une enquête et répondit aux questions d'une assistante sociale.

— Profession ? demanda l'enquêtrice.
— Veilleur de nuit, déclara Méndez sous la foi du serment.
— Vous habitez dans ce quartier ?
— On m'a conseillé de ne jamais en sortir.
— Qui ça ? Simple curiosité...
— Les autorités constituées, mademoiselle.
— Que pensez-vous de l'avortement ?
— Ça dépend.
— Concrètement, en cas de danger pour la vie de la mère.
— Je suis d'accord, déclara Méndez, mais je suis surtout partisan de l'avortement quand c'est la vie du père qui est en danger.

L'assistante sociale émit une sorte de râle. Pourtant, ce n'était pas une phrase en l'air. Méndez avait vu plus d'un homme calancher parce qu'il s'était consacré à la sainte tâche de la procréation, en choisissant mal son moment.

Il poursuivit son chemin.

Le quartier était d'une particulière beauté, ce matin-là. Il y avait même, au-dessus d'une terrasse, quelques pigeons vivants.

Il rencontra le Manchot.

Le Manchot prit la fuite en l'apercevant, et en quelques secondes il eut distancé Méndez de cent mètres. Mais celui-ci, prenant son courage à deux mains, sauva l'honneur par une course héroïque qui se poursuivit le long de tout un pâté de maisons, au moins.

Méndez dut ensuite se reposer de cet effort, dans un bar où on lui prépara une tisane selon la recette maison : peu d'eau et beaucoup d'anis.

En sortant de là, il rencontra la Bosse.

La Bosse choisit également la fuite. Non qu'il fût poursuivi par Méndez, mais il avait aux trousses les deux maris de sa bonne femme. Et eux, personne ne pouvait les semer.

Il rencontra enfin Pajares.

Pajares était assis dans sa chaise roulante neuve, à la porte d'un bar. Il était accompagné de sa famille la plus proche, à savoir son chien.

— Tiens donc, monsieur Méndez !
— Salut, Pajares.
— Alors ? Comment ça va ?
— La matinée s'annonce plutôt agitée, déclara Méndez en se grattant la nuque.
— Y a eu du ramdam ?
— Enfin... Des gens à qui je voulais donner le bonjour.

— Mais c'est que vous suffoquez ! Voulez-vous entrer prendre un verre, monsieur Méndez ?

— J'en ai déjà trop pris... Vraiment, ça ne peut pas durer. Si ça ne se calme pas un peu, dans ces rues, je finirai par demander qu'on m'envoie au Pays Basque, parfaitement !

— Mais vous savez que c'est pas une mauvaise idée ? Peut-être que là-bas, vous auriez une promotion, monsieur Méndez.

— Une promotion ? Moi, une promotion ? Moi ?

— Pourquoi pas ? Un jour, supposons, vous vous promenez dans la campagne, et vous tombez sur une planque, avec cinq kilos d'explosif...

— Ce que je voudrais, moi, c'est trouver une planque avec cinq nanas, dit Méndez en bombant le torse.

Il remarqua alors la nouvelle chaise de Pajares.

— Eh bien..., marmonna-t-il. On dirait bien que tu te prépares à faire le tour du monde, Pajares, mon garçon.

— Arrêtez vos vannes, monsieur Méndez. Le plus loin que je peux aller, c'est jusqu'au Paralelo.

— Eh bien moi, là tout de suite, je n'arriverais même pas au Paralelo... Putain, quelle matinée... Dis, écoute un peu... Sûrement que tous les invalides du quartier, vous vous connaissez plus ou moins ?

— Et alors ?

— Y en a-t-il un qui se soit complètement rétabli, ces temps-ci ? Ou au moins qui aille beaucoup mieux ?

— Quelles drôles d'idées vous avez, monsieur Méndez !

— Quoi, quelles idées ? Une maladie, ça peut se guérir, non ?

— Dans ce quartier, c'est pas si facile, dit Pajares. Plus haut, par là-bas, dans d'autres quartiers de cette saloperie de ville, je sais pas. Mais ici, on peut pas demander que les gens se payent des rééducations, des exercices, des gymnases avec infirmières bien roulées et tout le bataclan. Ici, on a que ce que donne la Sécurité sociale, monsieur Méndez. Et même si on la suce jusqu'à l'os, parce que je vais pas dire que c'est pas ce qu'on fait, par ici, la Sécurité sociale, elle donne pas grand-chose.

— Donc, tu n'en connais aucun qui irait beaucoup mieux.

— Dans le coin, personne, monsieur. Allons donc !

Méndez eut un léger haussement d'épaules.

— Eh bien, Pajares, merci quand même. Et sinon ? Comment va la vieille ?

— Ma tante ?

— Eh bien sûr ! Ta tante.

— Bien. Elle tient le coup.

— Dis, c'est vrai ton histoire, qu'il y a des années de ça elle a tué ta mère ?

— Et comment, que c'est vrai ! On doit encore avoir, quelque part à la maison, une copie du jugement. Monsieur Méndez...

— Oui ?

— Vous m'avez pas cru ?

— Mais bien sûr que si, mon garçon. Ce qu'il y a, c'est qu'on a quand même du mal.

— Oui, je sais. Vu de l'extérieur, d'accord, on a du mal à le croire. Mais, vu de l'intérieur, faut pas oublier non plus qu'on s'habitue à tout. D'ailleurs...

— D'ailleurs, avec qui d'autre tu aurais pu vivre, c'est ça, Pajares ?

Pajares garda le silence.

Le chien s'approcha de lui, comme s'il devinait ses pensées, et frotta son museau sur les genoux de l'invalide.

Méndez perçut, durant un fugitif instant, comme sur une vieille photo qu'on lui aurait mise sous les yeux, toutes les nuances de gris qui vaguaient dans la rue, toutes les nuances de blanc qui erraient sur les visages privés de soleil, toutes les nuances de noir qui flottaient dans l'air. Il se rendit compte soudain qu'en cet endroit, chacun allait chaque jour à son propre enterrement, un enterrement auquel personne ne prêtait attention et que suivait une seule personne : l'enfant que l'on avait été.

Il ferma les yeux.

Puis il haussa à nouveau les épaules, d'un mouvement brusque qui paraissait artificiel.

— Bon vent, Pajares.

— Bon vent, monsieur Méndez.

Méndez s'éloigna en traînant les pieds, enviant presque le confort pneumatique — crac, crac, tu cours ou j't'attrape — de la chaise roulante. Il se retrouva Calle Nueva, cette historique rue Conde del Asalto où avaient rêvé tant de danseuses qui s'étaient vendues pour avoir leur nom sur une affiche, tant d'anarchistes qui s'étaient vendus pour avoir leur nom dans la petite histoire, tant de femmes qui s'étaient vendues pour une piécette dans la bouche. Courage, Méndez, tes pieds sont plus lourds chaque jour, mais te voilà déjà sur le

Paralelo, dans ce quartier où rien de mal ne peut t'arriver, ton coffre à souvenirs, ton lopin de terre promise. Prends un avant-dernier café dans ce bar, qui comportait jadis des arcades, des fenêtres basses et un silence de dimanche naissant. Et puis, au-dessous de ce café il y avait aussi une petite cave où l'on dansait, tu te souviens, Méndez ? Une guinguette innocente, pour des garçons qui ne touchaient pas encore aux nichons, pour des mominettes qui ne touchaient pas encore aux braguettes. Tu les revois encore, Méndez, assises dans la pénombre du soir qui tombait, écoutant secrètement palpiter leur jeunesse qui passait, immobiles sur leurs fesses déjà pleines, espérant elles ne savaient quoi, sans doute quelque rêve de samedi soir, quelque miracle qui ne serait jamais arrivé à maman, dans cet établissement plein de mains partout. Aujourd'hui ces filles sont mariées, Méndez, elles ont eu des enfants, elles ont encore pris de la fesse, mais leurs culs ne vont plus danser, ils vont à l'église. Cherche donc leur dernier souvenir de soie, espèce de vieux cochon, sur ce mur blanc où s'est installé un bar *topless*, à ce coin de rue où s'est installé un vidéoclub, à cette fenêtre où depuis des années il n'y a plus personne. Avoue-le donc une fois pour toutes, Méndez : le temps ne t'appartient plus.

Méndez dit :
— Vérole.
Il passa par la Calle del Rosal, sans doute avec un certain désir inconscient de monter jusqu'à l'appartement d'Esther, mais finalement il n'osa pas. Il aurait bien aimé avoir de nouveau une conversation avec elle, mais ne voyait pas quel

prétexte invoquer. Il monta jusqu'à la Calle de Blay, antique royaume où les cafés n'avaient qu'une table et les échoppes de barbier un seul client, et aboutit devant l'église Santa Madona. Méndez se souvenait y avoir prié une fois, par un après-midi lointain (à vrai dire, un après-midi qui lui semblait plus lointain encore), quand il était allé chercher dans un collège, pour la transporter dans une maison de correction, une fillette qui se prostituait aux commerçants prospères et n'ignorait rien des agréments du lit. Méndez avait toujours soupçonné qu'elle avait été dénoncée par une femme de commerçant, forcément, une qui ne connaissait rien aux agréments du lit.

Il avait bien fait de ne pas monter chez Esther, car il l'aurait surprise à un moment peu opportun. Esther était en train de se changer. S'apprêtant à sortir, elle troquait sa robe simple pour un tailleur en laine grise dont elle avait rêvé, des mois auparavant, quand il était encore en vitrine sur la Ronda de San Pablo. Mais c'était du vivant de Paquito, à cette époque-là la Ronda de San Pablo paraissait moins loin.

Elle lissa sa jupe en silence avant de l'enfiler par le bas et de la remonter jusqu'à la taille. Elle ne portait que ses sous-vêtements, ses bas et ses souliers à talons. C'est alors qu'elle entendit le léger grincement de la porte.

Esther faillit pousser un cri.

Jusqu'à cet instant, elle s'était crue seule dans l'appartement. Elle vit la porte bouger en grinçant à nouveau et porta ses deux mains à la bouche, sans se rendre compte que sa jupe retombait sur ses chevilles.

— Qui...

La porte acheva de s'ouvrir.

— Mon Dieu, Abel, mais c'est toi... Je croyais que tu étais sorti.

Elle rebaissa peu à peu les mains.

— Tu marches comme les chats, Abel. On ne t'entend pas. Des fois, tu me ferais presque peur.

Abel s'arrêta sur le seuil. Il était vêtu comme s'il venait de rentrer, avec cette élégance qui lui était particulière, un peu démodée, soucieuse des détails, dans un monde qui ne se soucie plus des détails. Esther ne put que remarquer son foulard impeccable, sa ceinture *made in Italy,* ses boutons de manchette un peu trop voyants, assortis à la larme du Christ de sa bague. Abel, lui, ne put que remarquer, en écarquillant les yeux, les souliers de chez Royalty, la petite culotte de soie noire, les bas Janira, le porte-jarretelles Casino de Paris — elle porte des jarretelles. Il ne put que remarquer la jupe tombée, les lèvres tremblantes, les cuisses solides de vraie femme. Jamais, durant les années où il avait vécu avec Paquito, il ne l'avait vue ainsi. Il ne put que remarquer le relief de son pubis — une proéminence rondelette, sous l'excellent tissu de chez Pedro Sans —, l'arrogance de ses seins qui n'avaient nourri qu'un enfant imaginaire, la fermeté de sa croupe qui n'avait connu de fornication que légitime. Esther était une femme mûre, large, sa peau commençait à prendre la couleur des nuits mortes. Mais elle avait aussi quelque chose des courtisanes des années quarante, des personnages cul à l'air qui peuplaient ces romans érotiques que Paquito et lui s'échangeaient, il y avait de cela des siècles, sous les pupitres du collège, des romans aux pages jaunâtres, avec des femmes couleur de rose. Abel Gimeno ferma un instant les yeux et balbutia :

— Excuse-moi. Je ne t'avais jamais vue comme cela.

Esther remonta précipitamment sa jupe.

— Sors !

— Tu as raison. Je suis stupide... Moi aussi, je pensais qu'il n'y avait personne...

Il referma la porte, mais Esther sortit presque derrière lui. La jupe tirée sur les genoux, le corsage à peine agrafé, une mèche de cheveux retombant sur le front, un pli à son bas gauche, juste là où naissait sa cuisse puissante. Vous, les femmes, vous ne devriez jamais vous habiller trop vite, Esther, car tout possède son rythme, nécessaire et tyrannique, chaque beauté quelle qu'elle soit, lever du jour ou retombée d'une vague ; et tu ne dois pas non plus avoir peur de moi, car je ne suis pas un lécheur de doudounes, un mordilleur de fesses, un explorateur de chattes. Je suis un esthète, un ordonnateur de déceptions, un poète de l'ambiguïté, selon qui Dieu a trop simplifié la création en se limitant à deux sexes et à leur première richesse, celle des corps, au détriment de leur seconde richesse. Oublie mes yeux qui ne voulaient pas te voir, Esther, oublie mes mains qui ne te toucheront jamais.

Esther murmura :

— J'ai honte.

— Tu ne devrais pas. C'est entièrement de ma faute. Tu étais seule dans ta chambre.

Elle dit, très bas :

— Eh bien oui.

Ils restèrent immobiles, l'un en face de l'autre, sans se regarder, presque sans respirer, enveloppés par le silence de l'appartement. Ils percevaient, par contre, au sein de ce silence, toute une série de bruits qu'ils n'avaient jamais écoutés, un robinet qui gouttait, la porte du balcon qui crissait, un téléphone qui sonnait à côté, sûrement dans un logement vide, un chiot qui gémissait, des talons qui claquaient, sûrement ceux d'une femme qui, par-delà les murs, devenait la seule présence humaine de tout l'immeuble. Leurs yeux chavirèrent peu à peu, ici les pieds de la table, le velours élimé d'une chaise, puis l'ourlet de la jupe d'Esther, la boucle de la ceinture d'Abel, ce que dissimulent une jupe, une boucle, jusqu'à ce que leurs regards remontent et se rencontrent à nouveau, jusqu'à ce qu'Esther entende avec surprise s'élever sa propre voix :

— C'est étrange.
— Quoi donc ?
— Depuis si longtemps que tu vis dans cette maison, tu ne m'avais jamais vue.
— C'est que... c'était mieux comme ça.
— Ça ne t'intéressait pas, n'est-ce pas ?

Il haussa les épaules presque imperceptiblement, essaya de sourire.

— Eh bien... que veux-tu que je te dise ?
— Ce qui est curieux, en fait, c'est que toi et moi n'avons jamais parlé ensemble, Abel.
— Non. Jamais.
— Nous ne parlions qu'avec Paquito. C'était notre intermédiaire.
— Oui, c'est vrai... Seulement avec Paquito.

— Mais Paquito devait te raconter des choses à mon sujet.

— Non... Il ne me racontait rien. Je te jure qu'il ne me racontait rien.

— Mes affaires ne l'intéressaient même pas assez pour ça, n'est-ce pas ?

Abel continuait à essayer de sourire, mais son sourire se glaçait dans sa bouche.

— Ça, tu dois le savoir mieux que moi, Esther.

— C'est vrai qu'il ne te racontait rien ?

— Je t'ai déjà dit que non.

— Merci... Même si c'est un mensonge, je te remercie, Abel.

Et elle fit quelques pas vers sa chambre. On lisait une moue de tristesse sur ses lèvres vouées à la solitude, une sorte de fatigue dans le mouvement de son corps encore appétissant (qui présentait encore une certaine arrogance de courbes, gage d'une réelle qualité pneumatique), mais condamné à l'inutilité, à la diversion spirituelle, comme les travaux des universitaires et les jambes des sœurs novices. Quand elle passa devant Abel, ce fut lui qui posa doucement les mains sur ses épaules.

— Esther...

— Quoi ?

— Je ne sais pas si ça t'apporte quelque chose, mais tu es une femme admirable.

— Non, ça ne m'apporte rien.

— C'est dommage... Je veux aussi te dire que je t'ai trouvée très belle. Je n'imaginais pas que tu étais si belle.

— J'apprécie ta courtoisie, Abel.

— Je te jure que...

— Pour ces choses-là, la courtoisie n'apporte pas grand-chose non plus, sais-tu ? Non, pas grand-chose.

Abel dit :

— Peut-être.

Et il mit une main sur sa hanche.

La jupe tendue.

La fermeture éclair mal agrafée.

La jupe céda.

À nouveau ces jambes solides, compactes — la jupe fut coincée dans sa descente au niveau où naissaient les cuisses et où s'achevaient les bas. À nouveau les reliefs du pubis, le porte-jarretelles à l'ancienne, la petite culotte jeune génération. Et une douce odeur de vulve fermée, de linge tout juste sorti du placard, de chambre imprégnée de femme : tout cela devant les yeux d'Abel, entre les doigts d'Abel, qui se faufilèrent vivement dans l'entrejambe étonné.

Elle se ferma instantanément, mais les doigts étaient là.

— Abel...

— Tu es très belle, Esther.

— Ne fais pas ça...

— Crois-tu que tu ne le mérites pas, Esther ?

— C'est que...

Les jambes qui s'entrouvrent, les lèvres qui tremblent et desquelles ne sort aucun son, parce qu'Esther sait qu'il n'y a pas de question à poser. La main qui presse la nuque féminine, qui rapproche la tête d'Esther, sa bouche tremblante, sa langue de cours élémentaire. L'autre main qui sonde ses boucles secrètes et ses replis vertueux ; Abel, mais qu'est-ce que tu fais, enlève ces doigts, je ne veux pas que tu y recueilles ma chaleur et toute ma saleté intime. Ou bien laisse-les... Et les lèvres de l'homme qui la cherchent. Les hommes tels que toi ont la langue experte, Abel; je l'ai lu dans un livre pour initiés que Paquito avait oublié, près d'un recueil de vers d'Eduardo Cirlot, sur la tablette d'alcôve qui nous servait de frontière. Tournoiement de chaises, la langue qui entre profondément, les doigts en quête des hontes oubliées et des membranes exquises. Comme ça, Esther... Maintenant, c'est toute la chambre qui chavire.

Les doigts aussi, vous les avez plus doux, Abel, parce que vous détestez la brutalité masculine, on dirait les doigts lointains des amies de collège. Et maintenant ? La petite culotte ?... Non, ne fais pas ça, Abel, arrêtons-nous, maintenant. Mon derrière dans ce miroir, tu te rends compte ? Ma raie, ma raie ignorante, à travers les pièces vides... Et nous deux, tombés sur une chaise qui craque, nos quatre pieds hésitants, ce lit, le lit de ma solitude, et la lampe qui bascule aussi.

— Non, ne fais pas ça, Abel.

— Toi non plus, tu ne m'avais jamais vu, pas vrai ? Jamais.

Ton corps est doux, Abel, doux et blanc, conservé entre des lumières discrètes, façonné en appartement. Tu as des jambes de jeune garçon, un ventre de vierge, un pénis d'enfant. On souffre à l'idée qu'une autre femme a pu lui faire du mal, le manier grossièrement : il ressemble au pénis d'Apollon, qui en réalité n'en aurait pas besoin.

— Il est toujours comme ça, Abel ?

Trop petit pour l'amour, pense-t-elle, mais elle ne le dit pas, parce que les hommes, même marginaux, sont à cet égard très sensibles à la critique. Ça ne fait rien, Abel, ici tu seras bien, aux abords du nid, entre les jambes affamées de mes quarante ans, traité avec douceur, sans même devoir prendre la peine de t'enfoncer, parce que mes jambes vont monter te chercher. Oui, prends, Abel, prends, comme ça, comme ça, le lit craque et une lumière inconnue tremble dans les rideaux, une lumière que les voisines, au-delà des balcons, n'ont jamais vue et ne verront jamais.

— Excuse-moi, Esther.
— Il ne veut pas venir ?
— C'est que...
— Attends.

Allonge-toi, Abel. Moi aussi, j'ai lu des romans avec des bouches avides et des vagins immenses, où tout pouvait entrer, moi aussi j'ai entendu chuchoter les voisines quand elles se racontaient dans l'escalier l'horreur de la pénétration. Allonge-toi et regarde au plafond, laisse-moi faire, en fin de compte nous sommes celles qui savons tout, car nous sommes l'origine du monde. Oui, comme ça, Abel ; essaie de comprendre que je fais ça pour toi. Ne me regarde pas, pendant que j'opère dans cette position, à quatre pattes, la langue déjà sortie, pleine d'émotion et d'ignominie à la fois, la croupe tremblante, parce que je n'avais jamais fait cela, Abel, je te jure que je ne l'avais jamais fait. À nouveau un « laisse-moi » caresse l'air, et la bouche se rue jusqu'au fond, gloup, ne bouge pas, Abel, c'est moi qui vais tout faire, je vais te montrer ce que peut être une femme qui attendait, du fond des temps, l'heure d'être femme.

Le lit qui dans cette position semble un autre lit,

la lumière qui tombe d'un plafond tellement haut, comment est-ce possible, et surtout toi, Abel, c'est incroyable, comme un enfant effrayé, au plus profond de ma bouche. Détends-toi, regarde seulement mes yeux tranquilles, ma tête qui monte et descend, mes cheveux qui couvrent ton ventre chaque fois que je plonge et constate qu'il n'y a pas de vie dans tes entrailles, que ma salive n'inonde qu'un grand vide, un morceau de peau morte.

— Mais tu ne sens donc rien, Abel ? Ça ne te fait aucun effet ?

— Je t'en prie... Laisse-moi, Esther.

— Mais je peux continuer... Ce que je veux, c'est que ça te plaise.

— Ce n'est pas la peine. Je ne veux pas t'ennuyer plus longtemps.

Esther releva le buste, s'agenouilla sur le lit ; sa bouche s'ouvrait et se fermait comme si, soudain, elle était prise d'un tremblement de vieille femme.

— Abel... Mais... mais comment ça se peut ?

— S'il te plaît, ne te sens pas humiliée. Ce serait pareil avec n'importe quelle femme.

— Alors, pourquoi est-ce que tu m'as touchée ? Pourquoi as-tu fait ça ?

Abel se redressa aussi, en roulant la tête d'un air douloureux.

— Pour rien. Ce serait absurde d'essayer de te l'expliquer, maintenant.

— Tout de même, essaie... Sois sincère, pour une fois, Abel. Dis-moi pourquoi tu as fait ça.

— Pour toi.

— Pour moi ?

— Oui. Je voulais faire que quelqu'un t'aime.

Esther descendit du lit. Elle chancela un instant

quand ses pieds touchèrent le sol, et dut s'appuyer la tête contre le mur. Son cul sembla tout à coup très blanc, très moelleux, un cul modelé au long des années par ces mains mystérieuses qui ne séjournent que dans les appartements.

— Tu as raison..., murmura-t-elle. Il y a des choses qu'on sait, mais qu'on a besoin d'entendre dire par un autre. Voilà, je réalise, tout à coup, que personne ne m'a jamais aimée, que personne n'a jamais eu besoin de moi.

Elle avança en vacillant jusqu'à la porte, près du balcon, et reçut la lumière en plein sur son visage, sur ses yeux soudain presque transparents : une lumière que ses voisines — elle en était absolument certaine, maintenant — n'avaient jamais vue.

*

Méndez téléphona à Armando, le dessinateur immobilier, dont il avait retrouvé l'adresse sur deux annonces fort différentes :

«Importante entreprise internationale propose terrain urbanisé, eau et électricité, près cimetière et autres lieux de culte, conviendrait égl. rurale, centre de méditation, toute extension paroisse.» Et : «Importante entreprise internationale propose terrain urbanisé, eau et électricité, près cimetière et autres endroits discrets, conviendrait org. relax. grand standing, centre d'échangisme, toute extension contacts et amitiés intimes.»

— Allô ?
— Salut, Armando.
— Bon zang ! Monzieur Méndez !
— Dis, tu reconnais vite ma voix !

— Vot'voix, monzieur Méndez ? Mais le peup'des fidèles la reconnaît depuis l'époque d'la République !

— Tu ne sais pas le plaisir que ça me fait. Dis, je t'appelais pour l'annonce, à propos du terrain.

— Laquelle, d'annonze ? Zelle de la paroize ou zelle du mets-la-moi, monzieur Méndez ?

— J'ai du mal à penser que vous puissiez proposer le même terrain à deux fins aussi différentes, Armando.

— Z'est qu'z'est un terrain moderne, un terrain polyvalent, monzieur Méndez. Putain, voilà une belle phraze, que ze viens de faire ! Ze vais dire za au capitalizte : « Terrain polyvalent et multizuzages à vendre bonnes condizions. » Z'est za, l'langage des zaffaires, auzourd'hui. Épatant !

— Heureusement que vous n'avez pas sorti les annonces l'une à côté de l'autre.

— Oui, mais le bogzon qu'y a eu ! Le capitalizte a rezu des coups d'fil tout'la matinée.

— Pourquoi ?

— Nom de Dieu, monzieur Méndez, me dites pas que vous z'avez rien remarqué : zelle du mets-la-moi aurait dû paraître zous la rubrique *Relagz* et zelle de la paroize zous la rubrique *Terrains*. Mais z'a été inverzé ! Un futur zentre paroizial et œcuménique au milieu des mazazes thaïlandais, z'avez vu za ? Tordant, monzieur Méndez, tordant. Bien zûr, za fait que l'annonce a été encore pluz lue, et en pluz le capitalizte aura pas à payer le zournal.

— Parce que c'est eux qui ont fait l'erreur ?

— Oui. Z'est une erreur de la zection des petit'zannonzes et de zon nouveau zef.

— Comment s'appelle ce nouveau chef ?
— Amorez. Ze zais pas zi vous l'connaizez. On l'a muté à ze pozte.
— Mais si, mon vieux, je le connais. Bien sûr !
— Z'avez vu ze dézaztre ?
— Comme je le répète souvent, heureusement qu'en Espagne on a aboli la peine de mort.
— Mais tiens, za m'fait penzer... Votre coup de fil me donne un tas d'idées, monsieur Méndez. Ze vais faire une propozition à la munizipalité. Le terrain peut auzi zervir à autre chose qu'à une église rurale ou qu'à un zentre autorizé de zodomie programmée.
— Ah bon, à quoi ?
— À l'egztenzion du zimetière.
— Tu penses à tout, Armando...
— Z'est qu'il faut vendre, il faut egziter les gens par le marketing, monsieur Méndez, zinon z'est foutu. Bon, mais dites-moi pourquoi vous m'appelez, pazque z'zuis sûr que vous voulez pas ouvrir un temple, ni une maizon d'paz'. Par contre, vous pourriez zêtre intérézé par aut'choze.
— Par quoi ?
— L'egztenzion du zimetière.
Méndez sembla examiner la question. Il resta silencieux quelques instants.
Puis il murmura :
— Il se pourrait en effet que je finisse sacristain dans un cimetière, Armando, je ne dis pas le contraire. Mais je t'appelais pour autre chose : je veux savoir si tu travailles toujours pour le même patron, et si oui, je veux que tu me donnes son numéro.
— Bien zûr que z'travaille pour le même capi-

221

talizte, monzieur Méndez. D'nos zours on peut plus trop zoizir, voyez-vous. Y a d'moins zen moins d'entrepreneurs.

— Je sais...

— Mais dit'-moi, pourquoi vous voulez zon numéro ? Vous zallez l'arrêter ?

— Ça t'ennuierait ?

— Allons donc ! Moi, ze capitalizte, z'l'aime beaucoup. Ze dis pas qu'il mérite pas la peine de mort, non, mais vu qu'on l'a zupprimée... Mais zon pourrait bien lui coller une p'tite trentaine d'années, oui monsieur, zans faire de peine à perzonne. Enfin, si vous penzez qu'il en a au moins pour quatorze ans, ze vous zaccompagne pour l'arrestazion et même ze partizipe à l'embuzcade. Ze lui demande du feu, pendant que vous, vous zautez azilement par-derrière et vous lui pazez les menottes.

— Pour ce qui est de sauter agilement, ça me paraît compromis, Armando. Enfin, donne-moi toujours son numéro.

Ayant obtenu ce numéro, Méndez appela le patron de la société immobilière. Un appareil sonna dans un bureau des Ramblas, où étaient encadrées deux immenses photographies. L'une portait une sorte de titre en grandes lettres : « Ici commence notre travail. » Et l'autre : « Il se termine ici. » La première représentait le quartier de Monegros, la seconde New York. Il y avait aussi dans ce bureau, convenablement encadrées, une coupure de presse avec photo, où le patron saluait monsieur Núñez, une autre où par contre il assistait à un hommage à Bibí Samaranch, enfin une troisième, sans photo, où il était cité parmi les victimes d'une escroquerie philatélique. On pouvait également admirer dans ce bureau un ordinateur, qui fournissait toujours des bilans positifs, deux machines à écrire, deux grands fichiers, et trois tables. Sur l'une de ces tables se trouvait une femme, et sur cette femme un homme.

Par le balcon entrouvert, s'insinuait par rafales le petit vent frais des Ramblas.

Le patron entra dans le bureau en entendant sonner le téléphone, découvrit le couple sur la table et, lui aussi avec un bel accent *cataluz*, tempêta :

— Et en pluz, pendant les zeures de travail ! Z'est pour za que z'ai un azozié ?

— Mais, Manel...

— Y'y a pas de Manel qui tienne ! Z'est pour za que z'ai un azozié ? Hein ? Pour qu'y zaute ma zecrétaire ? Hein ? En plus, zur une table que z'ai payée moi ? *Collons !* Et puis dis-moi, hein, qui paye le zalaire de la zecrétaire ?

Assommé par de si excellentes raisons, en particulier par la dernière, l'associé battit en retraite.

— On en parlera, Manel, on en parlera... Mais te mets pas dans z't'état, enfin ! Pour l'inztant, réponds zau téléphone, z'est p't'êt' une commande.

— Et puis quoi encore ! Za finira comme za : z'prendrai les appels de la femme de mon azozié, pendant que lui azurera l'honneur de l'Ezpagne ! Parce que z'zuis zûr que c'est ta femme... ALLÔÔÔ !

Il parut soudain se contracter.

— Mais qu'est-ze que vous racontez ? La polize ?

— ...

— Très bien, oui. On y peut rien. Z'ai un ami

223

qui lui auzi a été arrêté par téléphone. Dit'-moi... Z'est à propos des terrains de Zabadell ?

— ...

— Ni de zeux de Zanta Perpetua de la Moguda ? Egzcusez-moi, z'avais oublié que vous zêtiez caztillan. Z'est pas pour les terrains de Zanta Perpetua de la Movida ?

— ...

— Vous zêtes zûr ?

— ...

— Ni pour les terrains de Cal Prat ?

— ...

— Vous zêtes abzolument zûr ?

— ...

— Bon, eh bien tout le rezte est peinard. Alors ?

— ...

— Zi ze connais Alfredo Zid ? Évidemment, que z'le connais ! Comment ze pourrais ne pas le connaître ? Il me doit trois traites ! Et une avec les frais, vous m'entendez ? Avec les frais, en plus ! Za vous dit rien ?

— ...

— Z'est à za que devrait zervir la polize, à za ! À courir après les traites qu'on vous doit, pas zà enquiquiner les promoteurs qui z'occupent de lotizments en tout'légalité !

— ...

— Zi ze connais les gens qui travaillent pour Zid ? Bien sûr que z'les connais, vu qu'avant, on ze les partazait.

— ...

— Un gars qu'aurait été un temps zur une chaiz'roulante ? Eh bien là, voyez, la main zur le cœur, z'vous zure que là, comme za, za me rappell'rien.

— ...

— Qu'est-ze que vous dites ? Que vous zavez commenzé l'enquête ?

— ...

— Oui, ze zerze, oui... Ah oui ! Bon zang, mais bien zûr ! Z'était un gars très malin, et très digne auzi, mais qui faizait le zale boulot. Non, il a zamais travaillé pour moi. Ze dont ze me zouviens, z'est qu'on fzait touzours zappel à lui dans les cas zoù il fallait z'occuper d'une femme. Z'est qu'z'était un type, zui-là ! Très bien élevé, très bien élevé, et quand elle commenzait à comprendre, lui dézà y la t'nait.

— ...

— Vous voyez z'que z'veux dire. Mais zenfin, z'est ma façon d'egzprimer les chozes. Vous m'egzuserez z'il m'arrive de m'egzprimer trop subtilement.

— ...

— Que vous zé moi zommes des zâmes zumelles ? Za, vous zavez pas z'que'za me fait plaizir ! Z'est la première fois qu'un polizier m'parle de za et m'dit qu'il a une âme.

— ...

— Non, z'ai zamais revu l'invalide. Ze zais pas où y crèze. Depuis le temps, y z'peut qu'on l'ait inzinéré, avec za chaiz' roulante et tout.

— ...

— Mais de rien, allons donc. Z'avez qu'à d'mander. Dites, à propos, za vous zintéresserait pas, la polize, un terrain où inztaller un zentre pour les zabiles zinterrogatoires et tout le rezte ?

Z'en ai un qu'est un vrai cadeau. Il est à côté, mais vraiment zuzte à côté d'un zimetière.

Méndez allait raccrocher.

C'est alors qu'il entendit le capitaliste crier, ou presque :

— Écoutez-moi, z'y zuis ! Avant, z'avais pas trouvé, pazqu'ze penzais zà aut'choze. Ze penzais aux zimpôts. Mais z'viens de me zouvenir qu'zet homme dont vous m'avez parlé avait vécu dans une penzion d'la Calle de Tanarantana, près de la gare de Franze. Peut-être qu'il y habite encore, zi on l'a pas fuzillé pour dettes.

— Vous connaissez le nom de la pension ?
— La Veuve.
— C'est elle qui la dirige ?
— Non.
— Qui, alors ?
— Zon mari.

Méndez murmura :

— Je crois que je vois qui c'est. Merci.

— De rien. Z'vous l'ai dit. Z'avez qu'à demander. Vous me trouverez à votre dizpozition, vous zé la zuztize.

— Enfin ! Maintenant, je suis sûr que ce pays parviendra à s'en tirer, dit Méndez.

Et il raccrocha.

Mais son visage avait changé. Un pli vertical partageait son front en deux. Il ne pouvait oublier que le premier des deux crimes avait été commis tout près de cette pension. Il ne pouvait oublier ce labyrinthe de rues, de passages, d'ombres sur les murs.

Il se leva.

— Je vais sortir, dit-il d'un air indifférent au collègue qui était assis au même bureau. Je dois aller faire réviser mon pistolet.

— Je me demande où. Le maître armurier d'Alphonse XII est mort, grogna l'autre policier.

Méndez marcha vers la porte en grognant :

— Oui, mais son père est encore vivant.

*

C'est sur la Rambla qu'il aperçut Abel Gimeno. Méndez marchait vers Escudellers, vers la partie la plus noire de la Barcelone noire, avec l'idée de retrouver la Vía Layetana puis les abords de la gare de France, mais il s'arrêta quand il vit surgir le compagnon de Paquito. Abel Gimeno ne se dirigeait pas vers le bas des Ramblas, c'est-à-dire vers le port, mais vers le haut, c'est-à-dire vers la Plaza de Cataluña. Il avançait sans prêter attention à rien, absorbé dans ses pensées, se heurtant à presque tous les passants qui venaient en sens inverse, au grand fleuve humain de cette ville en plein essor : courtisanes au chômage qui espéraient trouver un camionneur, ouvriers au chômage qui espéraient obtenir une prolongation d'inscription, entrepreneurs au chômage qui espéraient décrocher une subvention. Cette multitude joyeuse et confiante ne prêtait pas non plus attention à Abel Gimeno, et Abel Gimeno s'y enfonçait comme dans un fleuve de boue tiède. S'il n'avait pas été plutôt grand, Méndez ne l'aurait pas remarqué.

Il le vit pénétrer dans la bouche de métro Liceo et le suivit, en se collant contre les murs pour ne pas être vu, mais aussi pour éviter de dévaler l'escalier. On ne pouvait dire que Méndez fût un expert en filatures discrètes, ni qu'en général le genre d'ennemis qu'il pouvait avoir rendît cela nécessaire, car ils le repéraient à plus de cinquante mètres — Méndez les suivait d'une manière qui, à lui, ne semblait pas trop voyante, en criant : « Arrêtez, police ! Arrête-toi ou je tire, charogne ! » —, et même en allant chercher dans ses souvenirs des détentions antérieures à 1950, il ne se souvenait pas d'être passé inaperçu une seule fois. Mais là, il jouait sur du velours. Abel était à ce point perdu dans ses pensées qu'il n'aurait pas remarqué, à côté de lui, le déploiement d'un régiment de grenadiers.

Depuis le wagon suivant, Méndez put surveiller Abel Gimeno jusqu'au moment où il descendit à la station Diagonal. À partir de là, Abel se dirigea vers la Plaza de Maciá (banques qui avaient déjà amorti l'achat de leur immeuble, églises proposant le salut éternel par abonnement, librairies où un client s'était endormi derrière une étagère, encaisseurs de quittances en plein syndrome d'abstinence) jusqu'à la Calle de Tuset, avec ses cafés où regarder la couleur du temps et ses saunas où chercher une femme qui n'existait peut-être pas. Abel atteignit le bout de la rue, s'arrêta un instant devant le restaurant Reno et finit par y pénétrer.

Méndez, on s'en doute, n'en revenait pas.

Le Reno est un restaurant güindé et très cher, fait pour les hommes d'affaires en début de carrière qui veulent y couronner leur première opération, ou pour les hommes d'affaires en fin de carrière qui veulent s'y offrir leur dernier dîner. Le genre d'endroits qui faisaient reculer Méndez.

— Eh bien ça va, question finances..., se dit-il. Est-ce qu'il ne se serait pas lancé dans le commerce de l'herbe, par hasard ? Un gars comme ça, on ne croirait pas mais, si on n'y fait pas gaffe, il finira par avoir tout un coin de rue pour lui tout seul.

Pourtant, Abel Gimeno n'entrait pas là pour déjeuner, ni même pour lire la carte de l'établissement (digne du gothique flamboyant, pour le moins). Il se contenta de demander aimablement au maître d'hôtel :

— M. Ricardo Mora a-t-il réservé une table ?

— Excusez-moi, monsieur, mais il ne me semble pas...

— M. Ricardo Mora. Il lui arrive de venir avec une dame qui s'appelle Eulalia Galcerán.

Le maître d'hôtel le regarda avec des yeux d'homme de confiance, un sourire d'homme du monde, une distance d'homme qui en a vu d'autres.

— Je regrette de ne pas m'en souvenir, monsieur. Je ne crois pas que ce soit un de nos clients habituels. En tout cas, je puis vous assurer qu'aujourd'hui il n'a pas réservé de table.

Abel soupira, déçu.

— Je regrette, dit-il. Je croyais qu'il venait ici fréquemment. J'espérais pouvoir déjeuner avec lui.

— Quoi qu'il en soit, si vous désirez l'attendre...

— Non, merci. J'ai dû être mal informé. Excusez-moi.

Il tourna le dos et sur ses lèvres apparut un très léger sourire de dédain. Ainsi qu'il le supposait, Eulalia Galcerán, la Lali, qu'au fond il détestait, avait menti. Elle n'était jamais venue dans cet endroit avec son fameux petit ami, le dénommé Ricardo Mora. Tant de grands airs, mon Dieu, Ricardo par-ci, Ricardo par-là... et en fin de compte tout se révélait n'être que mensonge. Du moins aurait-il la satisfaction de lui lancer la vérité à la face, pour qu'elle cesse de faire l'importante devant la pauvre Esther et lui-même, de chercher à les rendre jaloux tous les deux. Ah ça, il n'allait pas la manquer !

Mais bien sûr, que Lali ne pouvait pas leur présenter le dénommé Ricardo. Bien sûr. Ce Ricardo n'était qu'un crétin, un pantin, un couillon. Que dalle ! Du vent !

Il allait sortir quand un serveur, qui s'était tenu tout ce temps auprès du maître d'hôtel, susurra :

— Pardon, monsieur. Maintenant je me rappelle.

Abel se retourna lentement, le sourcil dressé.

— Vous vous rappelez quoi ?

— Ce monsieur est venu un soir, il y a quelques jours. Il était avec une dame déjà d'un certain âge, qu'il appelait Lali.

Abel dressa la tête.

Impossible d'ignorer sa bouche soudain sèche. Impossible d'ignorer que ces paroles déposaient au fond de son cœur comme une lie de déception. Il aurait voulu tout envoyer au diable.

Lali avait dit la vérité.

Au bout du compte, c'était vraiment une femme importante, au bout du compte, c'était vraiment quelqu'un.

— Et comment pouvez-vous vous rappeler

son nom ? demanda-t-il, espérant que l'autre se trompait.

— C'est tout simple. Il a payé avec une carte Visa.

— Ah... Merci du renseignement. Merci beaucoup... Dès que j'aurai pu bavarder avec M. Mora, nous passerons ici.

— À votre service.

Abel Gimeno, en sortant, sentit combien cette espèce de lie pesait au fond de son cœur déçu, il se sentit seul et petit, sans bien savoir pourquoi. Il est vrai qu'au fond — ça, oui, il le savait —, il avait toujours été en quelque sorte soulagé par la petitesse des autres, une petitesse qui était maintenant, au contraire, son apanage exclusif. Bien entendu, il n'aperçut pas Méndez, quand il se rendit à l'agence de détectives située un peu plus loin dans la même rue.

Il était prêt à dépenser un peu d'argent, si cela devait lui permettre de tout apprendre sur ce fameux Ricardo Mora : où il habitait, quel genre d'affaires il faisait, quelle était vraiment sa situation financière. Abel ne disposait pas de beaucoup de pistes, mais l'une au moins était bonne : une carte de crédit laisse en général de nombreuses traces. Les détectives lui confirmèrent qu'ils pouvaient exploiter ce filon, à la seule condition qu'il s'agisse de renseignements strictement privés.

Il n'y avait vraiment aucune autre piste, car la première chose que l'on découvrit fut que Ricardo Mora ne figurait pas dans l'annuaire du téléphone. «Cela peut signifier deux choses complètement différentes, expliqua à Abel l'employé de l'agence : ou bien ce monsieur est vraiment quelqu'un de tout à fait insignifiant, parce qu'aujourd'hui seuls les gens tout à fait insignifiants n'ont pas le téléphone, ou bien c'est quelqu'un de très important, parce qu'aujourd'hui seuls les gens très importants dissimulent leur numéro. Nous allons étudier ça. »

— C'est sûrement quelqu'un de très important, soupira Abel d'un air abattu.

— Savez-vous si sa carte est une Visa Gold ?

— Non, je ne sais pas.

— Ça ne fait rien. N'ayez crainte, je peux vous assurer confidentiellement que vous aurez du nouveau très bientôt.

Abel Gimeno versa des arrhes et sortit. Évidemment, il n'aperçut toujours pas Méndez, qui l'avait patiemment attendu sous les arcades du trottoir d'en face, où se côtoyaient deux établissements qui, ensemble, résumaient bien en quoi consiste aujourd'hui le circuit de l'argent dans notre belle Espagne : un bingo pour en gagner et un sauna pour le dépenser. Quand il vit sortir Abel, Méndez ne le suivit pas, se contentant de noter l'adresse de l'agence, pour y faire éventuellement une petite visite.

Car le plus important, dans l'immédiat, était d'entrer à son tour au Reno pour tâcher de savoir ce qu'était allé faire Abel dans ce haut lieu de la politique. Il ne savait pas où pouvait le mener cette démarche, n'écartant absolument pas l'idée qu'Abel ait un rapport, quoique indirect, avec la mort de Paquito.

Méndez fit donc son entrée au Reno.

Une entrée triomphale : il secoua devant le maître d'hôtel les pellicules qui restaient encore sur son veston, tapa sur l'épaule du serveur, palpa ostensiblement sa poche intérieure pour vérifier qu'il n'avait pas oublié son portefeuille chez lui...

S'étant retranché derrière une table, il étudia la carte, se sentit emporté dans un océan de perplexité, décida de choisir quelque chose de tout à fait raffiné, parvint à la conclusion que vraiment, il ne connaissait aucun des termes qu'il avait sous les yeux, repartit dans de profondes cogitations, puis finit par demander :

— Écoutez, pourquoi pas un petit quelque chose de frit et de pas trop sec ? Vous n'auriez pas, par exemple, des merguez ?

*

La réponse des détectives parvint à Abel Gimeno deux jours plus tard, à son ancien et nouveau domicile — celui qu'il occupait avant d'aller vivre avec Paquito. Cette réponse brève, mais précise, se résumait aux points suivants : aucun Ricardo Mora ne figurait au registre du commerce comme propriétaire ou comme associé d'une société ; aucun Ricardo Mora ne payait d'impôt sur le revenu, ce qui suggérait l'hypothèse d'un rentier ; aucun Ricardo Mora ne percevait de retraite ; aucun Ricardo Mora n'avait jamais cotisé à la Sécurité sociale ; en revanche, il y avait bien un Ricardo Mora qui possédait un compte courant au Banco Hispano Americano, mais on n'avait pu découvrir ce qu'il y avait dessus ; sa carte de crédit était une Visa délivrée un an plus tôt, ce qui n'excluait pas qu'il en eût d'autres dont il ne faisait pas usage ; il ne s'était servi de celle-là que deux fois, dans les restaurants Reno et Cantábrico, ce qui pouvait aussi bien indiquer qu'il avait coutume de payer en liquide ; ses voisins, interrogés, ne se souvenaient absolument pas de l'avoir jamais vu (ce qui étonna beaucoup Abel Gimeno). Son domicile était également indiqué, bien entendu, à la fin du rapport. C'était un endroit superbe, riche d'un illustre passé, un de ces lieux où le soleil est garanti par contrat avec la municipalité et où les oiseaux assurent un service permanent.

Abel ne trouva qu'une seule et désolante conclusion :

« Millionnaire. »

Mais il décida d'aller voir la maison de Ricardo Mora. À vrai dire, c'était la seule vérification qu'il pouvait effectuer personnellement. Il nota donc l'adresse et, peu après, se retrouva devant une tourelle partiellement entourée d'un jardin, une tourelle avec arbres centenaires, gargouilles oubliées et oiseaux gothiques. Une tourelle devant laquelle Méndez, qui le suivait fidèlement, s'arrêta à son tour, avec toute la discrétion requise, en songeant à Mme Ana Ros, morte, à Elvira Ros, vivante, à Alfredo Cid, tout à fait vivant, et en se disant : merde, merde et merde.

XIII

Pauvre Esther!

Abel constata que c'était une maison très discrète ; n'importe qui pouvait y entrer ou en sortir sans être vu. D'autres bâtiments donnaient sur le fond du jardin, mais aucun sur l'entrée principale ni sur le devant. Aussi était-il logique que les voisins ne sachent rien du mystérieux Ricardo Mora. De plus, Abel Gimeno ne savait que trop qu'à Barcelone, les gens ne font pas attention aux gens.

N'empêche, il allait trouver la réponse à la question qui le poursuivait. Il entrerait dans la maison s'il le fallait. Et comment, qu'il y entrerait.

Mais, en attendant, il s'éloigna lentement. Il avait un peu trop délaissé son travail et devait absolument faire au moins deux ou trois visites. Il glissa une cigarette entre ses lèvres, l'alluma avec un briquet Dunhill (un briquet en or, acheté sur le Paseo de Gracia, raffinement d'après-midi d'automne pour homme épris de beauté fragile, avec ses initiales et celles d'un éternel Paquito gravées sur le dessus) et considéra sa silhouette reflétée dans une vitrine.

Cette vision le mit de mauvaise humeur. Il se découvrit voûté, un peu maigri, avec deux taches sombres autour des yeux. Il s'épuisait peu à peu, il perdait sa forme.

Méndez, lui, ignorait ce genre de préoccupations, étant donné qu'on ne saurait perdre ce que l'on n'a pas. Méndez, comme tous les chefs-d'œuvre de l'égyptologie, était impérissable et en tirait une grande tranquillité. Il se lança au petit trot derrière Abel pour ne pas le perdre de vue, car Abel avait soudain adopté le pas de ceux qui ont quelque argent à récupérer (peut-être) à l'autre bout de la ville. Après quelques pâtés de maisons, Méndez dut s'appuyer contre le mur, ses yeux hagards cherchèrent alentour s'il n'y avait pas une église où il pourrait demander les derniers secours et la bénédiction apostolique, en payant ce qu'il faudrait. À défaut, il prit le parti d'aller chercher le pardon de ses péchés dans un bar d'apparence littéraire, c'est-à-dire fréquenté par des gens plutôt paumés, où l'on promettait des Pernod à la Simenon et des fines à l'eau à la Hemingway. Le va-et-vient de la porte lui permit de recevoir en pleine figure le murmure d'une musique rigoureusement testamentaire, une musique de 1939, année de la Victoire, le regard d'une fille appartenant évidemment aux classes moyennes, dont les études devaient être subventionnées et la couche assez classique, le mépris lingual d'une vieille folle qui lui évoqua les sermons du père Laburu et les chambres de La Gaucha, une petite lueur d'espérance chez un officiant de la plume qui l'avait pris pour un éditeur. Toutes ces émotions, en particulier le souvenir de La Gaucha et de la sainte parole, envoyèrent Méndez, commotionné, demander au comptoir qu'on lui prépare un mélange douceâtre : un peu de rhum, d'anis fort, de menthe et du café d'hier, s'il vous plaît, j'ai besoin de quelque chose pour m'aider à traîner mon pantalon, cette ville me tue. La musique de dernières volontés a fait place à un avortement libre, à toi la ville et ses dépôts municipaux, mon frère, vive le *galaxy rock*. Méndez repassa dans sa tête la disposition de la maison où vivait Elvira, l'entrée, les sorties possibles, les cachettes pour les hommes, les bancs d'essai pour les femmes, les greniers pour cousin et cousine, les caves pour le vin et les morts de la famille. Méndez se fixa un rapide plan d'action, sur trois mois si tout se passait bien, quel dommage, monsieur, il ne nous reste plus de café d'hier, mais l'anis que nous servons nous vient d'un fournisseur qui avait obtenu le privilège pour le débarquement d'Al-Hoceima — donnez, donnez, empoisonneur connu vaut mieux que pharmacien inconnu. Et Méndez, en ayant avalé une gorgée, demeura quelques instants dans une très discrète *rigor mortis,* tandis que la forme humaine approchait, avec des mains très blanches et des lunettes de scribe du XVIIe siècle. La forme humaine dit :

— Mince alors, mais c'est Méndez, vous êtes venu plusieurs fois à mon journal.

— Oui. Disparition de plusieurs livres et de quelques portefeuilles, murmura Méndez en regardant le directeur de l'historique quotidien où travaillait Amores — par miracle, le directeur et même le quotidien avaient survécu.

— C'est exact. C'est pourquoi nous avons téléphoné à la police. Mais, comme vous savez, il n'y a eu de réclamation que pour les livres, à savoir une encyclopédie que nous n'avions pas terminé de payer.

— Je m'en souviens parfaitement. Les portefeuilles étaient vides.

— C'est logique, vu que le caissier avait versé les salaires au moins deux jours plus tôt. Mais tout de même, c'était incroyable, cette histoire, pas vrai, Méndez ?

— Heureusement qu'on n'avait pas volé le vôtre.

— Je ne l'emporte jamais au journal.

— Vous avez raison. Les temps ont changé.

— Et comment ! Il paraît qu'à une certaine époque on pouvait laisser dans son tiroir sa paie, son tabac et sa femme, et qu'au retour tout était en place et intact, sauf la femme, bien sûr, rapporta le directeur et fier de l'être. Alors que maintenant, il faut tout fermer à clé.

— Tâchez au moins qu'on ne ferme pas le journal. Comment marche-t-il ?

— Ah, très bien. Depuis que je suis directeur, tout marche bien. J'ai une équipe technique formidable. Nous vendons trente exemplaires de plus, avec une constante tendance à la hausse. Je dis toujours, au conseil d'administration, que c'est ça l'important : la tendance. Et surtout l'équipe technique qui a su la percevoir, l'analyser, la découvrir. Donnez-moi une tendance et je déplacerai le monde.

— Pour l'instant, ce que vous avez, c'est Amores, susurra Méndez.

— Ma foi oui, reconnut la forme humaine en adoptant sur-le-champ la position d'alerte immédiate.

— Je crois que vous l'avez mis aux nécros, puis aux petites annonces. Peut-être que ce garçon méritait autre chose.

— *Ce garçon ?*

— Enfin, le gentleman en question, rectifia finement Méndez.

— Eh bien, le gentleman en question est un fossoyeur, un bousilleur, un briseur de réputations, un naufrageur, proféra le directeur. Je ne dis pas que ce soit sa faute, entièrement sa faute, noire comme une immunité parlementaire, mais quand il arrive quelque part on y retrouve bientôt les pompiers, les inspecteurs du fisc, les flics (sauf votre honneur), les huissiers, les épouses trompées et leurs avocats, qui seront bientôt trompés à leur tour, les ordonnateurs des pompes funèbres... Je n'ai connu dans ma vie que deux types qui portaient la poisse, la poisse absolue : le bousilleur et lui.

— Qui était le bousilleur ? demanda Méndez pour s'épargner de consulter le dictionnaire.

— Un apprenti, dans un endroit où je travaillais ; nous lui avions donné ce surnom dès le deuxième jour. Le premier jour, en entrant dans le bureau, il avait dit : « Ça sent la peinture. » Au passage, il s'était farci l'échelle du peintre, qui était appuyée contre le mur, et le peintre était passé par la fenêtre. Heureusement que c'était à l'entresol. Ensuite, le patron est venu lui donner des enveloppes, fermées et timbrées, qui contenaient toutes les factures en instance, à envoyer aux clients avant qu'ils ne partent en vacances. Ça représentait le travail d'un mois. Le patron lui a dit : « Mets-moi ça dans le premier trou que tu trouveras. » Tout le monde sait bien qu'en argot, ici, un trou, *forat*, c'est une boîte aux lettres. Eh bien, le bousilleur sort dans la rue, voit une bouche d'égout et y jette les enveloppes. « Ça y est, j'ai fait le boulot », qu'il a expliqué en revenant.

— Ç'a dû faire un cataclysme.
— Pour ça oui, déclara le scribouillard.
— On n'a pas refait la facturation ?
— Bien sûr que si, en payant des heures supplémentaires au personnel et en maudissant la mère du bousilleur, dont il semblerait d'ailleurs qu'elle soit morte en le mettant au monde. Cette fois, les lettres ont été postées par le patron lui-même, en urgent, mais il était trop tard. Tous les clients étaient partis en vacances, l'un d'eux était même dans la vallée de Josafat. On n'en a pas trouvé un pour payer.
— Et ce bousilleur, je suppose qu'on l'a envoyé aux galères, ou nettoyé à la soude, à moins qu'on ne l'ait mis en ménage avec un Arabe, dit charitablement Méndez, qui souhaitait toujours le bien de son prochain.
— On l'a mis à la porte, bien entendu, mais c'est alors qu'on a découvert le reste. Parce que ce n'était pas son premier emploi, au bousilleur. Par exemple, il s'était fait renvoyer de chez un traiteur élégant, un de ces magasins raffinés de la Rambla de Cataluña, où il suffit d'appeler pour se faire livrer son repas à domicile, après quoi, à la fin du mois, on n'a plus qu'à quitter le pays, parce que la facture ressemble à celle du Mundial de foot. Ça se passait à la grande époque du marché noir, il y a tout de même de ça quelques années, et ce traiteur vendait des articles interdits, en sous-main, à

des clients de confiance qui auraient été prêts à payer jusqu'à leur malemort. Il y a eu des périodes, comme ça, selon le gouverneur civil en poste à Barcelone, où le marché noir était sérieusement poursuivi, surtout quand il s'agissait de gens modestes, bien sûr, parce que quand c'étaient des gens importants on considérait cela comme une haute tâche d'administration nationale. J'ai l'intention d'écrire un jour un très brillant éditorial pour démontrer que saigner à blanc la patrie constitue une tâche trop sérieuse pour qu'on la laisse entre les mains des amateurs. Mais, pour en revenir à ce que je disais, voilà qu'un matin ce restaurateur confie au bousilleur un grand panier plein d'articles innocents et plus ou moins sylvestres, tels que pommes de terre, légumes verts, bougies de suif pour examiner les diamètres des femmes de chambre débutantes, car à cette époque la morale exigeait que tout soit pris en considération. Il l'appelle donc dans l'arrière-boutique et le prévient : « Le plus important, c'est ce qu'il y a dessous, un sac de cinq kilos de sucre, qui vaut une fortune. Si on te le prend ou que tu le perds, je te tue... »

— Et il l'a perdu, ou bien on le lui a pris ?
— Ni l'un ni l'autre.
— Alors, je ne vois pas où est le drame ?
— Il l'a déchiré. Il a heurté un mur avec le panier et déchiré l'emballage du paquet. Vous l'imaginez, ce sucre, blanc comme une vierge, comme une hostie toute neuve, comme un emblème papal à peine usagé, en train de couler sous le panier ? Vous imaginez la trace que cela laissait ? Et par qui le bousilleur a été suivi ?

— Qui ?
— Un inspecteur du ravitaillement.

Méndez siffla le reste de son breuvage, entra dans la *rigor mortis* consécutive et en sortit presque tout de suite, certainement à l'aide d'une formule magique. Puis il balbutia :

— Alors, non seulement il a perdu les cinq kilos de sucre, mais en plus on a collé une amende au commerçant ?

— On a fermé son établissement pendant une semaine, justement la semaine du saint amour et des ventes qui montent en flèche, la semaine de Noël.

Le directeur leva son verre, regarda le liquide en transparence, admirant la parfaite justesse de sa teinte ambrée et décadente, et se résuma d'une phrase :

— Voilà qui était le bousilleur.

— Vous avez dit « était » ? On ne le voit plus ?

— Non. J'ai appris qu'il était allé chercher du travail à Ibiza, parce que dans la péninsule Ibérique c'était devenu impossible. Sa réputation s'était répandue, elle faisait déjà partie de la culture de masse. Il a réussi à se faire admettre sur un bateau de pêche dont le patron était un ami à lui, ce qui lui faisait une traversée moins chère que par la Transmediterránea — à supposer que la compagnie ait accepté de lui vendre un billet. Ce chalutier était tout neuf, et doté de tous les équipements modernes : radio, radar, sonar, quille renforcée, stabilisateurs, bidet... C'était même, figurez-vous, sa première sortie en mer.

Méndez bredouilla, plein d'angoisse :

— Ne m'en dites pas plus.

— Personne n'a survécu au naufrage. Pourtant, je me dis parfois que le bousilleur est encore en vie.

— Amores ?

— Je finirai par croire à la transmigration des âmes, susurra le directeur. Il faudrait écrire là-dessus un article d'actualité, un article mordant, si possible enraciné dans le fonds culturel de la Generalitat de Catalogne. Je m'en chargerai dès que j'aurai un moment.

— Quand même, donne-lui une nouvelle chance, à cet Amores, insinua Méndez. Au fond, ce n'est pas un mauvais bougre, d'ailleurs tout ce qui lui arrive vient de ce qu'il a trop d'amour-propre, parce qu'il veut travailler plus que les autres, parce que le journal représente le seul morceau de sa vie qui soit encore présentable.

— Mais je la lui ai donnée, cette chance, monsieur Méndez ! Après tout, c'est lui qui l'a voulu.

— Qui a voulu quoi ?

— Nous avons en ce moment un dossier qui est un vrai éteignoir. Moi, bien entendu, je ne m'en suis pas occupé, expliqua le diligent directeur : il s'agit de la Loi organique sur le Pouvoir judiciaire. Personne ne voulait se colleter avec, parce que ce texte est quasiment une atteinte à la santé publique ; sa lecture détaillée, disent les rédacteurs, peut produire des migraines, des méningites ou même le sida. Mais bon, notre Amores s'est proposé pour cette tâche. On a donc réservé au sujet trois quarts de page, c'est-à-dire plus, je suppose, que n'importe quel autre journal. En principe, ça doit déjà être sorti. Les lecteurs intelligents, c'est-à-dire les nôtres, sauront apprécier ce luxe d'information.

Méndez, pris d'un dernier spasme, posa sur le comptoir son verre de nectar.

— Vous n'avez pas lu cet article ?

— Non. Pourquoi est-ce que j'aurais dû le lire ? Le rôle d'un directeur, c'est de penser, de calculer, d'évaluer la tendance...

— Téléphonez d'urgence. Téléphonez tout de suite, je vous en prie. Téléphonez.

Et Méndez lui donna lui-même des pièces pour glisser dans le taxiphone du café. Le directeur se dirigea vers l'appareil en ronchonnant :

— Mais enfin, qu'est-ce qu'elle a de spécial, la Loi organique sur le Pouvoir judiciaire ? Il s'agissait seulement de résumer ses principales dispositions... Je ne vois pas comment Amores aurait pu commettre la moindre erreur...

Il appela tout de même.

Un des rédacteurs en chef, qui contrairement à lui passait toute sa vie au journal, gémit en entendant sa voix :

— On a réussi à limiter les dégâts, monsieur le directeur. C'est Amores qui a fait les dernières mises au point, et quand nous nous en sommes aperçus une partie de l'édition était déjà sur machine. Mais nous avons réagi immédiatement et avec la plus grande énergie, je vous le jure. Pour faire arrêter ça tout de suite, j'ai envoyé jusqu'aux rotatives une espèce de commando kamikaze. Il n'y avait que vingt mille exemplaires tirés.

— L'erreur ? Quelle erreur ?

Le rédacteur en chef lui fournit l'explication.

Méndez n'eut pas même besoin de l'entendre.

Il comprit tout de suite que le journal détenait en effet une exclusivité absolue, qu'au moins la moitié de l'édition contenant un résumé de la Loi organique sur le Foutoir judiciaire était offerte à la vente.

Il paya et se coula vers la porte, avec l'élégance d'un tigre.

*

Lorsque Abel repassa chez Esther, Calle del Rosal, Lali s'y trouvait à nouveau. Abel venait prendre quelques vêtements restés dans le placard, tandis que Lali semblait être venue, comme d'habitude, pour prendre sa mesquine revanche contre ce quartier d'où elle avait réussi à s'envoler jusqu'à s'élever, pour le moins, à la hauteur des enseignes lumineuses. Lali pontifiait dans la salle à manger, exhibait sa robe la plus tarabiscotée, son maquillage le plus spectaculaire, ses bijoux les plus excentriques. Il émanait d'elle une clarté boréale, un parfum dense et un peu faubourien, de femme prête à tout accorder à qui saurait la comprendre.

Telle fut du moins l'impression d'Abel.

— Bonjour, Lali.

— Bonjour, Abel. Si l'on peut dire. Je viens d'apprendre que tu étais parti.

— Il me semble que c'était le mieux. Je n'avais plus rien à faire dans cette maison.

— Non ? Et Esther ?

— Esther n'a pas besoin de moi.

— C'est ce que tu crois. Mais la solitude, c'est très mauvais.

— Ça dépend. Mieux vaut qu'elle soit seule,

plutôt que de supporter les manies d'un homme comme moi.

Ils se dévisagèrent, avec une certaine tension. Esther intervint sur un ton apaisant :

— Vous avez raison, vous avez raison tous les deux, mais je crois qu'Abel a bien fait. À propos, Lali, tu ne préparais pas un autre voyage ?

— Oui, en Chine. Je te l'ai déjà expliqué.

— C'est bien avancé ?

— Eh bien, je ne sais pas, ma fille. Il se pourrait que le groupe où nous nous étions inscrits ne fasse pas le plein, parce qu'on n'a pas encore atteint le nombre minimum, alors qu'on devrait y être, maintenant. Il leur fallait quinze personnes, je crois, mais parfois ils partent avec douze. Moins, c'est impossible : j'ai cru comprendre que les compagnies aériennes ne feraient plus de réductions, et les Chinois, eux non plus, n'acceptent pas de groupes aussi petits. Ni d'ailleurs les groupes trop nombreux. Ni trop ni trop peu, tu vois ? Ils sont très stricts.

— Et pourquoi n'y a-t-il pas plus de monde ?

— Mais parce que c'est un voyage très cher. Comment donc peux-tu poser la question ? Tout le monde voudrait aller en Chine, mais tout le monde ne peut pas se l'offrir.

— Bien sûr...

Esther baissa la tête et promena son regard sur le carrelage, qu'elle connaissait si bien.

— Ricardo a piqué une grande colère, en précisant que s'il fallait payer un supplément il le paierait, mais ça n'a pas marché. Je crois qu'il va remettre ce voyage à plus tard et, comme c'est la bonne saison, nous irons à Cuba.

— Mais vous êtes déjà allés à Cuba.

— Oui, bien entendu. Mais, veux-tu que je te dise, ça ne m'ennuie pas d'y retourner. Mariel, pour moi, c'est un souvenir unique.

Esther leva subitement les yeux.

— Mariel? Ce nom me plaît. Ça fait penser à la mer.

— Mais c'est la mer. Il y a une très longue plage, pas trop loin de La Havane, mais les gens de La Havane n'y vont pas, seulement les touristes.

— Eh bien, cela ne me paraît pas juste, dit Abel.

— À moi non plus, mais il faut voir le contexte, commenta Lali avec une certaine condescendance. Tout d'abord, personne ne leur interdit d'y aller, bien sûr, mais ils n'ont pas de voitures ou d'autres moyens de transport. En second lieu, Cuba est un pays entouré d'ennemis. Les pays qui commercent avec les Cubains se font régler au comptant et en dollars, à l'exception de la Russie et de l'Espagne. Si on y pense, l'Espagne s'est toujours très bien conduite. Alors, il faut qu'ils obtiennent des dollars par tous les moyens, tu comprends? Ces dollars, ce sont les touristes qui les apportent, et en échange ils nous cèdent leurs meilleures plages.

— Eh bien voilà, j'ai très bien compris, dit Esther avec une assurance de bonne élève.

— Qu'est-ce que je te disais? La plage de Mariel est une merveille. Du sable blanc, bien propre, pas comme celui qu'on a ici, qui fait penser à du charbon. Des vagues plutôt fortes, ça oui, parce que c'est un océan sauvage et même assez rude. Et, au bord des plages, d'anciennes villas de millionnaires, dont certaines sont restaurées mais la plupart de vraies ruines.

— Je ne vois pas ce qu'il y a de si merveilleux, dit Esther.

Et elle ajouta :

— Moi, ces choses-là me rendent plutôt triste.

— Moi aussi, je ne vais pas dire le contraire. Quand on passe devant ces maisons, on imagine ce que pouvait être la vie des gens qui habitaient là dans le temps, avec des servantes noires à culs énormes, des fleurs fraîchement coupées dans chaque salon, des chambres à coucher avec des moustiquaires, comme dans les films, et un grand piano à queue sur lequel devait jouer chaque soir le fiancé de la petite. Mais je ne sais pas, ce sont seulement mes rêves, laisse tomber. Oui, je devine ce que tu vas me dire, Abel, parce que tu me l'as déjà dit un jour : qu'il faut s'intéresser aux mondes qui n'existent plus. Eh bien, je m'y intéresse, tu peux me croire. J'ai remarqué que les maisons restaurées sont louées à des étrangers, en particulier aux Canadiens, qui raffolent de ce climat. Tandis que celles qui n'ont pas été restaurées sont occupées par des gens qui ne s'en occupent pas, qui ne répareraient même pas un volet, qui ne changeraient pas une vitre cassée. C'est comme dans les vieux quartiers de La Havane, on y trouve des gens incroyablement négligents.

— Tu veux dire qu'ils ne s'occupent même pas de leurs maisons ?

— Non. Et je suppose que c'est parce qu'elles n'étaient pas à eux, ne sont pas à eux et ne le seront jamais. Parce qu'elles appartiennent à l'État, il me semble. C'est-à-dire à personne.

— Les gens, il faut leur donner des stimulants, opina Abel, il faut les pousser à travailler pour améliorer leur sort. Si on ne stimule pas les gens et que tout va à l'État, un pays ne peut pas s'enrichir.

— Parce que chacun attend que les autres travaillent, murmura Esther, que chacun s'habitue à vivre de presque rien, qu'en fin de compte travailler n'apporte aucun avantage.

Abel déclara :

— Il y a un proverbe aragonais très triste, mais très vrai, qui dit : « Travail donné, travail perdu. »

— On dirait que c'est Cuba que tu as le plus aimé, parmi tous tes voyages, insinua Esther, préférant éviter ces aspects plus profonds qui au fond ne l'intéressaient pas.

— Enfin, bon, disons que c'est un des endroits que j'ai le plus aimés, même si je ne suis pas d'accord avec tout ce que j'ai vu là-bas, loin de là. Les gens sont si aimables, si affectueux... Il serait vraiment grossier de le nier. Mais j'ai aussi beaucoup aimé Bali, c'est un des derniers endroits au monde où on se sent vraiment une dame. Et il n'y en a pas tant, crois-moi, parce que maintenant tous les coins du monde se ressemblent, tout devient pareil partout. Mais si je devais choisir un endroit, un seul, ce serait Srinagar.

— La ville dont tu m'as parlé, au Cachemire ?

— Oui.

— Pourquoi ?

— À cause de son authenticité. Parce que c'est le Moyen Âge dans toute sa pureté, parce que la ville n'a pas dû changer depuis des années innombrables, quand les caravanes partaient de là en direction d'un autre monde. On croirait que les marchés sont restés identiques, que les hommes et les femmes sont les mêmes. La caravane est sur le départ, ils vont se mettre en route. Et, dans les boutiques, les emplettes sont encore un rite ancien. Le client continue à s'asseoir par terre, les jambes croisées, pendant qu'on lui sert le thé et qu'on apporte sous ses yeux des tapis, des soies, des fourrures, des figurines en vieil argent. Pas de bouddhas, parce que ces gens-là sont mahométans, ils croient exclusivement à Allah. Et le silence. C'est ça le plus important : le silence. Ricardo dit que ces maisons ne montrent pas leurs années à l'extérieur, mais les gardent à l'intérieur, comme un héritage. C'est pour ça que tout le monde ne sait pas les apprécier. Ricardo aime les maisons qui ont du cachet.

— Peut-être que la sienne en a ? insinua Abel.

Lali tourna vivement la tête.

— Pourquoi dis-tu ça ? demanda-t-elle.

— Je ne sais pas. Il me semble que ce serait logique.

— Eh bien, oui. Il habite une maison qui a beaucoup de cachet.

— J'aimerais la voir, et je vais te dire pourquoi. J'ai l'impression qu'avec un homme comme Ricardo, on ne doit pas cesser d'apprendre des choses.

— Ça, tu peux en être sûr. Mais c'est un homme terriblement occupé, et le peu de temps libre qu'il a, c'est à moi qu'il le consacre.

Abel sourit, de ce sourire doux, courtois et un peu complice, qui ensorcelait les femelles. Un sourire de sexe à sexe, de femme à femme, un appel qui se transmettait comme une onde électrique.

— Ne sois pas égoïste, Lali. Voyons ! Partage un peu avec les autres !

— On dirait que tu es jaloux de moi.

— Mais non, ce n'est pas ça.

— Eh bien, moi je crois que si, je crois qu'au fond tu es jaloux.

— Pourquoi est-ce qu'on s'imposerait ? dit alors Esther avec un soupir. Chacun a ses occupations et ses problèmes. Nous aurons bien le temps de rencontrer Ricardo, quand Ricardo estimera le moment venu.

Et elle reprit :

— Alors, Srinagar ?

— Oui.

— C'est là qu'il y a les barques dont tu m'as parlé ?

— Exactement. Peut-être qu'un jour tu te décideras à y aller.

— Allons donc, quelle idée ! Encore qu'en ce moment j'en aurais bien besoin, crois-moi. Je me contenterais même de bien moins, simplement d'aller voir un fleuve espagnol, disons le Tage.

— Tu veux que je te dise quelque chose ?

— Dis-moi, dis-moi.

— Ce n'est pas pour offenser Paquito, tu sais combien je l'aimais.

— Ne t'inquiète pas, parle.

— Tu aurais dû rencontrer un homme comme Ricardo.

Esther détourna le regard. Mais elle ne protesta pas. Ses yeux se clouèrent sur les cours, les balcons serrés, les oiseaux prisonniers, les rideaux qu'elle avait comptés tant de fois, les visages qu'elle aurait pu dessiner : toute une promiscuité. Puis son regard redescendit sur une rangée de pots de fleurs, un palmier nain, le dernier rayon de la lumière qui baissait.

— Parfois, Lali, je suis surpris de ta façon de parler, dit tout à coup Abel.
— Pourquoi ?
— Tu parles bien.
— Parce que, avant, je parlais mal ?
— Non, non... Ce que je veux dire c'est que, quand tu parles de voyages, c'est d'une façon différente.
— Je m'instruis, avec Ricardo.
— Tu répètes ses phrases ?
— Absolument pas... Enfin, si, parfois j'en retiens quelque chose. Mais surtout, je lis ses livres.
— Voilà, c'est l'impression que ça donne : que parfois tu répètes des phrases que tu as lues il y a peu de temps.

Les yeux de Lali flamboyèrent un instant.

— Tu n'as pas beaucoup de sympathie pour moi, hein, Abel ?
— Qu'est-ce qui te fait penser cela ?
— Tu n'imagines pas que je puisse penser ou dire quelque chose par moi-même.
— Au contraire, se hâta d'expliquer Esther. Ce qu'il veut dire, c'est que tu apprends très vite. Moi, j'en serais incapable.
— C'est exactement ça, dit Abel. Je suis désolé que tu m'aies mal compris.

Il y eut un instant de silence, pendant lequel Lali sembla chercher une réponse qui remette les choses en place. Avant qu'elle ne l'ait trouvée, Esther rompit cette tension en lui demandant à voix basse :

— Allez, parle-moi encore de Srinagar.

— Pas bien loin de la ville, il y a des jardins mongols, mais ils ne sont pas extraordinaires, dit Lali avec un soulagement évident. Par contre, il y a une mosquée prodigieuse, très ancienne, solitaire, sans mémoire. Elle aussi conserve sa durée à l'intérieur ; du dehors, on ne la sent pas. Le toit est soutenu par des troncs d'arbres immenses, coupés il y a des centaines d'années. On songe aux millions d'hommes aujourd'hui disparus qui sont passés là, aux millions de prières adressées à un dieu qui ne les écoute sans doute même pas. Mais ces prières ont au moins eu une utilité : on les devine dans l'atmosphère.

— Ça, quelqu'un aurait pu l'écrire, dit Abel. Ça vient d'un des livres de Ricardo ?

— Et pourquoi pas ? répondit Lali non sans agressivité.

Abel sourit à nouveau, de ce sourire qui inquiétait les hommes et désarmait les femmes, bien qu'il l'eût réservé à un homme, un seul.

— Il doit en avoir beaucoup.

— Énormément. Une pièce entière.

— Tu ne sais pas combien je regrette de ne pas pouvoir lui demander conseil.

— Pourquoi ?

— Il me dirait où tirer un prix honnête de ceux que j'ai ici. Ces livres représentent pour moi, comment dire, un souvenir amer, et je ne veux pas emporter ailleurs cette amertume. Il vient un moment où le mieux est de se séparer des livres, tout comme pour les gens et les paysages. Parce que les livres, les paysages, les gens, désignent une époque, ils sont à eux seuls une époque. Paquito et moi avions lu ensemble Lajos Zilahy, Stefan Zweig, Mauriac, Martin du Gard, Llor, Fernández de la Reguera, Romero, Druon, Huxley, Agustí, Esclasans, Laforet, tous les auteurs capables d'avoir un jour marqué la vie de deux garçons qui marchaient toujours seuls dans les rues de Barcelone. Avant cela, quand nous étions encore plus jeunes, nous avions lu Edgar Wallace, Poe, Simenon, William Irish, et nous nous étions passé les aventures de Sexton Blake, Bill Barness et du Masque. C'était surtout le Masque qui nous fascinait, avec ses apparitions dans des villes pleines de gratte-ciel et de passages que nous ne connaîtrions jamais. Parfois, nous sillonnions les parties les plus sordides de Barcelone, et nous nous enchantions de voir nos propres ombres s'étirer sur les murs derrière lesquels se cachaient un terrain vague ou une maison démolie. C'était cela, notre époque, une époque simple, terriblement pauvre, merveilleuse, et sans retour possible. Parfois, il me semble que cette époque avait des doigts et qu'ils marquent encore les murs de cette maison. Ce sont les livres que nous lisions ensemble, tu comprends ? Ils sont encore ici. Et je sais que je n'aurai plus jamais assez de courage pour les garder près de moi.

Il alla au balcon, regarda la cour intérieure, les volets, les murs que plus personne ne repeignait, les heures suspendues dans l'air ; puis le couloir, l'entrée de la chambre qu'il avait partagée avec Paquito. De ses yeux, quand la voix d'Esther lui parvint, émanait une lumière crépusculaire, qui s'éteignait par instants.

— C'est vrai, ce que tu dis, se souvint Esther. Les passages inquiétants, je veux dire. Paquito et toi, vous aimiez vous y promener.

— Oui.

— C'est terrible de penser que c'est là que Paquito est mort. Dans un passage.

— Pourquoi dis-tu cela ?

Esther tressaillit légèrement.

— Je ne sais pas. Pour rien, répondit-elle avec un filet de voix.

— Il faut bien que les choses se passent quelque part. Dans un passage ou dans un palais. Je ne sais pas. Quelque part. Et ça ne sert à rien de tourner et retourner ça dans tous les sens, il ne faut pas y penser. Ce que tu viens de dire n'a aucun sens.

— Je sais. C'est seulement à cause de la coïncidence.

Abel haussa brusquement les épaules, comme s'il voulait écarter ce souvenir.

— Il se peut que je ne revienne pas, murmura-t-il. Les trois ou quatre choses dont j'avais besoin, je vais les prendre tout de suite.

— Et les livres ?

— C'est comme je disais. Je n'ai pas le courage de les emporter avec moi.

Lali dit brusquement :

— Beaucoup d'hommes n'ont de courage pour rien du tout.

Abel, comme s'il ne l'avait pas entendue, marcha vers la chaise où se tenait toujours Esther, posa sur son épaule une main moitié tremblante, moitié tendre, et chuchota un seul mot :

— Merci.

Arrivé à la porte de l'appartement, il entendait encore la voix de Lali :

— Les hommes sont tous les mêmes. C'est aussi bien, s'il ne revient pas.

Abel Gimeno, serrant les lèvres en une moue décidée, sortit dans la rue, traversa le Paralelo et enfila la Calle de Aldana, vers la Ronda de San Pablo, pour prendre l'autobus. Pendant des années, il l'avait pris à cet endroit avec Paquito, au milieu de filles qui se rendaient à leur premier travail, de vendeuses vénales et de petits employés sans le sou qui rêvaient d'être assez riches pour pouvoir épouser, un jour, une vendeuse vénale. Ç'avait été la meilleure époque de sa vie, et ce souvenir obsédait Abel : les livres, les chansons, les hommes, les époques. Son âge commençait à lui donner le vertige.

Mais il avait maintenant une autre obsession, plus puissante, par laquelle il était prêt à se laisser emporter. Il en avait assez de ménager Lali, avec son fameux Ricardo, avec ses crâneries de femme qui ne manque de rien et qui en rebat les oreilles aux autres, et voilà comment c'est, minables, vous voyez un peu ? Il en avait assez du martyre que Lali infligeait à Esther, de sa façon d'exhiber jour après jour tout ce qu'Esther n'avait pas et n'aurait jamais. Puisque Lali pouvait entrer dans la maison de la Calle del Rosal, lui pouvait entrer chez Ricardo, et tiens donc !

Il lui dirait : mon ami, vous savez ce que c'est que la curiosité. On m'a tant parlé de vous que j'avais envie de voir votre tête. J'aurais été déçu, si elle n'avait pas la grandeur que j'attendais, si elle n'était pas celle d'un buste historique. Vu la façon dont on parle de vous, vous le méritez.

Il s'arrêta devant la maison.

Déjà la nuit tombait. La ville crachait sur la façade ses lumières, ses reflets, ses bruits, sa vie. Elle crachait, en fin de compte, toute sa grandeur et toute sa bassesse. Mais, dans la maison, il n'y avait pas le moindre éclairage, comme si elle n'avait jamais été habitée. Les fenêtres n'étaient que des taches noires, des ombres planaient sur le jardin, et le vent agitait la cime des arbres, que les oiseaux eux-mêmes paraissaient avoir désertés.

Abel s'arrêta devant la porte de fer forgé. Il y avait là une sonnette, avec une indication bien claire : « Sonnez ». Et, au-delà, une rumeur de vent léger, un pressentiment de lieu solitaire et oublié des hommes. Abel sonna.

Le coup de sonnette tinte dans quelque chambre lointaine, derrière les vitraux, les murs aux pierres sculptées et aux carreaux de faïence singeant l'église de la Sainte-Famille. (À coup sûr, Abel, la sonnette tinte dans les communs, dans une petite chambre de derrière, dans un étroit couloir plein d'encoignures, avec des portes que personne n'ouvre, de pauvres reproductions de tableaux que personne ne regarde. À coup sûr, Abel, la servante est en train de se frotter avec le doigt, cette dépravée, et elle ne veut pas entendre, ou peut-être y a-t-il aussi un jeune domestique, un garçon inexpérimenté auquel un majordome tendre et sentimental enseigne ce qu'est la vie.)

Mais personne ne répond, Abel ; cette maison, la maison de Ricardo, est celle du silence, de l'obscurité, d'êtres qui n'existent pas. Tu y avais déjà songé. Certes, c'est une superbe demeure, dont l'existence n'a pas besoin d'être justifiée par celle de maîtres, qui seraient comme des vers achevant de la corrompre de l'intérieur. Elle est l'œuvre d'une bourgeoisie qui savait encore rêver, un rêve qui s'est matérialisé en écume de pierre, quand ce siècle naissait et que les choses étaient réelles. Aie une pensée pour ceux qui nourrirent ces rêves, Abel, appelle encore et attends. Drring.

Personne n'accourut non plus à ce nouvel appel, peut-être parce que le majordome sentimental ne savait comment profiter de la gaucherie du jeune garçon à la façon dont le recommandent les experts. Ou parce que le doigt de la servante préparait une longue, très longue redescente. Mais Abel, en caressant la porte de fer forgé, s'aperçut soudain qu'elle était ouverte, que la voie était ouverte vers le jardin et ses ombres, vers la maison et ses secrets. Il poussa la grille et entra.

C'était un autre royaume. La ville restait bien loin derrière, cet univers d'hommes poursuivis, de parkings au millimètre, de coins de rue contaminés et de lits partagés s'éteignait au bout de quelques pas seulement, dès qu'on se laissait envahir par ce monde-ci, tout empreint d'une ancienne sagesse. Abel sentit sur son visage l'air frais du jardin, l'arôme des pins, le sentiment d'espace, de liberté et de dignité qui se dégageait de cette maison de défunts irremplaçables, tandis que là-bas dans la ville, l'autre ville, les vivants, Abel, se ressemblent tous et tombent en poussière.

Il arriva à la porte de la bâtisse et fut sur le point de reculer, partie à cause de la peur, partie parce qu'il ne savait plus ce qu'il faisait là.

Mais c'est surtout la peur, Abel, ne dis pas le contraire. Cette soudaine impression de solitude, cette pénombre où tu distingues à peine tes mains, ce silence, surtout, qui t'a soudain frappé comme un coup de poing. Mieux vaut abandonner, faire ce que ferait tout homme sensé, par exemple aller te coucher et téléphoner demain. Demain, quand le soleil brillera.

Mais ses mains remuaient machinalenent, comme s'il ne leur commandait pas. Ses doigts tâtèrent la porte.

Elle céda.

Un grincement, long et profond, remua les entrailles de la maison.

Abel Gimeno s'arrêta sur le seuil.

Il aurait pu crier, comme dans son enfance, l'hiver, quand on l'obligeait à aller acheter des provisions pour le goûter et qu'au retour de l'épicerie il entrait sous le porche obscur, où il ne voyait, tout comme maintenant, que les minces taches de ses propres doigts.

À l'époque, quand il était petit, il pensait qu'inévitablement quelqu'un allait l'attaquer dans le dos, une main surgir de l'ombre, par-derrière, jamais par-devant. Abel avait appris, durant ces années grises, qu'il existe un centre de la peur, situé quelque part dans la nuque. S'il avait possédé un heaume de combattant médiéval, quelque chose pour se recouvrir la tête entièrement, il n'y aurait jamais eu la peur, ni ce point par où la peur lui imprégnait le sang. Mais il n'avait jamais eu de heaume, évidemment, il avait toujours senti, dans l'obscurité de ce porche, le doigt de l'horreur lui caresser la nuque.

Ce fut là, après tant d'années, ce qui l'empêcha de revenir sur ses pas : l'impression que ce vieux danger le suivait par-derrière. Aussi s'arrêta-t-il sur le seuil au lieu de reculer, tout en scrutant la pénombre.

Il découvrit un magnifique escalier qui menait aux étages supérieurs, se détachant sur un admirable panneau de vitraux par lequel entraient les reflets indécis de la ville et l'essor du clair de lune. Il distingua aussi quelques meubles anciens et nobles, des miroirs sans nul doute accrochés mais qui semblaient flotter dans la nuit.

Il entendit un chat miauler en haut, dans quelque grenier ignoré, quelque recoin où reposait depuis des années l'ombre de sa maîtresse défunte. Une baie mal fermée grinça, une porte poussée un siècle plus tôt acheva de se fermer et émit un claquement au fond de la maison.

Abel sentit ses cheveux se hérisser, littéralement, pas même sous l'effet de la peur, mais pour un motif purement physique : en ouvrant, il avait provoqué un courant d'air, du jardin vers l'intérieur de la maison, qui le frôlait comme une main fraîche. Le courant d'air s'inversa tout à coup, se mit à souffler de l'intérieur et referma la porte, comme une main flétrie.

L'impression de se trouver pris au piège à l'intérieur de la maison surprit Abel, mais il ne fit rien pour revenir en arrière. D'abord, les forces lui manquaient; mais de plus, son instinct lui disait qu'il devait choisir entre deux horreurs, et il savait depuis l'enfance que l'horreur la plus tortueuse est celle qu'on a dans le dos. Il resta donc là comme une statue, respirant l'air soudain tranquille, ce curieux silence qui d'abord lui avait paru si absolu et qui maintenant s'emplissait de rumeurs et de vie.

Par exemple, les marches du solennel escalier grinçaient comme si l'on était encore en train de les emboîter dans le grand squelette de la maison. Dans les meubles devaient fourmiller des vrillettes millénaires et de haute noblesse, jadis nourries des boiseries les plus illustres du pays, y compris épiscopales. Il y avait aussi les vitraux anciens, qui tintaient, les parquets d'origine, dans lesquels s'ouvrait subitement une fissure sonore, les greniers oubliés, où devait jouer un rat élevé par un enfant disparu. Abel avança néanmoins.

Oublie ta peur, Abel Gimeno. Ce serait ridicule, comprends-tu ? Tant d'années pèsent déjà sur la partie honorable de ton dos... Tu as fini par devenir une vieille pédale, vieille et sentimentale. L'étape suivante, ce seront les salles de baby-foot où vont jouer les enfants, et tu le sais, mais tu ne sombreras pas là-dedans. Ne sombre pas non plus à nouveau dans les vieilles craintes de ton enfance, les ombres des loges de concierges et les fantômes des escaliers. Tu es arrivé jusqu'ici. Maintenant, bouge, avance. Avance. Avance.

Il parvint jusqu'à l'escalier en tâtonnant le long des murs, mais là il commença à y voir beaucoup plus clair, grâce au grand panneau translucide. Il monta les marches peu à peu. Devant ses yeux apparaissait un univers éteint, un univers de richesses contre lesquelles personne n'aurait rien donné et de souvenirs qui ne rappelaient plus rien à personne : napperons faits main, dentelles encadrées, cendriers en argent pour non-fumeurs, abat-jour d'un tulle dérobé à quelque fiancée, bibelots de Murano auxquels manquaient un morceau, un reflet, la mystérieuse cannelure qui les avait animés et avec laquelle avait aussi disparu leur raison d'être, quand ils étaient entrés dans un monde où toute beauté était purement lunaire. Les objets favoris de plusieurs générations s'étaient amoncelés là, et les ombres d'hommes et de femmes du passé semblaient s'aligner contre les murs de la maison.

Abel s'arrêta à l'étage. Il haletait.

On aurait dit que monter cet escalier lui avait coûté le plus grand effort de sa vie.

Il demanda :

— Il y a quelqu'un ?

Il aurait voulu parler à voix haute, naturellement, mais s'aperçut que sa gorge ne laissait échapper qu'un murmure. Avec effort encore, il tenta de crier :

— Monsieur Mora ! Ho, monsieur Mora !

C'est alors qu'il entendit quelque chose.

Il ne savait pas ce que c'était.

Un son doux, glissant, qui n'appartenait pas au monde des sons habituels, dont se tisse notre culture immédiate.

Était-ce le frôlement d'une personne qui se glissait le long d'un mur ?

Un corps qui se traînait sur un tapis ?

L'approche de roues de caoutchouc ?

Abel Gimeno tourna la tête.

Avec une terrible lenteur. Toutes les articulations de son corps paraissaient gémir.

C'est alors qu'il vit l'horreur.

Ce fut comme une série de photographies superposées, présentées aux yeux l'une après l'autre. Le long couloir. Les portes fermées. La fenêtre au fond. La clarté de la lune. Le contour d'une chaise roulante arrêtée, comme suspendue dans le vide. Seulement ce contour à peine entrevu, ce profil de chaise roulante.

Abel balbutia :

— Mais...

Il baissa la tête comme s'il avait reçu un coup, incapable de rester droit.

C'est alors qu'il vit aussi le visage.

Le visage, là, à côté de lui.

Mais ce visage ne sortait pas d'une photo jaunie, ne surgissait pas de l'ombre. Il était réel. Abel vit aussi la main, il vit le couteau, il vit une goutte de lumière qui éclatait dans l'air, il vit le dernier reflet de la lune.

Le temps s'arrêta, devint une longue volée de cloches, qui ne sonnait qu'à l'intérieur de son crâne.

À peine parvint-il à balbutier :

— Non...

Le couteau plongea dans sa gorge, silencieusement.

XIV

Le limier muselé

Méndez procéda à une rapide reconnaissance du terrain, histoire de détecter un peu les mines dont il était semé.
Il se rendit Calle del Rosal.
— Abel Gimeno?
La veuve, de belle allure encore, avec un honorable corset modèle Exposition universelle de 1929 capable de soutenir au moins trois assauts, une chair blanche et ferme, un bas-ventre embaumant encore la terre promise.
— Il n'est pas ici, monsieur Méndez, il n'y habite plus.
— Où habite-t-il, alors?
— À son ancienne adresse.
— Par conséquent, vous êtes seule, maintenant?
— Oui, complètement.
— La solitude est une mauvaise chose, madame, très mauvaise, à la longue elle entraîne des ulcérations du triangle de Scarpa et de divers autres triangles. Mais ne vous inquiétez pas : je vous garantis toute l'aide spirituelle dont vous pourriez avoir besoin.

Et Méndez battit sournoisement en retraite

avant qu'on ne risque de lui demander une aide d'un autre genre.

L'ancien domicile d'Abel Gimeno, antérieur à tous les cinémas, à toutes les musiques regrettées, à toutes les mains baladeuses.

Une femme d'aspect rébarbatif — sa sœur? la femme de ménage? une missionnaire anabaptiste? — lui ouvrit la porte.

— Abel Gimeno?

— Entrez. Vous pouvez relever le compteur.

— Je ne suis pas venu pour ça, susurra Méndez, flatté de la dignité à laquelle on l'élevait. Il n'est pas là?

— Pas en ce moment.

— C'est que je voudrais lui parler personnellement.

— Pourquoi. Qui êtes-vous?

— Police.

— *Mare de Déu Santíssima!*

— N'ayez pas peur. Maintenant, on nous met des muselières.

— Non, je n'ai pas peur. Mais qu'est-ce qu'Abel a bien pu faire pour recevoir la visite de la brigade des cimetières, qu'est-ce qu'il a bien pu faire?

Méndez ravala sa salive.

— Madame, il est vrai que j'ai demandé à être muté dans cette brigade, mais je n'ai pas encore reçu de réponse favorable, malgré les recommandations. La seule chose que je désire, pour l'instant, c'est parler à M. Abel Gimeno, voyez-vous? J'ai téléphoné à son lieu de travail habituel, et on m'a dit qu'on ne l'avait pas vu.

— Eh bien, mais c'est qu'il n'est pas non plus rentré dormir, dit la femme nerveusement.

— Hein ?

— Franchement, je suis inquiète. Je ne sais pas quoi vous dire. C'est un garçon sérieux, il ne rentre jamais en retard.

Elle ajouta d'une voix tremblante :

— Et vous, qu'est-ce que vous faites ici ? Il lui est arrivé quelque chose ? Vous êtes déjà au courant ?

— Non. Je vous jure qu'il n'y a aucun rapport d'accident à son nom, enfin, je vais encore vérifier. Je voulais seulement lui parler, mais puisqu'il n'est pas là, j'appellerai plus tard. Donnez-moi le numéro.

Méndez sortit de là avec un numéro de téléphone dans la poche, une ombre sur le visage et une sourde fatigue dans les pieds. De retour à son bureau du commissariat — où on ne lui avait laissé à résoudre que le cas d'un gigolo rossé par sa vioque —, il entreprit de téléphoner à tous les dispensaires et centres d'urgences de Barcelone.

Rien. La grande ville lui présenta tout son habituel assortiment d'accidents, dont certains de caractère éminemment culturel, comme celui de la femme qui s'était introduit dans le vagin une authentique icône russe, mais aucun qui eût rapport à Abel Gimeno et d'éventuels compagnons nocturnes. Pourtant, les démêlés entre homosexuels ne manquaient pas : un « esthète » tape sur un autre pour récupérer la bague qu'il lui avait demandé de conserver dans le rectum, un « esthète » griffe son camarade de pension en criant « Faux derche ! », après l'avoir trouvé dans son lit avec la patronne, un « esthète » en mord un autre à l'oreille pour lui voler sa boucle, un

« esthète » appelle à l'aide près de la cathédrale après avoir été violé par son neveu. Un groupe d'« esthètes » attaque une préposée de la police municipale et lui vole uniquement son bâton.

La grande ville égrenait aussi un chapelet d'accidentés aux feux rouges, d'estropiés sur les trottoirs, de tailladés aux coins de rue, d'overdosés dans les toilettes, de vieillards tombés plus ou moins volontairement d'un balcon qu'ils n'avaient jamais réussi à faire leur. Mais pas de nouvelles d'Abel Gimeno, de sa solitude, de sa nostalgie.

Méndez fronça les sourcils.

Cela commençait à ne plus avoir aucun sens.

Pourtant, il disposait d'une piste, quoique seulement constituée, à parts égales, d'un nom, d'une maison et d'un souffle d'air. Abel avait suivi la piste de Ricardo Mora, et apparemment Ricardo Mora habitait quelque part. Méndez entreprit de s'y rendre. Ses pieds lui faisaient tellement mal qu'il prit le risque de prendre un autobus, dans lequel il parvint à grimper grâce à l'aide précieuse de la balustrade.

Il s'arrêta devant la maison.

Silence.

Même les voitures ne passaient pas par là, car on avait détourné la circulation pour cause de travaux. La maison semblait un îlot dans la ville, une parenthèse entre deux époques, un rêve municipal de rue vierge. Méndez se planta en face, sur le seuil d'un magasin qui vendait des articles orthopédiques et vantait les prodiges d'un bandage herniaire automatique. La science ferait vendre n'importe quoi.

Derrière les vitres d'une fenêtre, il vit passer la silhouette d'Elvira, qui était donc chez elle.

Elvira venait de rentrer. Elle avança dans le vestibule et s'arrêta soudain.

Sur les tapis, sur le sol, sur les pieds des meubles, de petites taches ressemblaient à du sang. Et ces petites taches formaient une traînée menant à la porte de la cave.

Sa peur même la poussa en avant. En cet instant-là, personne n'aurait pu l'arrêter. Elvira s'empressa avec une agileté inhabituelle chez elle, petite dame habituée aux dimensions des chambres fermées et aux lenteurs des salons bien entretenus. Allez, cours, poupée vêtue d'organdi, fillette attardée, collégienne perdue dans les couloirs du péché, rêve d'amateurs en quête de langues inexpertes, fleur de vase cantonais, cours! Ouvre la porte, une fois traversée la salle des esprits. Bouge!

Une vapeur humide l'accueillit, une odeur tranquille monta à sa rencontre dans l'escalier, l'odeur de lieux qui abritent les saints de la famille. Les mains tremblantes d'Elvira allumèrent la lumière — fil électrique rampant par terre, commutateur de réfectoire, portemanteau auquel ne pendait qu'une toile d'araignée. Plus bas, un brusque rectangle de lumière, des dalles, un bloc de silence.

Elvira descendit.

Elle sentait l'air lui manquer. Ce n'était pas seulement l'odeur humide qui rampait dans l'escalier. C'était elle. C'était sa langue collée au palais, c'étaient ses poumons déchirés.

C'est alors qu'elle le vit.

Le fil de sang.

Et le cadavre assis par terre, son épaule appuyée contre le mur, prêt à se lever à n'importe quel moment.

La langue d'Elvira se décolla soudain. Elle sentit que son cri allait lui perforer la gorge. Elle vacilla en arrière.

C'est alors qu'elle sentit la main sur son épaule.

Quelqu'un était là. Quelqu'un l'avait suivie.

Le silence bondit sur elle.

Elle sut que personne ne la trouverait en cet endroit avant des semaines, avant qu'ils ne rasent enfin la maison.

Elle pivota sur ses pieds.

Et alors la voix :

— On ne peut pas conserver les cadavres dans les maisons, dit Méndez. Si les autres s'en aperçoivent, ils finiront par instaurer un impôt.

*

Elvira sentit ses épaules heurter le mur. Son corps s'arqua tout à coup, et elle fut sur le point de tomber sur Méndez. Celui-ci tenta de crier fort, mais ne put émettre qu'un son peu respectable, un vagissement de pédé *light*.

— Ne faites pas ça, demanda-t-il, ne tombez pas sur moi, ou je suis bon pour l'unité de soins intensifs.

— Mon Dieu...

— Du calme, Elvira.

— Par où... par où êtes-vous entré ?

— J'ai crocheté une des portes de derrière. J'ai appris à crocheter les portes grâce à un gars qui m'avait échappé trois fois, et avec lequel j'ai fini par passer un accord.

Elvira eut peine à regarder à nouveau au-dessous d'elle. Ce rectangle de lumière et le corps qui s'y trouvait lui étaient insupportables.

— Vous... vous le connaissez ?

— Oui. Il s'appelait Abel Gimeno. Un vieil ami, marmotta Méndez.

Il ajouta :

— Ne bougez pas d'ici. Ne criez pas, ne faites rien. Ne regardez pas en bas, si vous ne voulez pas. Y a-t-il quelqu'un d'autre dans la maison ?

— Je... je ne sais pas.

— On va voir.

Méndez grimpa agilement cinq marches en six bonds. Ce matin-là, il se sentait en forme. Il atteignit le vestibule sans avoir besoin de respiration artificielle. Il regarda autour de lui.

Rien.

Seulement un meuble légèrement taché de sang déjà séché. Une lampe renversée. Une fenêtre ouverte.

Tout paraissait être dans cet état depuis des heures.

Méndez lança un juron.

Il marcha jusqu'à la fenêtre.

Il contempla le jardin vide.

La fenêtre était à hauteur d'entresol, et Méndez se disposa à sauter, prêt à couper le passage à n'importe quel fuyard qui passerait par le jardin.

— Je suis un policier dynamique, dit-il pour se donner du courage.

Il passa une jambe par-dessus le rebord, mais ressentit une crampe.

— Enfin, à bien y regarder, on a aussi besoin de policiers purement intellectuels, dit-il.

Et il revint en arrière. Elvira était toujours là, près du mur, immobile comme une statue ; en revanche, le mort avait bougé, il était tombé sur le côté, la maison avait dû trépider. La faute aux perforeuses qui travaillaient tout à côté. Méndez se pencha au-dessus d'Abel et lui souhaita de trouver un paradis simple et limpide, avec des amis fidèles, des cafés silencieux et des cinémas de quartier ; un paradis admirable, qui comporterait tout ce qui va disparaître de notre terre.

Puis il retourna près d'Elvira terrorisée.

— On ne l'a pas tué ici, expliqua-t-il. On l'a transporté depuis là-haut. Écoutez-moi... Je vous dirai ce qu'il faut faire. Allez dans le vestibule et attendez-moi là. Le téléphone ?

— Ils l'ont coupé, on n'avait pas payé.

— Et zut, il va falloir que j'aille dans une cabine. Et dans la seule que j'ai vue par ici, il y avait un couple qui s'entraînait au bouche-à-bouche. J'espère qu'ils ont terminé.

Il sortit à toute vitesse.

Le couple était encore dans la cabine, mais n'utilisait pas le téléphone. Pour quoi faire ?

Méndez ouvrit.

— J'ai besoin de l'appareil. Police, dit-il.

— *Quina policia ?*

— *Policia autonòmica*, répondit-il très vite.

— *Ah, aleshores està bé. Faci. Faci...*

— *Seguiu*, dit Méndez. *Hi cabem tots tres.*

Il se glissa dans la cabine sans les en faire sortir. Peut-être lui apprendraient-ils quelque chose...

Il appela le commissariat du district, où en

apprenant que c'était lui on lui passa tout de suite le flic chargé de recharger la machine à café. Méndez insista et parvint à rétablir la voie hiérarchique normale, c'est-à-dire qu'il indiqua, au flic chargé de recharger la machine à café, ce qu'il fallait transmettre au juge. Il indiqua le nom du mort, sa description, le lieu de la macabre découverte, sa description, le nom de la fille qui avait trouvé le cadavre, ses caractéristiques (poitrine acceptable, bonnes hanches, jambes passables, genre seconde rangée de chorale, dos bien dessiné, à mon avis plutôt mieux à poil qu'habillée, contrairement aux autres).

Quand deux voitures de patrouille furent arrivées et qu'un agent eut pris en charge Elvira, Méndez retourna dans la maison et put l'explorer en toute liberté. Tout le monde travaillait autour du mort, à la cave, et personne dans les étages, de sorte qu'il put se déplacer à son gré. Il découvrit de véritables merveilles.

Des portraits du général Prim, des bureaux sur lesquels aurait pu être rédigé le premier éditorial de *La Veu de Catalunya,* de vieux fauteuils à bascule sans ancêtre dedans, de vieux lits sans voisin de l'ancêtre dessous, des photographies intimes de dames essayant corsets et petits sacs, de vieux corsets sans dame, et surtout des mannequins, beaucoup de mannequins, avec trois privilèges pas toujours accordés aux femmes de chair et d'os : une bouche fermée, une poitrine bien proportionnée et un tour de hanches idem. Des mannequins pour la robe noire du soir, pour le trousseau blanc de la fiancée, pour les manœuvres solitaires du garçonnet poisseux, peut-être bien ambidextre. Des mannequins en jupe, même, laissant voir par en dessous un univers mensonger, mais qui parut à Méndez digne de la plus grande considération scientifique.

Il aboutit à la conclusion qu'en ces lieux, des années auparavant, avait travaillé une couturière, et une bonne couturière. Pareil nombre de mannequins laissait supposer une clientèle abondante et d'importantes présentations, le jeudi à l'heure du thé. Il coucha sur son célèbre calepin noir toute une série d'éléments, fermement déterminé à vérifier qui avaient été les clients de cette artiste, quels hommes mariés avaient payé les factures sans en parler à leurs épouses. Il vérifierait aussi, tiens donc, quelles femmes mariées s'étaient fait payer leurs factures sans en parler à leurs époux. Pour un homme tel que Méndez, minutieux scrutateur des coutumes matrimoniales et des factures top secret, s'ouvrait là un monde de fascinantes possibilités.

Il marcha jusqu'au fond du grenier.

C'est alors qu'il la vit.

La chaise roulante.

Il s'agissait d'un modèle ancien. Aujourd'hui, on les fabrique plus larges, plus pratiques, et en même temps plus légères, il ne leur manque qu'un moteur et éventuellement un turbo. Celle-ci était une chaise lourde et austère, strictement orthopédique. Elle allait bien avec les portraits oubliés, les corsets couleur du temps, les mannequins pour collégiens onanistes, les lits pour hommes à double vie. En résumé, pensa Méndez, une chaise qui ferait un exquis cadeau d'anniversaire.

Il l'observa bien.

Ses yeux experts découvrirent que les accoudoirs de cette chaise avaient été soigneusement nettoyés, ils avaient même un certain éclat qui contrastait avec l'état d'abandon de l'ensemble. Cela signifiait qu'on avait tenté d'effacer des empreintes digitales, en déduisit *Ironside* Méndez.

Les empreintes digitales de l'assassin. C'était une première conclusion possible, mais Méndez ne la jugea pas du tout certaine. De plus, le fait que certaines parties de la chaise restaient à nettoyer suggérait deux autres idées : qu'il pouvait rester des empreintes, et que l'effacement avait été réalisé par un profane. Un homme ou une femme tant soit peu expérimentés auraient également nettoyé le dossier.

Il parcourut le reste de la maison, pendant que les agents continuaient leur travail en bas et que dans la rue arrivaient des voitures de service. Encore des policiers, les techniciens de l'Identité judiciaire, le juge, une ambulance, un inspecteur des impôts prêt à mettre le cadavre sous séquestre, un journaliste cherchant une exclusivité ou, à défaut, n'importe quoi. Quand Méndez s'aperçut que ce journaliste n'était autre qu'Amores, il s'enfuit, à la très raisonnable vitesse de trois kilomètres à l'heure.

Il parvint à rallier le commissariat et se mit à méditer.

Ce n'était pas facile.

Il ne savait par où commencer, bien qu'il fût décidé à suivre la piste des factures de la couturière. Car ces factures n'étaient jamais qu'un commencement.

Finalement, il arrêta un plan. Et lui, qui détestait le téléphone, s'en servit néanmoins pour appeler les archives de la Sécurité sociale. Un fonctionnaire, une fois dûment exhumé de ses paperasses, lui répondit qu'à l'adresse indiquée par Méndez, avait cotisé une certaine Mme Ros, pour un atelier de couture, mais que par la suite on n'avait plus eu de nouvelles d'elle.

Il parvint ensuite à joindre Elvira, qui faisait sa déposition à la préfecture de police.

C'est une Elvira effrayée qui répondit à l'unique question de Méndez : quelle banque ou caisse d'épargne utilisait Mme Ros ? Sa tante, dit Elvira, avait payé toutes ses factures et encaissé tous ses chèques au Banco de Santander. Méndez brossa son veston, astiqua ses souliers avec un rapport d'enquête, et se dirigea vers l'agence bancaire en espérant qu'on l'y laisserait entrer ; il eut de la chance, car personne ne déclencha le signal d'alarme.

On lui montra les archives. Bien entendu, Mme Ros ne faisait plus d'opération, puisqu'elle était morte — quoique ce ne fût pas là une norme absolue, précisa l'employé, car nombre de défunts continuaient de toucher une pension. Mais, par le passé, Mme Ros avait déposé de nombreux chèques à son nom. Vous pouvez vérifier : voici le bordereau correspondant aux dernières années, prenez garde qu'il ne se désagrège pas entre vos doigts en les laissant teintés de jaune. Méndez examina le document, commença à noter minutieusement quelques noms.

Un de ces noms — qui disparaissait dans les derniers temps de la facturation — revenait en revanche souvent dans la partie la plus sombre, la plus vieille, de la liste. Et c'était un nom que Méndez connaissait. Le promoteur Alfredo Cid, le même qui voulait maintenant raser la maison, avait remis de nombreux chèques à Mme Ros, des chèques dont le montant ne pouvait guère correspondre qu'à des vêtements. Mais des vêtements pour qui ?

Méndez fronça les sourcils.

En apparence, cela ne présentait pas d'intérêt particulier, mais ce n'était pas la première fois qu'Alfredo Cid apparaissait dans cette enquête. Aussi Méndez décida-t-il de suivre cet aspect secondaire de la piste, et après avoir à nouveau secoué ses revers, il se mit en quête d'Alfredo Cid.

Il se dirigea pour cela vers ses bureaux de la Diagonal. Cette fois, il allait pouvoir lui poser des questions concrètes.

Jolie piaule.

Jolies secrétaires.

Jolis diplômes de marketing, confirmant surtout qu'Alfredo Cid avait dîné avec de hauts responsables dans les meilleurs restaurants d'Espagne.

L'aspect de Cid lui-même était moins réjouissant.

Impossible de dire qu'il fit bonne figure à Méndez, tu peux crever, sale flic, qui as dû commencer comme garde du corps de Canalejas, au XIXe siècle, et qui prenais ton café quand il fut abattu par un anarchiste. À moins que ce n'ait pas été Canalejas ? Peut-être Silvela ? Ou Romanones ? D'ailleurs, qu'importe.

Et Alfredo Cid sourit.

Dites, dites, monsieur de la police. Que j'avais réglé des factures à Mme Ros, la couturière ? Que je n'ai pas intérêt à le nier, parce que vous avez vu les justificatifs ? Mais qui donc cherche à le nier, policier de musée de cire ? Vous avez laissé dehors votre calèche, vous ne savez pas que les bêtes vont prendre froid et que la fourrière finira par les emmener ? Bien sûr, que j'ai payé des factures à Mme Ros. Pour qui ? Mais pour ma femme, naturellement. Ma femme dépense, ma femme s'est toujours bien habillée, a toujours bien mangé et toujours mal forniqué, comme il se doit. Connaissez-vous des cas où les choses ne se passent pas exactement ainsi ? Mais enfin, qu'est-ce que vous vous êtes figuré ?

— Moi, je vous crois, bien sûr, dit Méndez, mais il faudra faire quelques vérifications, c'est la routine, vous comprenez. Merci de votre aide. J'irai voir votre femme. Quelle chance elle a eu d'être si bien habillée, comme elle doit être élégante et sympathique !

La voix d'Alfredo Cid arrêta Méndez alors qu'il était déjà près de la porte.

— Attendez.

Méndez le dévisagea, avec l'air d'attendre un pourboire.

— Oui ? demanda-t-il.

S'il vous plaît, rasseyez-vous. Maudit flic, vous ne vous rendez donc pas compte de ce qu'est la vie d'un homme ligoté à jamais par les liens du mariage, avec des enfants, un domicile fixe, une bonne, et surtout une femme qui a encore les mâchoires fortes et les dents en état d'usage, je les ai payées l'une après l'autre. Sûr que vous êtes célibataire, c'est pour ça que vous ne comprenez pas ; sûr que vous ne connaissez pas une seule femme publique, que vous n'êtes jamais entré dans une chambre où les garçons de café applaudissent en bas, chaque fois qu'ils entendent la salope tomber du lit ; vous êtes un sacristain, vous faites la lecture de *La Familia Cristiana* à la nièce du chanoine, il suffit de vous voir. Mais écoutez-moi encore, monsieur Méndez, parce que vous pouvez tout de même comprendre ce que c'est. Tout le monde a été jeune, s'est senti plein de désirs, a fait du footing et, entre deux kilomètres, a mis à contribution même les trous des écorces de pins, réinventé la branlette écologique. Ça vous étonne que j'ai eu une maîtresse ? Hein ? Eh bien, je vais vous parler sans ambages, puisque vous ne savez pas cela : pour qu'une fille se déshabille, il faut d'abord l'habiller. La vie est comme ça.

Non, il ne s'agissait pas d'une vedette, d'un mannequin, d'une Miss Quelque Chose en folles vacances. Ni même d'une actrice de cinéma décente, digne, prête à faire travailler sa langue mais uniquement si le scénario l'exige. Non, rien de tout cela. À qui pensez-vous ? À une lauréate du festival de Benidorm ? À une Miss Espagne qui aurait rougi de son titre ? À une déléguée à la culture du Parti socialiste ouvrier espagnol ? Vous gelez, vous gelez. Je suis tombé amoureux d'une petite jeune qui ne savait encore rien de la vie, on a ses sentiments, comprenez ça, on se laisse émouvoir par un regard pur, et quand on s'attendrit, on se sent tenté de contribuer aux bonnes œuvres en faveur de la sainte enfance.

— Nom de la victime ? demanda diligemment Méndez.

— Pourquoi voulez-vous le savoir ? Cela relève de ma vie privée.

— Je vous ai dit qu'il s'agissait d'une vérification de routine, mais comme il y a un cadavre dans cette histoire, il faut que j'aille jusqu'au bout. Si vous ne voulez pas m'aider, je devrai tout vérifier par mes propres moyens, en demandant à n'importe qui. Ce serait bien dommage.

— En demandant à n'importe qui?

— C'est cela.

— Mieux vaut que nous collaborions, vous et moi, monsieur Méndez. Je vous aide, vous m'aidez, et tout ira bien. C'est comme ça que devrait aller le monde. La fille s'appelle Lourdes, Lourdes Roca. Quand je l'ai rencontrée, elle vivait dans un baraquement de cheminots.

— Je me souviens d'elle. Son adresse actuelle?

Et qu'est-ce que j'en sais, maudit flicard? Les années passent, vous devriez le savoir mieux que personne, vu comment vous les portez. Les fillettes à la peau de pêche ont une certaine propension à voir leur peau acquérir une dignité de raisins secs. Et cela se voit. Les amours éternelles durent aussi longtemps qu'il reste encore des positions à essayer, mais elles meurent doucement une fois qu'on s'est farci la fille en étant tous les deux suspendus à un trapèze, amen. Moi, voyez-vous, satané poulet, je suis un homme compréhensif, et j'ai de plus une certaine tendance à la spiritualité. Dans les années où je payais à Lourdes les factures de Mme Ros, une couturière raisonnable et surtout discrète, nous étions entrés dans une longue phase terminale, cela depuis le jour où je m'étais aperçu que Lourdes m'excitait davantage quand elle était bien habillée, quand elle se mettait un petit vernis de civilisation, parce que nue, elle me rappelait les origines de l'espèce, des origines qui, comme vous savez, furent totalement dépourvues d'imagination. Son corps, par lui-même, ne me disait plus rien. Je me rendis compte que peu à peu je commençais à souhaiter ne plus l'avoir dessus, ou si vous préférez dessous, mais les femmes sont un piège pareil à Pompéi, sale policier, vous ne vous en doutez pas, parce que vous n'avez pensé à elles qu'en buvant dans la sacristie le vin réservé à l'office. Le pire est ce qui s'est passé après, l'histoire de l'accident et de la chaise roulante, quelle patience il arrive qu'on exige d'un homme !

Méndez, qui prenait des notes, battant son propre record avec un mot sur cinq, ferma brusquement son calepin noir.

— Chaise roulante ? demanda-t-il.

— Eh oui, chaise roulante. Elle a dû, pendant un certain temps, se déplacer avec et faire je ne sais combien d'exercices de rééducation. Une montagne d'exercices, qu'il fallait payer, de cliniques qu'il fallait payer, de médecins qu'il fallait payer. Vous voyez ça d'ici. Alors, moi, je m'engluais de plus en plus dans les questions d'argent, je devais puiser dans les contributions sociales, je risquais que n'importe quel comptable ou n'importe quel petit con aille raconter l'histoire à ma femme. Et l'ingratitude, avec ça. L'ingratitude, c'est le pire, monsieur Méndez, et vous pouvez me croire, parce que je suis quelqu'un de sensible.

— Elle n'a pas su mesurer la valeur de votre aide ?

— Eh non, monsieur Méndez, eh non ! C'était plutôt le contraire. Elle me détestait parce qu'elle savait qu'elle ne me plaisait plus, que je l'avais écartée de mes pensées, et du coup elle s'est mise à détester tous les hommes, à les considérer comme ses ennemis. C'est allé si loin qu'elle avait dans le regard un je ne sais quoi, comme une épée de glace, qui m'a amené à avoir peur. Pendant certains moments de réflexion, j'ai eu peur, je n'ai pas honte de le confesser.

Méndez se racla la gorge.

— Vous aviez peur d'une femme qui ne pouvait se déplacer que dans une chaise roulante ? demanda-t-il à voix basse. Allons donc !

— Eh bien si, je vous l'affirme, parce que c'est la vérité. Vous n'imaginez pas la force qu'elle avait. Comme il fallait qu'elle se serve en permanence de ses bras, à la fin elle les avait comme ceux d'un champion de lutte. La chaise roulante, c'est pas rien, monsieur Méndez. À n'importe quel instant, elle aurait pu vous crocheter et vous tordre le cou, comme ça, couic ! Comme les temps changent, et les femmes donc, monsieur Méndez, comme ils changent ! La même qui naguère vous caressait le petit oiseau d'une main, maintenant, elle était capable de l'attraper pour le couper en deux, pardonnez la délicatesse de la métaphore.

Méndez pardonna.

— C'est vrai qu'après, pour recoller les morceaux..., dit-il. Bien sûr.

— En plus, il y avait qu'elle avait changé de façon de s'habiller.

— Qu'est-ce qu'elle avait, sa façon de s'habiller ?

— Eh bien, quand elle s'est mise à détester les hommes, elle est devenue une féministe de choc, monsieur Méndez. Elle a cessé d'accepter ce qu'elle acceptait avant, je veux dire une certaine infériorité de la femme, raisonnable et bien admise de part et d'autre. Je ne parle pas d'infériorité dans les magasins, mais au lit. Mais elle, même pas ça. Elle voulait nous attaquer, les hommes, avec nos propres armes. Elle s'habillait comme un mec, elle était capable de se battre comme un mec. Parfois, en la regardant, on se disait, c'est pas possible, une bonne femme comme ça ! D'ailleurs, elle ne pouvait plus servir à rien, on n'allait pas la mettre dans un lit avec sa chaise et tout ça. Comme dit la loi, elle était devenue totalement inapte à supporter les conditions normales et habituelles de travail.

Méndez posa ses deux mains sur la table.

Tout à coup, il avait eu froid. Il avait senti comme un doigt, venu d'on ne sait où, lui agacer l'épine dorsale.

Parce que quelques éléments clairs et concrets s'étaient désormais fichés dans son esprit : des habits d'homme, une force d'homme. Et la haine des hommes. Surtout ça, se dit-il : la haine, oui, peut pousser quelqu'un à sillonner les nuits de la ville, même sur une chaise roulante.

Il eut l'impression que tout était résolu, qu'il était au bout de ce long chemin. Il pensa : « Ça y est. » Et cela lui procura un frémissant sentiment de soulagement.

— Il faut que je voie cette femme, murmura-t-il. Je dois la rencontrer, par n'importe quel moyen.

— Ça ne sera pas facile, du moins si vous comptez sur moi.

— Vous avez cessé toute relation avec elle ?

— On ne peut pas rester indéfiniment en rapport avec une femme de ce genre. Avec le temps, j'ai fini par perdre sa piste, et je crois que c'est mieux comme ça.

— Mais peut-être qu'elle pensait le contraire ? Elle n'a rien fait pour se mettre en contact avec vous ? Pour vous demander de l'argent, je veux dire, c'est une sorte de contact que l'on considère finalement comme assez raisonnable.

— Rien.

— Lourdes Roca... Je suppose qu'elle n'est pas dans l'annuaire.

— Bien sûr que non.

— Quel était son dernier domicile ?

Alfredo Cid se rencogna dans le fauteuil, roula des yeux blancs, tortura sa mémoire.

— Une fois, elle m'a demandé de l'argent, je m'en souviens maintenant, alors qu'elle habitait une pension près du Puente de Marina. Pensión La Costa, elle s'appelait. Oui, c'est cela. J'y suis allé un dimanche pour lui porter l'argent, et je ne l'ai jamais revue depuis. Un de ces dimanches où il pleut, un de ces dimanches où on saute du lit, où on regarde sa femme, puis la fenêtre, et où on se rend compte que la ville vous dégoûte. Et tout ça, en craignant que ma douce moitié n'ait eu la fantaisie de me suivre.

Méndez dit :

— Vous ne pouvez savoir à quel point je compatis, monsieur Cid.

Alfredo Cid, homme sensible s'il en fut, ne remarqua rien de particulier dans cette phrase.

— Oui, dit-il. Heureusement qu'il y a quelqu'un pour me comprendre, monsieur Méndez.

Méndez se leva et se dirigea vers la porte.

— Je consacrerai cette fin de semaine à pleurer, assura-t-il.

À nouveau la Diagonal, où de plus le vent s'était mis à souffler.

Il ne manquait plus que ça.

Si vraiment cet air pur parvenait à s'introduire dans ses poumons, il pouvait provoquer, comme la radioactivité, une série de destructions en chaîne.

Il fit au plus vite pour retrouver sa table du commissariat, devant laquelle il respira profondément, sortit une bouteille de cognac d'un tiroir, renifla le bouchon comme le lui prescrivait le médecin, prêta attention aux voix et à l'activité culturelle de la rue, et commença à se sentir mieux.

Il chercha dans les fiches du commissariat et demanda, par téléphone, qu'on regarde dans les archives de la préfecture.

Lourdes Roca.

Rien.

Il demanda des renseignements sur la pension La Costa.

Rien de particulier. Une bagarre avec lésions diverses. Un avortement dans les toilettes. Des abus déshonnêtes dans l'ascenseur. Un Turc parti sans payer, après avoir mis enceinte la sœur de la patronne. Un client qui avait laissé sa femme en gage et n'était pas revenu. Un hôte vêtu en torero, qui s'était enfui par le balcon en oubliant sa cape. Enfin, la vie de tous les jours, la vie qui passe.

Méndez demanda aux agents d'une voiture de patrouille de le déposer là-bas, dans la zone du pont. Ils acceptèrent de le prendre mais, comme il y avait un appel juste à ce moment-là, faillirent l'éjecter en marche. Méndez put se raccrocher d'une main à un réverbère, de l'autre au sac à main d'une passante. Il vivait une journée extrêmement agitée.

Et voilà, c'est là que s'étirait le Puente de Marina, vide et solitaire, attendant les hommes qui s'entraînent pour le dernier voyage. Les ruines de la gare du Nord, en contrebas, où subsistait encore quelque carreau douteux, quelque rêve de fumée qui allait jusqu'à Bilbao, quelque onaniste officiant devant le mur, quelque putasse poireautant sur une voie désaffectée. Et la pension, Méndez, la pension, une bâtisse semblable à toutes les autres autour, où le vide de la vie vous attend dans chaque chambre et se met au lit avec vous. Sors au balcon, Méndez, scrute la Calle de Sancho de Ávila, regarde le building du Service municipal des Pompes funèbres, une merveille architecturale digne qu'on la contemple avant de partir au boulot.

— Lourdes Roca ! Oh la la ! Ça fait des années qu'on l'a pas vue !

— Pas tant que ça : je crois qu'elle était venue peu de temps après avoir eu un accident.

— C'est cela : un accident. Et elle était très déprimée, croyez-moi. Elle arrivait pas à remonter la pente, et en plus son mec l'avait abandonnée. Si vous saviez tout le mal, tout le mal qu'il est arrivé à lui faire, ce porc !

— Elle avait encore besoin d'une chaise roulante, quand elle est arrivée à la pension ?

— Non, elle en avait plus besoin, mais elle s'en

était servie longtemps. Elle avait une force dans les bras, vous pouvez pas imaginer. Et elle s'habillait comme un homme. Parfois, si on la croisait dans le couloir et qu'on la voyait à contre-jour, on se demandait : mais qu'est-ce que c'est que ça ?

— Pourquoi est-ce qu'elle est partie d'ici ? Elle n'était pas bien, dans cette pension ? Ou bien c'était vous qui ne la trouviez pas à votre goût ? Avec la force qu'elle avait, elle ne s'en serait pas prise à un homme, par exemple ? À moins qu'elle n'ait accroché un retraité au lustre de la salle à manger ?

— Elle est partie par manque d'argent, je vous jure que c'est pour ça. Jésus Marie Joseph, ce qu'on lui a pas passé ! Des semaines et des semaines sans payer une peseta, mais par contre bien à l'heure à tous les repas, bien ponctuelle, la pauvre petite, et un bien bon appétit. Elle a fini par comprendre que ça allait pas et elle s'est esbignée. Tout ça en confiance, amicalement, légalement. Si les voisins vous racontent que mon mari l'a menacée avec son rasoir, c'est un mensonge.

— Vous savez où elle est allée ?

— Non, mais je suppose qu'elle aura trouvé une autre pension meilleur marché. Son mec lui donnait plus du tout d'argent. Rien, pas un rond. Elle m'a dit un jour qu'elle le haïssait et qu'elle voulait plus le supplier.

— Elle n'est jamais repassée par ici, comme ça, à l'occasion ? Elle n'a pas appelé pour dire où elle était ? Rien, pas un mot ?

— Eh bien, peut-être, si... Laissez-moi me souvenir. C'est vrai, une fois je l'ai rencontrée par ici, près des arènes. Elle m'a dit qu'elle avait échoué

Calle de Lafont, derrière le Paralelo. La pension s'appelait La Trina, je ne sais plus. Ou La Esquina.

Allez, Méndez, prends ton courage à deux mains et retourne au Paralelo, après tout c'est là qu'est ta patrie. Tu as grande envie d'y retourner, mais pour cela il faut traverser la moitié de Barcelone, sapristi, et tu n'oses pas emprunter les transports en commun, les secousses te laissent le squelette à moitié en morceaux, comme s'il était en faïence de lavabo. Ah, si tu pouvais arriver au Paralelo en faisant le tour par la mer, de préférence sur une des dernières créations du génie naval dont tu as entendu parler, peu importe laquelle, peu importe que ce soit la *Pinta*, la *Niña* ou la *Santa María*.

Et voici déjà la pension, qui en fin de compte ne s'appelle ni La Trina ni La Esquina, mais La Mina. Voici une petite chambre, très petite, où tiennent tout juste une armoire, une chaise, un lit, une femme couchée sur le dos, un homme couché sur le ventre, un tableau représentant une grappe de raisin et un autre qui résume en lui toute l'histoire naturelle, car il donne à voir un cruchon de vin. La minuscule pièce possède un balcon, tout de même, elle a des horizons, on aperçoit la tour de l'église Santa Madrona, les trois cheminées de l'usine d'électricité, la chambre d'une fougueuse veuve qui mène ses affaires à heures fixes, alléluia.

— Lourdes Roca? demanda Méndez après s'être imprégné de cet univers.

— Oui. Elle a vécu ici un certain temps. Mais elle exerçait pas la prostitution, dites, elle recevait pas d'hommes, il faut que ce soit clair, elle se déshabillait pas dans l'entrée, elle faisait pas le pied de grue. Si on vous dit que je raquais pour elle à la porte, vous pouvez jurer que c'est un mensonge.

— Bien sûr, dit Méndez. Donc, ici, elle ne recevait pas d'hommes.

— Non. Ça, c'est plus tard. Ailleurs.

— Donc, vous savez où elle est allée en partant d'ici.

— Bien sûr que je le sais. Elle venait de temps en temps me voir, la pauvrette. Elle était très abattue. Elle manquait d'argent et il fallait bien qu'elle fasse ce qu'elle pouvait, c'est-à-dire pas grand-chose. Moi, ici, je l'ai aidée comme j'ai pu, il faut dire ce qui est. J'ai été une sœur pour elle. Je lui ai dégotté quelques amis de première.

— Mais alors, c'est pourtant vrai qu'elle recevait des hommes...

— C'étaient pas des hommes, c'étaient des messieurs.

— Rares sont les gens qui ont les idées aussi claires que vous, dit Méndez avec conviction. Tant que j'y pense, *Hommes et messieurs* ça pourrait faire un bon titre de film.

La patronne ne l'écoutait pas.

— Après, elle a dégringolé la pente. Elle était très négligée, pas vraiment présentable. Elle était pas non plus aimable avec les messieurs, et on peut pas travailler comme ça. Elle en est arrivée à devoir plusieurs semaines pour la chambre, qu'elle devait me payer en fonction des heures où elle s'en servait. Alors je lui ai dit : ma petite, je t'aime beaucoup, tu sais que je t'aime beaucoup, mais ici c'est une maison sérieuse et, à vrai dire, tu as fait ici des choses qui ne me plaisent pas.

— Alors, elle est partie...

— Elle est partie de son propre gré, que cela soit bien clair.

— Vous savez où elle est allée ?

— Bien sûr. Je lui ai réclamé son arriéré plusieurs fois, ça oui, bien gentiment, mais ça n'a servi à rien. J'ai dû aller la voir là où elle s'est réfugiée, vous voyez. Elle a vécu quelque temps à la pension Diamante, je crois que c'est vers la Calle de San Rafael. Je ne sais plus exactement, parce que j'y vais les yeux fermés, mais vous n'aurez qu'à demander : pension Diamante.

— Je n'irai pas les yeux fermés, mais les narines grandes ouvertes, promit Méndez.

Descends encore quelques marches, Méndez, plonge-toi complètement dans ces quartiers qui sont les tiens et ceux de tes semblables. Du Paseo de Carlos I et du Puente de Marina (où l'on trouve du moins des espaces ouverts et des hectares entiers de lumière offerts à la consommation privée), tu es descendu jusqu'à la Calle de Lafont, où l'on trouve seulement l'arrière du Paralelo, son enchevêtrement d'auvents, d'issues de secours et de chambres lilliputiennes où les girls s'enferment avec du pain, de l'eau et des rêves. Mais dans la Calle de Lafont il y a de la vie, Méndez, de ses balcons on entend les chansons du Paralelo, de ses galeries les engueulades des couples en fin de mois. Maintenant, descends jusqu'à la Calle de San Rafael, jusqu'aux filles orphelines qui te contemplent d'un regard perdu, jusqu'aux mères qui continuent à descendre travailler alors que leur ventre est déjà gonflé.

— Lourdes Roca ?

— Oui, je vois.

Le patron de la pension était un homme aimable. Il laissa là son journal sportif, sa boîte de bière, le postérieur de la femme de chambre, uniquement pour s'occuper de Méndez.

— Elle a vécu ici quelque temps, dit-il. C'était une femme lessivée, de celles qui n'avancent plus dans la vie que cahin-caha, elle ne plaisait plus aux hommes parce qu'elle était abîmée et qu'en plus elle les traitait mal. Pourtant, on voyait que ç'avait été une belle femme, très belle, de celles qui ont dû donner du fil à retordre à certains.

— De quoi vivait-elle ?

— Ça alors, quelle question, monsieur Méndez ! On dirait que vous venez d'un autre quartier ! Elle vivait de ce que vous pensez. Que pensiez-vous que j'allais vous dire ? Qu'elle était pucelle ?

— Savez-vous si elle travaille encore dans un bar du coin ?

— Si elle travaillait par ici, vous la connaîtriez, monsieur Méndez. Elle a disparu.

— Savez-vous où elle est allée ?

— Mais qu'est-ce que vous racontez ? Je lui ai pas demandé. Il faut de tout pour faire un monde, non ? Eh bien justement : vous, vous n'arrêtez pas de poser des questions, mais moi je n'en pose aucune. Elle est partie parce qu'elle ne payait pas, et à la grâce de Dieu. Je la traitais comme un père, mais à la fin j'ai dû lui dire : écoute, ma petite, ça ne peut pas durer comme ça. Et elle est partie.

— Est-ce qu'elle recevait la visite d'une femme qui tenait une pension de famille Calle de Lafont ?

— Oui, monsieur Méndez. En voilà une autre, tiens ! Elle lui procurait quelques coups, à condition qu'elle fasse ça dans la chambre qu'elle occupait avant et qu'elle la loue à l'heure, en plus d'une commission. Mais je crois qu'elles ont fini par se crêper le chignon, parce que Lourdes ne la payait pas non plus. C'est qu'on ne peut pas tirer son argent des hommes et passer la journée à les insulter, dites ! Avec les femmes, c'est différent, il faut bien le dire, monsieur Méndez. On peut vivre d'elles et passer ses journées à les insulter. Elles aiment ça.

La femme de chambre propriétaire du postérieur dit :

— Tais-toi, cochon !

— Et elle n'a laissé aucune adresse, aucun numéro de téléphone, au cas où ? Rien du tout ? demanda Méndez.

— Elle n'a rien laissé et je n'ai rien demandé. Avec ce genre de femmes, il vaut mieux briser tous les ponts. Excusez-moi...

Et il retourna à son journal sportif, à sa boîte de bière et à la machine articulée, d'une extrême complexité, qui servait à la femme de chambre pour s'asseoir. Soit les trois activités les plus nobles d'un homme qui sait ce que peut lui apporter la vie.

Ce fut la femme de chambre qui dit, après trois ou quatre dandinements :

— Moi, la Lourdes, je l'ai vue, une fois.

— Oui ?

— C'est dingue où elle en est arrivée. Pourtant, on voyait que ç'avait été une chouette fille, hein ? Ça se voyait.

— Où l'avez-vous vue ?

— Calle de la Cadena. Elle m'a dit qu'elle habitait à la pension Lys, ou Lily, je ne sais plus.

Méndez dit :

— Suffisait de le dire. La pension Pili.

Et, en bon connaisseur du terrain, il se dirigea vers la pension Pili. Tu te rends compte que tu descends chaque fois un peu plus bas, Méndez ? Non pas que la Calle de la Cadena soit pire que la Calle de San Rafael, pas du tout. La Calle de la Cadena est même une rue historique car c'est là, si tu te rappelles bien, qu'on a tué le *Noi del Sucre,* quand tu n'étais pas encore là pour attraper les coupables après d'audacieuses poursuites. Mais c'est une rue plus triste, du moins c'est ce qu'il te semble, parce que c'est Calle de la Cadena que vont mourir ceux qui ont fini par se lasser de lutter Calle de San Rafael, pendant les années où ils avaient encore la raie ou le nœud en bon état de fonctionnement. Ici, les pensions baignent dans une lumière encore plus âcre, ce sont des pensions pour vieilles, pour chats, pour perroquets vicieux et pour gisants, voilà où une femme comme Lourdes aura ruminé son ultime solitude et son ultime déroute. Le lit est l'instrument de travail le plus cruel qui existe, Méndez, parce que quand on en a vraiment besoin, il vous rejette.

Tu y es, c'est la pension, Méndez. Comme ton parcours est long aujourd'hui, comme les pieds vont te faire mal quand enfin tu ôteras tes chaussures pour les mettre à la fenêtre pour qu'ils respirent. Dans cette pension-ci, il n'y a pas de patron en rut ni de femme de chambre au postérieur historique ; seulement deux chats qui, toujours la même chanson, s'accouplent sur un balcon en saccageant les pots de fleurs. Et d'après ce qu'on entend crier, Méndez, le chat est un saint, mais la chatte, cette racoleuse, cette gourgandine, appartient à une ennemie de la patronne. Elle a de qui tenir, c'est ce que tu entends qu'on jure, elle a de qui tenir.

— Lourdes Roca ?
— C'est pour quoi ?
— Elle vit toujours ici ?
— Oui.

Méndez leva les yeux au ciel, qui comble de bienfaits les justes et console les impuissants, *gloria in excelsis Deo*.

Enfin !

Sa pérégrination touchait à son terme.

Il fut sur le point de retirer ses chaussures en ce lieu même.

— Elle est là en ce moment ?
— Non, tout de suite, non. Il se peut qu'elle travaille, encore que ça m'étonnerait.
— Quel genre de travail ?
— Qu'est-ce que vous en pensez ?

Après mûre réflexion, Méndez annonça :
— Trottoir.
— Exact.
— Elle a un endroit déterminé ? Je veux dire une pension, un meublé, un musée, où elle ferait ça habituellement ?
— Elle loue un appartement, peut-être une simple chambre, je sais pas, Calle del Mediodía. C'est là qu'elle joue au bilboquet, parce que j'allais pas la laisser faire ici, pensez donc ! Si c'était dans le genre discret, avec un monsieur dans votre genre, qui devez pas remuer beaucoup, j'admet-

trais encore, mais d'la façon dont elle le fait, non, pas question !

— Comment est-ce qu'elle fait ça ?

— Apparemment, elle a des clients réguliers, qui y vont tous à la fois et qui en plus font du boucan. Enfin, je sais pas, c'est ce qu'on m'a dit.

Méndez supplia :

— Une chaise, s'il vous plaît.

Il avait besoin de s'effondrer, n'importe où.

De petites gouttes de sueur apparurent sur ses tempes. Un nom, un seul, volait d'un côté à l'autre de sa mémoire.

La Tere.

C'était donc la Tere.

Il était entré dans le logement de la Calle del Mediodía. Il avait vu la chambre, qui sentait l'eau de Javel et le mâle convenablement frotté. Le couloir pour continuer de descendre la pente. La fenêtre pour sauver un enfant de l'asphyxie. La cuisine lugubre où cuire la viande d'un voisin mort.

Méndez ne se souvenait presque jamais du royaume des justes, mais il balbutia :

— Oh, Seigneur !

Et de nouveau la même pensée :

C'était donc la Tere.

Cette Tere qu'il ne connaissait pas encore, mais qu'il avait cherchée plus d'une fois aux coins des rues nocturnes, c'était Lourdes Roca. Naguère la maîtresse d'un homme tel qu'Alfredo Cid, elle était descendue, marche après marche, jusqu'au puits qui invariablement vous attend en bas. Les rues t'ont enseigné que la vie est comme ça, Méndez, pourtant tu ne peux t'empêcher de ressentir une sorte de vertige, une douleur molle, lointaine, certainement inutile.

— Qu'est-ce qui vous arrive ?

Méndez parvint laborieusement à se remettre debout.

— Je sais aussi autre chose, maintenant, murmura-t-il.

— Quoi ?

— Lourdes Roca a un nom de guerre : Tere. Vous ne le lui avez jamais entendu prononcer ?

— Non. Jamais.

— Je pourrais voir sa chambre ?

— Vous allez être surpris. Elle ressemble pas aux autres chambres de la maison.

— Comment ça ?

— Vous allez voir.

Méndez comprit dès qu'il fut entré. Évidemment, qu'elle n'était pas comme les autres chambres de la maison. Il avait pu discerner les autres, par les portes entrouvertes : un lit défait, une culotte sale, une revue jetée par terre, des posters allant d'Elvis Presley à un paysage tyrolien, de Manolo Escobar à la cathédrale de Burgos surmontée de la légende *Conozco España*. Et la solitude, la solitude flottant dans l'air, une ampoule électrique au-dessus du lit, un miroir où ne pouvait se regarder qu'une femme brisée. La chambre de Lourdes-Tere, au contraire, était bien rangée, elle semblait propre, et il y entrait un dernier rayon de soleil. On y entendait les trilles d'un oiseau prisonnier et les cris d'une voisine manifestement libre. Il y avait une table avec une lampe, un cahier, de grandes étagères avec des livres, tous des livres de voyage, et un dictionnaire encyclopédique, dont un des volumes était ouvert sur la table et recevait les adieux du soleil. Méndez se pencha et put lire les lignes soulignées au crayon : « Srinagar, ville de l'Inde, capitale d'été du Cachemire, 355 241 habitants. Produits : artisanat traditionnel de bijoux en filigrane, objets en cuivre repoussé et nickelé, tapis, etc. Filés de laine et de soie. »

XV

Écrit sur l'eau

Le commissaire se gratta la nuque.
Il dit :
— Non.
Méndez insista :
— Signez-moi un ordre de garde à vue contre cette femme. Vous ne risquez rien. Si elle est innocente, je le saurai avant la fin des soixante-douze heures : ensuite, je la relâche, je lui présente mes excuses et je lui fais cadeau d'un exemplaire de la Constitution, avec les commentaires d'Oscar Alzaga. Si elle est coupable, l'affaire est résolue une bonne fois pour toutes. Qu'est-ce qu'il y a là-dedans qui ne va pas ? Pourquoi est-ce qu'on resterait les bras croisés ?
Le commissaire se borna à répéter :
— Non.
— Mais pourquoi ?
— L'affaire ne relève pas de ce commissariat.
— Mais cette femme est du quartier.
— Je vous ai dit non.
— Je la retiendrai moins de soixante-douze heures. S'il le faut, je lui paierai le coiffeur après.
— Non.

— Je demanderai l'accord de la Criminelle.
— Non.
— Je l'inviterai à dîner.
— Non.
— Je demanderai ma mutation dans un autre commissariat.
— Oui.
Méndez respira à fond.
Il est toujours émouvant de constater l'affection que l'on vous porte.
— Alors, c'est d'accord, monsieur le commissaire, dit-il. C'est tout simple, vous voyez.
— Oui, c'est d'accord, Méndez, mais demandez votre mutation dès aujourd'hui. Cela dit, je serais navré que vous nous quittiez sur un mauvais souvenir. J'ai l'intention de faire un geste.
— Ne prenez pas cette peine.
— Mais si, mais si !
— Alors, j'espère que ce sera bouleversant. Que pensez-vous faire ?
— Je vais donner votre nom au crachoir que nous allons acquérir, avec les fonds du ministère.
Méndez ne se laissa pas impressionner le moins du monde.
— Pourquoi pas, si c'est un crachoir de style, dit-il. Pas un de ces affreux ustensiles de métal qui servent aussi de cendrier, de corbeille à papier et de feu tricolore. J'exige un crachoir en vieille faïence.
Il prit le mandat d'arrêt et sortit.
Les rues n'attendaient que lui.
Bon, maintenant il s'agit de chercher, Méndez, mais ce n'est pas si difficile, après tout, tu vas monter un très efficient dispositif devant la pension où

elle habite, et voilà tout. Même s'il y a énormément de clients qui entrent quatre par quatre, forniquent deux par deux et payent un par un, elle finira par revenir à sa chambre. Elle s'affalera sur le lit et regardera la fenêtre noire. À ces heures-là, il y a déjà des milliers de femmes qui n'ont plus rien à regarder qu'une fenêtre noire, Méndez, et encore, c'est une vue qu'elles payent à tempérament. Il n'y a aucune raison que Lourdes-Tere fasse exception, Méndez. Elle reviendra.

Ce fut Méndez qui revint le premier.

— Je vais l'attendre dans sa chambre.

Le patron de la pension dit :

— Je ne crois pas que vous en ayez le droit, mais vous pouvez rester aussi longtemps que vous voudrez. Tout ce que je vous demande, c'est qu'il n'y ait pas de chambard quand elle rentrera, parce que ça peut gâcher leur affaire à ceux des chambres à côté, vous voyez ce que je veux dire. Et qu'elle ne me crée pas d'emmerdes ; si elle pose la question, vous lui direz que je ne vous ai pas du tout aidé, vous me suivez ? Mais pas du tout.

— Ne vous en faites pas, dit Méndez. Je lui jurerai que je suis entré par le balcon.

Au bout d'une heure, elle n'était toujours pas là, ni au bout de deux heures, ni de trois, ni de quatre. Lourdes-Tere avait dû avoir beaucoup de clients, ou alors un seul mais qui l'avait épuisée. Méndez en profita pour fouiller la chambre de fond en comble et constata que tous les livres de voyage, absolument tous, comportaient des paragraphes soulignés et des photos encadrées, qui semblaient avoir puissamment attiré l'attention de la fureteuse. Il y avait aussi des tas de prospectus d'agences touristiques avec, sur chaque carte, des itinéraires signalés par des flèches et même certains endroits marqués d'une croix. On avait l'impression que la personne à qui tout cela appartenait avait passé sa vie à voyager, alors que Méndez savait toutes les années qu'elle avait passées sans sortir de Barcelone, des quartiers les plus tristes de la ville. Il constata également qu'on trouvait dans son armoire des vêtements discrets, presque élégants, de petites fanfreluches et des bijoux crépusculaires dont chacun, se dit-il, recelait sans doute quelque rêve éteint.

Avec ces vêtements et ces accessoires, Lourdes-Tere pouvait faire bonne figure à des réceptions dans des appartements de quatre-vingt-dix mètres carrés, à des goûters charitables en faveur du pauvre de l'immeuble, voire même à un enterrement de classe moyenne.

À la fin, Méndez s'endormit.

Il se sentait bien, allongé sur le large lit, en face de la stimulante fenêtre noire. Méndez ne savait dormir que dans les pensions, sur les bancs de tribunal et à sa table du commissariat. Il lui arrivait parfois aussi de dormir dans les églises, mais seulement quand on célébrait un enterrement, avec trois officiants au moins.

Il fut réveillé par les premières clartés de l'aube.

Il dit :

— Merde.

Il régnait déjà un peu d'animation sur les galeries de la cour, des maris demandaient à grands cris où était le déjeuner, des épouses demandaient à grands cris où était l'argent, de jeunes dévotes demandaient où était l'eau chaude, leurs clients occasionnels demandaient où était la sortie. Mais de Lourdes Roca, pas trace. Elle n'était pas rentrée dormir.

Méndez réfléchit à toute vitesse. Ce maudit patron l'avait prévenue, lui avait dit qu'il était là en train de l'attendre. Et Lourdes avait pris le large ; pour le dire plus élégamment, elle avait foutu le camp.

C'était la seule façon d'expliquer ce qui se passait. Méndez se leva, chercha ses souliers, réussit à les enfiler et reçut de plein fouet, quand il se planta au milieu de la chambre, tout le sordide de cette matinée, la tristesse du premier réveil qui sonne, du premier frisson, du premier contact avec une vie qui se répète. Il sortit en chancelant.

Il chercha la chambre du patron. On ne pouvait pas se tromper, car c'était la seule du couloir sur laquelle était inscrit à la craie, en grandes lettres qu'on n'avait pas bien effacées, le mot « Connard ».

Il le trouva en compagnie de sa femme.

Enfin, ce n'était peut-être pas sa femme, car il s'agissait d'une Noire. Mais Méndez était toujours disposé à disculper son prochain.

Il grogna :

— Elle n'est pas venue.

— Je vous jure que je sais rien. Dieu me préserve de vouloir vous doubler, monsieur Méndez.

— Pourtant, quelqu'un l'a fait.

— Ça m'étonnerait, monsieur Méndez, parce qu'ici, chacun s'occupe de ses oignons. C'est vrai que ça m'étonne aussi que Lourdes soit pas rentrée. À part un soir où elle avait reçu une raclée, comme ça, à moitié amicalement, et où elle a dû aller aux urgences, elle a toujours été là le soir.

Et il dit à la Noire :

— Toi, demande à monsieur Méndez s'il désire quelque chose.

Monsieur Méndez ne désirait rien. Il se contenta de demander :

— Pourquoi a-t-elle tant de livres dans sa chambre ?

— Eh bien j'en sais rien, parce que les livres ça arrange pas la santé. Mais c'est tous des livres de voyage, comme vous avez dû voir. De temps en temps, elle va au marché de San Antonio, le dimanche matin, et elle achète de vieux numéros de la revue *Viajar* ou du *Geographical Magazine*, je sais pas comment on prononce. Elle prend des notes, elle apprend tout ça par cœur. Parfois, elle vous laisse sur le cul, parce qu'elle en sait plus que l'ambassadeur du Béloutchistan. Vous vous rendez compte, une femme qui est pratiquement jamais sortie de Barcelone !

La Noire protesta.

— Moi non plus, je suis jamais sortie, si tu vas par là.

— Et alors ?

— Un jour, tu m'as dit qu'on irait à Lérida.

— On ira, quand tu m'auras fait ce que je t'ai dit.

— Et c'est quoi que tu veux que je te fasse, espèce de cochon ?

Méndez, conscient que l'Espagne est un creuset de races, se hâta de rétablir la paix raciale. Tout en faisant signe à cette Noire excitée de reprendre la position horizontale, qui lui convenait mieux, il demanda :

— Et pour qui est-ce qu'elle étudie tout ça ?
— Qu'est-ce que j'en sais !
— Pour quelqu'un de la pension ?
— Si Lourdes se mettait à réciter ces couillonneries dans la salle à manger de la pension, c'est son foie à elle qu'on servirait en second plat.

— Mais je ne pense pas non plus qu'elle le fasse par caprice, murmura Méndez. Un ami, peut-être ? Quelqu'un à qui elle rend visite ? Essayez de vous souvenir.

— Ma foi oui, c'est peut-être pour briller devant quelqu'un qu'elle connaît. Mais pourquoi me demander à moi ? Je sais rien des relations qu'elle peut avoir, cette femme. Pas vrai, ma poulette ?

Méndez marmonna :
— Faites un effort, encore. Est-ce qu'on lui téléphone ?
— Non, personne.
— Est-ce qu'il lui est arrivé de mentionner un nom, une rue, un endroit quelconque ?

Le patron haussa les épaules.
Mais la Noire dit :
— Calle del Rosal.
— Quoi ?
— Calle del Rosal.
— Qui connaît-elle là-bas ? Elle vous l'a dit ?
— Ça doit être une amie. Ou un ami. J'en sais rien. Ou bien, c'est peut-être des histoires. Ça la regarde.

Méndez se sentit soudain tout faible. Il dut s'asseoir sur le lit.

Sans s'en rendre compte, il dut le faire d'un air provocant (ou bien, qui sait, peut-être y avait-il chez lui quelque chose de naturellement provocant), car la Noire dit :

— Ah ça, avec deux mecs, non ! Jamais.

— Ne t'en fais pas, susurra Méndez. De toute façon, ce serait avec un seul. Tout ce que je pourrais faire, moi, ce serait te donner de bons conseils pour que ça marche bien, ça d'accord.

Il sentit au même moment que le sang cessait d'irriguer ses jambes. Il sentit que sa gorge se desséchait. Il sentit même que ses pieds cessaient de lui faire mal. Il lui sembla — chose qui ne lui était presque jamais arrivée — qu'une main froide se posait sur sa nuque et s'y installait comme une pesante menace.

Ainsi donc, Calle del Rosal...

Cette «amie» dont on venait de parler, est-ce que ça pouvait être la veuve de Paquito ?

Est-ce qu'elle risquait de mourir, elle aussi ?

Est-ce qu'elle pouvait être la prochaine victime ?

Est-ce que Lourdes, au lieu de rentrer à la pension, était allée là-bas ?

Méndez se releva.

Avec toutes ces pensées à la fois, il n'y voyait plus rien.

— Il faut que je file à toute vitesse, dit-il avec énergie, pour voir s'il y croyait lui-même.

Et il se dirigea vers la porte de la chambre.

La Noire dit :

— Faites attention.

— Pourquoi ?

— Vous oubliez vos souliers.

Méndez fit demi-tour pour les prendre, en grommelant :

— C'est curieux que j'aie laissé les deux ! Normalement, je n'en oublie qu'un.

*

Calle del Rosal. Lumière du matin, lumière sordide d'une journée qui commence et te présente tout ce qu'il va y avoir à faire, Méndez. C'est la lumière que tu détestes : elle ne te proposera pas le visage d'un poète, mais d'un livreur de limonade ; d'une courtisane, mais d'une marchande de légumes ; d'une épouse infidèle, mais de son mari qui renifle les draps pour y chercher ta trace ; pas même d'un politicien qui t'invite à dîner et te raconte qu'il va sauver le pays, mais du même politicien quand il épluche l'addition du même dîner.

Méndez détestait les matins. Mais cela ne l'empêcha pas d'entrer dans l'immeuble qui avait été celui de Paquito, de monter jusqu'à chez lui, avec l'aide de Dieu, et même de sonner deux fois à la porte.

On ne vint pas ouvrir.

La sonnette retentissait dans les profondeurs du couloir, dans la chambre où flottait la solitude d'Esther, dans la pièce garnie de livres où Paquito et Abel, en d'autres temps, évoquaient leurs souvenirs.

Rien.

Méndez sonna à nouveau.

Les petites gouttes de sueur apparues sur ses tempes lui coulaient maintenant sur les joues.

Ses craintes se confirmaient. Et plus encore

quand une voisine ouvrit sa porte. Sur le palier, il eut la vision fugitive d'une entrée exiguë, d'une lumière en phase terminale, d'une table avec des assiettes sales et d'un chien qui aboyait mais ne mordit pas Méndez, estimant sans doute que ça n'en valait pas la peine. La voisine avait rencontré Méndez lors de la veillée funèbre de Paquito, mais n'avait pas d'idée bien définie quant à sa profession. Guidée par son instinct, elle demanda :

— Vous venez peut-être prévenir qu'on l'a changé de caveau ?

— Ce n'est pas cela. Il faut absolument que je voie Mme Esther.

— Eh bien, il me semble qu'elle n'est pas là. En tout cas, je l'ai pas vue de toute la matinée. Quoique, bien sûr...

— Quoi ?

— Elle était forcément là tout à l'heure, parce qu'elle a reçu une visite. J'ai entendu la sonnette, puis la porte qui s'ouvrait et se refermait. Mais j'avais déjà regardé par le judas, bien sûr. Non, pensez pas à mal... Je fais ça parce que la semaine dernière, il y a des cambrioleurs qui sont venus, alors il vaut mieux être sur ses gardes.

Méndez sentit sa langue se coller à son palais.

Il murmura :

— Une visite ?

— Mais bien sûr. Qu'est-ce que ça a de curieux ? C'était une femme. Parce que bien sûr Esther, la pauvre, elle recevait pas d'hommes. C'était une femme qui vient souvent, très souvent. Madame Lali.

— Qui ?...

— Madame Lali.

— Vous ne voulez pas dire Lourdes ?
— Mais non, enfin ! Eulalia Galcerán. Lali.
Méndez cligna les yeux.

Lourdes-Tere-Lali. Trois femmes en une. Le chiffre de la Sainte Trinité, des arbitrages, des ménages. Il sentit à nouveau ce froid dans sa nuque.

Il ne reconnut pas sa voix quand il demanda :
— La quarantaine ?
— Oui.
— Forte ?
— Enfin... Forte des bras et puis du cou. Parfois ça attirait l'attention, d'ailleurs, dans certaines positions. Mais sinon, rien de spécial. Elle était normale. Je veux dire, c'est une femme normale. On se rend même compte qu'elle a été belle.
— Et après, vous n'avez plus rien entendu ? Pas un cri, pas un coup ?
— Rien d'autre. Pourquoi ?
— Écoutez, madame, il faut que j'entre dans cet appartement, par n'importe quel moyen. Je ne suis pas un gardien du cimetière, je ne suis pas un embaumeur, je ne viens pas pour l'assurance décès, je ne suis pas non plus l'architecte du Valle de los Caídos, où reposent les vaillants combattants de la Guerre civile. Je suis un policier.
— *Jesús. María i Josep !*

La femme repoussa le chien, qui tout à coup s'était remis à aboyer.
— *Calla, Toni, o aquest senyor se t'emportarà.*

Méndez dit :
— Est-ce qu'il y a une galerie ou une fenêtre par où je pourrais entrer ?

— Oui, celle de la cuisine. Mais les fenêtres sont quand même à trois mètres de hauteur.
— C'est trop, susurra Méndez. J'ai le vertige.
— Écoutez... Il y a peut-être une autre solution.
— Quelle solution ?
— Appelez les pompiers pour qu'ils défoncent la porte. Mais je suppose que ça prendrait pas mal de temps. Ou alors, entrez par le vieux lavoir.
— Qu'est-ce que c'est que ça, le vieux lavoir ?
— Enfin, on s'en sert encore parfois. Avant, il y avait en bas de l'immeuble un lavoir public. Vous savez bien que dans le temps, ce genre de logements avaient pas d'évier pour le linge, et nous les femmes on devait prendre notre panier pour aller faire notre lessive, dans un endroit public, où bien sûr on s'en donnait à cœur joie pour dire du mal des voisines. Maintenant, on a toutes une buanderie, mais comme on peut encore entrer dans l'ancien local, certaines s'en servent quand elles sont obligées de laver quelque chose à la main. Et puis comme séchoir, bien sûr. C'est très pratique, pour les grands morceaux. Il y a même une fenêtre qui voit le soleil.
— Vous voulez dire que c'est un endroit qui n'appartient à personne ?
— Si, il y a un propriétaire, mais qui s'en fiche. Comme on va tout démolir pour installer un magasin... La seule chose qu'il fait, c'est de continuer à payer l'abonnement pour l'eau, et un jour où il y avait une fuite il a fait venir le factotum.

Méndez comprit exactement la situation.

Il demanda :

— C'est un endroit solitaire ?

— Et comment ! Il y a des semaines entières où personne n'y va.

— Et il communique avec l'appartement d'Esther ?

— Il y a une porte entre le lavoir et la cour commune. Toutes les anciennes voisines ont la clé. Et, de la cour, on peut monter au logement d'Esther, quoique un peu difficilement, parce que l'escalier qui est là est à moitié fichu. On va sûrement le faire tomber un de ces jours, mais pour l'instant il vous attend.

Méndez sentit à nouveau un frisson.

Il voyait maintenant tous les éléments, dans une sinistre clarté.

Un appartement vide.

Une espèce de cave, plus vide encore.

Et Esther, dans la plus absolue solitude. Et à côté d'elle Lali. Ou Lourdes. Ou Tere. Il ne savait pas laquelle des trois était la tueuse. Mais son flair de vieux chacal urbain lui disait qu'on pouvait déjà sentir l'odeur du sang.

— Vous pouvez me conduire jusqu'à cette cour ? demanda-t-il.

— Mais bien sûr. Vous avez qu'à ouvrir cette porte.

Elle lui montra une porte, près de celles des appartements, mais plus petite et renforcée de fer. Elle ajouta :

— Je porte toujours la clé sur moi. Tenez. Cette clé ouvre aussi l'autre porte, celle qui mène directement au vieux lavoir-buanderie. Mais faites attention.

— Je ne tomberai pas, dit Méndez.

— Non, c'est pas pour ça. C'est que vous pourriez bien attraper quelque chose, avec toute cette humidité. À votre âge, l'humidité, c'est très mauvais.

Méndez grogna :

— La prochaine fois, j'apporterai un pardessus.

Le vieil escalier craqua, la cour commune l'accueillit, au fond du puits de jour, avec ses ombres, ses taches historiques sur les murs, et les souris qui étaient de garde. La porte du lavoir grinça. Des pigeons qui vivaient là-dedans brisèrent l'air avec un battement d'ailes qui évoquait un défilé de chauves-souris. Curieusement, il montait de ces profondeurs une odeur de linge propre, de détergent au citron, de lessive fraîche et de vêtements tout juste lavés, sans personne dedans. Méndez perçut toutes ces senteurs virginales — vêtements nettoyés à coups de battoir, savon de Marseille, conversations de matrones — et entra prudemment.

Ç'avait été un vaste lavoir, incontestablement. Il y avait encore là d'immenses bassins collectifs, une banquette pour les paniers, des éviers plus petits pour le linge délicat, des allées de couvent pour les besoins de la conversation, un four à la Canova pour les besoins en eau bouillante. Il y avait là, tout au fond, une fenêtre qui devait donner sur une autre cour commune et par laquelle entrait le soleil, il y avait en face de cette fenêtre un étendoir avec quantité de draps qui flottaient dans l'air, il y avait, surtout, le silence. Et soudain un bruit de pigeons qui prirent un envol paisible, dépourvu de crainte, presque joyeux, peut-être parce qu'ils attendaient depuis des années un conseiller nuptial tel que Méndez.

Celui-ci s'avança peu à peu.
Le silence à nouveau.
Les ombres.

Les draps masquaient tout, c'étaient comme les rideaux d'un théâtre de grand-guignol, derrière lesquels on pouvait cacher n'importe qui, n'importe quoi. Et bien entendu n'importe quel crime. Ils étaient encore trempés et leur frôlement lourd surprit Méndez, qui glissait entre eux sa silhouette comme s'il essayait de les teindre en noir. Il était sûr que ce devait être là, que quoi qu'il ait pu se passer, ç'avait certainement été dans ce vieux lavoir. Il regarda les cloisons qui maintenant divisaient cet espace, les murs décrépits, les fissures qui annonçaient l'imminente démolition, l'éternel oubli. Mais il regarda surtout les draps, des draps inquiétants, derrière lesquels il savait que se trouvait la mort.

Il sentit comme un vide, en pensant à Esther.
La faiblesse revint dans ses jambes un instant.
Puis tout à coup ce froissement, ce frôlement. Il y a quelqu'un derrière les draps, Méndez, quelqu'un derrière ces rideaux qui découpent l'espace et divisent le temps. Par malheur, tu pressens que le premier acte, celui du crime avec tout son rituel, est déjà passé, mais il reste le second acte, il reste le visage de la criminelle qui flotte dans l'air, en attendant que tu la découvres avant de saluer respectueusement son public de pigeons et de femmes oubliées. Lourdes-Tere-Lali doit encore être là, Méndez, derrière ce drap (ou celui-là, ou celui-là), blottie dans sa niche de silence. S'il n'y avait pas eu ce frôlement, tu ne l'aurais pas découverte, Méndez, mais maintenant tu sais

qu'elle doit être ici, à côté du cadavre d'Esther. Décide-toi, Méndez, respire profondément, saisis des deux mains la jambe qui parfois te fait mal, et attaque.

Il déplaça un drap.

Rien.

Mais le frôlement se répéta un peu plus loin.

Il entendit des pas furtifs, un heurt comme celui d'un morceau de bois que l'on déplaçait, un éboulement de linge.

Méndez se souvint que Lourdes était forte, assez forte, semblait-il, pour régler son compte à un homme. Or il avait laissé son pistolet chez lui, ne voulant pas risquer que quelque maraudeuse notoire le lui vole dans le métro. De plus, il avait entendu dire, dans les potinières de la Calle Nueva, que son fameux Colt 1912 allait être acquis à bon prix par le musée de l'Armée. Il était donc sans arme, et de plus l'humidité lui transperçait les os, mais il continua d'avancer. Si Lourdes-Tere-Lali attaquait, il se défendrait en lui touchant les parties intimes, avec savoir-faire et prudence.

Ce système ne ratait jamais.

Un drap de plus. Un pas. Un autre drap.

Et le silence.

Une porte grinça tout à coup, comme si quelqu'un s'était appuyé dessus. D'autres pas résonnèrent plus loin. Une silhouette se heurta à un drap qui prit soudain, fugitivement, une forme humaine.

La mort était là.

Méndez se souvint du passage obscur.

Paquito.

La nuit.

Il lança un juron.
Il sauta.
Et tout à coup le vide, le lavoir sordide, la fenêtre, un rayon de lumière, une rumeur fluide, un vaste bassin collectif plein de liquide trouble, à moitié croupi, une eau où flottent des larves, des écumes exténuées et des cheveux de vieille femme. Lourdes n'est plus là, Méndez, elle s'est perdue dans cette cave où flotte le temps, en revanche tu vois la main crispée qui tente de saisir la dernière lumière, la main qui dépasse de l'eau et dont les doigts sont comme un appel. Méndez sut qu'il était arrivé trop tard, que le cadavre d'Esther était là, et avec un geste d'impuissance il s'inclina sur le bassin pour attraper cette main, pour tirer le cadavre hors de l'eau, tout en répétant, Esther, Esther, Esther, tu ne méritais pas un tel destin. Mais le corps sans vie qui sortit de là était celui d'une femme totalement vieillie, une femme d'âge moyen qui portait une robe criarde et voulait sans doute laisser un souvenir à l'histoire et au temps sans retour, car sur le bord de son décolleté était brodé son nom, Lali, Lali, Lali... au moins cinq fois.

XVI

Les heures infinies

Ne cherche plus dans le vieux lavoir, Méndez, ne farfouille plus dans cette enceinte où l'on doit encore, la nuit, entendre les voix des femmes, les coups des battoirs de bois, les cris des enfants cherchant leur mère, l'éloge de la robe de nuit de la jeune mariée, mais en voilà une, qui a toujours été honnête, cette petite, faut voir comme elle l'a inondée de sang ! Ne sombre pas dans cet univers qui en fin de compte était celui de ton enfance, Méndez, celui des recoins de la pureté et de la pauvreté, refuse de sentir le temps qui est resté collé aux parois, que tu pourrais arracher avec les ongles pour retrouver son goût de fruit d'armoire, de fleur de cimetière, de jaune passé. N'y pénètre pas, dans les années qui reposent ici, sous les logements populaires, ne cherche pas à récupérer dans l'atmosphère les mots des femmes qui ont vieilli devant cette fenêtre et qui jusqu'au dernier jour ont contemplé de là leurs rêves de poupées jamais devenues grandes. Laisse cela, Méndez, tu sais bien qu'ici tu ne trouveras rien ; monte l'escalier, flaire la piste et cherche, cherche, cherche.

*

Il n'eut pas à chercher beaucoup. La porte qui donnait sur l'appartement d'Esther, au bout de l'escalier, au bout de cette galerie de grilles oxydées, de chattes en chaleur et de géraniums brisés, était ouverte. Elle aurait dû être fermée, mais elle était ouverte. Et Esther coud dans la salle à manger, assise sur sa chaise de toujours, enveloppée dans sa lumière de toujours, murs aux portraits ovales, fleurs d'anniversaire, lampes en larmes de verre et draps de noce. Couds cet habit que tu ne termineras jamais, Esther, cet habit éternel qui se transmet de mère en fille et qui a servi à fabriquer tant de femmes immobiles, femmes qui toujours attendent, en se regardant dans les glaces des armoires, femmes composées d'heures mortes et de lumières obliques, femmes qui avez appris à faire durer l'espérance en collant de votre salive les morceaux de vos rêves. Couds et mesure le temps avec ton ruban de couturière, que Ta volonté soit faite, alléluia et ainsi soit-il. Méndez entra.

Elle leva à peine la vue en le voyant, elle n'eut pas le moins du monde l'air d'être étonnée qu'il surgisse de la galerie. Elle se contenta de murmurer :

— Attendez que j'aie fini ceci.

— Ne prenez pas cette peine, Esther. Vous n'en aurez pas besoin.

Et il s'assit en face d'elle. Ce temps immobile entre tes doigts, Méndez, ce temps inutile et qui n'aide en rien ta si efficace intervention policière, parce qu'elle semble t'avoir oublié et continue à coudre. La voix d'une radio voisine, une publicité, libérez-vous de vos jours d'indisposition, madame, ne mettez pas un feu rouge à votre vie. Et une musique, *Paris je t'aime*, faite de trains ponctuels et d'espaces dégagés.

Et un réveil qui sonne quelque part dans un appartement vide, dans une cuisine d'où les enfants sont partis à jamais. Et une voisine qui appelle, et un meuble qui grince dans ce monde fermé, *Paris je t'aime.*

Esther murmura :

— Je n'ai jamais été à Paris.

— Moi non plus, dit Méndez.

— Mais vous, peut-être que vous auriez pu.

— Je n'ai pas eu le courage. On m'a dit qu'un hidalgo vêtu de noir, les femmes risquaient de l'allonger, en s'y mettant par groupes de deux, au-dessous de l'Arc de triomphe. Nous, les hommes d'ici, nous avons toujours été un peu présomptueux : nous ne doutons pas que des tas de femmes désirent notre virilité et notre honneur, alors qu'en réalité elles n'en ont qu'à notre portefeuille.

Et il ajouta :

— Lali, elle était allée à Paris, pas vrai ?

— Lali était allée partout.

— C'est pour ça ?

Esther cligna les yeux, sans lever le regard de son ouvrage.

— Non, dit-elle. Ce n'est pas à cause de Paris.

— Alors à cause de quoi ?

— À cause de Srinagar.

— Srinagar, c'est une ville très lointaine, murmura Méndez.

— Et très belle. Enfin, je ne sais pas si c'est le mot qui convient. Une ville très exotique, en tout cas. Le Cachemire.

Elle posa sur la table le vêtement qu'elle cousait.

Puis elle regarda Méndez.

— Je suis contente que ce soit vous, dit-elle. C'est toujours ça. Avec un autre, je ne l'aurais pas supporté.

Méndez tenta d'ébaucher un sourire.

— La confession soulage, dit-il. Et j'ai au moins une qualité : je sais écouter. Je vous dirai, entre nous, que mes collègues du commissariat ne savent pas, ils n'aiment pas ça, tandis que moi, j'ai passé ma vie à écouter la voix des rues.

Maintenant un autre réveil sonne, mais c'est un réveil en retard et compatissant, spécialité pour ceux qui aspirent à ce que leur vie dure quelques minutes de plus, pour voir si ainsi arrivera ce qui n'est jamais arrivé. Et la radio : attention, attention, l'Orient au Corte Inglés, venez voir les dernières merveilles tout juste importées de Chine, madame, venez nous rendre visite et rêver. Mais Méndez n'entendait pas la radio, il entendait seulement, à nouveau, les mille rumeurs tranquilles du lavoir, les robinets qui gouttaient, le plâtre des murs qui craquait, la main qui barbotait et traçait dans l'eau une ligne faite de rien, c'est-à-dire seulement de temps.

Qu'est-ce que vous croyez, monsieur Méndez ? Que je l'ai fait par méchanceté ? Que je l'ai prémédité ? Que je l'ai voulu ? Peut-être, oui, peut-

317

être que je l'ai voulu, monsieur Méndez, c'est la vérité ; mais ce n'est pas moi qui l'ai fait, c'est le temps. Vous l'ignorez, mais le temps fait aussi des choses, monsieur Méndez, il entre dans vos yeux, il les teint de cendre, il entre dans votre sang, il le teint de chrysanthème, il entre dans vos doigts, il les teint de la couleur de vos murs, de vos vêtements rangés dans les placards, de votre escalier mort. Et même de vos photos de petite fille. C'est le temps qui fait les choses, monsieur Méndez : tout à coup il est là et on sent qu'il vous pousse, qu'il dirige vos mains, qu'il ennuage vos pensées et brûle votre langue. C'est que vous, vous n'avez pas toujours vécu dans cet appartement. Ou dans un appartement comme celui-ci. Pas vrai, monsieur Méndez ? Alors, vous ne savez pas ce que sont d'abord les illusions, puis la résignation, et enfin le sentiment de ce qui ne sera plus, le sentiment de la vie qui passe devant une fenêtre où l'on découvre qu'on est toujours restée immobile.

Non, ne me regardez pas comme ça, monsieur Méndez. Continuez à m'écouter, plutôt que les radios qui promettent l'avenir et les sonneries de réveils qui peuplent le passé. Écoutez-moi plutôt, oui, parce que je suis aussi la voix de Paquito, de notre temps couleur de miel, de notre rue couleur de rose. J'étais très amoureuse de lui quand nous nous sommes mariés, vous comprenez, Méndez ? Il avait de l'éducation, il était chevaleresque, raffiné, plein d'élégance morale, une élégance venue d'autres rues et d'autres milieux. Quand nous avons pris ce logement, il me semblait encore que le temps et les rues étaient d'une autre couleur, monsieur Méndez, et que la vie allait être une vaste conversation avec Paquito, un long après-midi, un immense lit. Non, ne me regardez pas comme ça, monsieur Méndez. Pourquoi une femme telle que moi, qui paraît si résignée et immobile, n'aurait-elle pas dû rêver de lit ? Toutes nous rêvions de bals, de cinémas, d'heures solitaires. Et ce n'est pas que Paquito fût pour cela une merveille, Dieu lui pardonne son inattention quand je me pressais contre lui, ses faux-fuyants, ses absences et surtout ses regards, les longs regards que je connaissais si bien, perdus au plafond. Dieu lui pardonne tout ce qu'il ne m'a pas donné, que je lui avais demandé en silence parce que j'y avais droit, parce qu'en fin de compte c'était mon mari, c'était mon espérance et mon petit bout de sécurité face aux années qui déjà m'attendaient derrière les portes. Il y a des millions de femmes comme cela, monsieur Méndez. On les voit aux fenêtres, on entend secrètement cette voix que personne d'autre peut-être n'entend. Parce que, si vous ne l'écoutez pas, monsieur Méndez, moi si.

Pourtant ma vie, les petits problèmes de ma vie, n'avaient pas d'importance, avant que je comprenne que j'avais échoué radicalement, qu'il ne me restait pas même un mari, parce que je devais le partager avec Abel. Mais à cela aussi, je me suis résignée, vous comprenez, vieux policier ? Peut-être que, dans mon subconscient, j'ai pensé ce qu'ont pensé beaucoup de femmes stupides, attachées à leur tradition de maîtresses de maison : qu'il valait finalement mieux voir Paquito aimer un autre homme qu'aimer une autre femme. J'ai dû me renfermer en moi-même, monsieur Méndez, mais j'ai tenu le coup. Je me suis faite de liège, je me suis résignée, je me suis mordu la langue, j'ai soigné mes blessures avec ma propre salive, sans demander d'aide à personne, comme les bêtes sauvages quand elles sont seules. Mais le mal n'est jamais absolu ; monsieur Méndez, vous qui êtes si vieux et si sage, vous qui vous agitez tant la cervelle et si peu le ventre, vous avez dû comprendre que le mal absolu n'existe pas. J'avais échoué, mais je continuais à aimer Paquito, et de plus Abel était la personne la plus gentille, la plus compréhensive, la plus douce que le destin m'ait donné de connaître. Je me suis tout de suite aperçue que, de ces deux hommes, c'était lui qui me comprenait le mieux. Il a consacré beaucoup de son temps, de ses heures à lui, à rendre plus supportable ma solitude, à me supplier de les pardonner, à me démontrer que l'affection est toujours un bien, d'où qu'elle vienne et où qu'on la trouve. Un bien. Et c'est comme ça, monsieur Méndez, je sentais l'affection d'Abel dans l'air, je la sentais sur mes joues quand il m'embrassait et parfois il me semblait la sentir pénétrer dans ma bouche, je vous jure que c'était comme ça.

Méndez jouait avec une bobine de fil. Tu deviens bien innocent, Méndez : tu as commencé par aider des petits malfrats, et tu finiras par aider des femmes à qui on a volé leur machine à coudre. Il murmura :

— Vous n'êtes tout de même pas tombée amoureuse de lui ?

— Je ne sais pas.

— Vous avez toujours été fidèle à Paquito, je suppose.

— Toujours. Pour vous dire la vérité, il n'y a qu'un seul homme avec qui j'aurais pu le tromper.
— Abel ?
— Oui. Vous ne devez rien comprendre à tout ça, mais je me suis peu à peu rendu compte qu'il y avait chez Abel des émotions, des attentions, une sensibilité qui n'existaient pas chez Paquito. C'est pour ça que je n'ai jamais voulu qu'il s'en aille. Parfois même, en secret, dans un souffle, j'ai regretté de ne pas l'avoir rencontré avant de connaître Paquito. Mais je ne le lui ai jamais montré, je ne le lui ai jamais dit. C'était quelque chose qui était à moi seule, quelque chose qui se mettait à faire partie des secrets de cette maison.

Elle ajouta à voix basse :
— J'ai même pensé encore autre chose.
— Quoi ?
— Que Paquito était en train de me l'enlever.

Méndez avala sa salive.

Ses doigts se crispèrent un instant sur la table.

La voix d'Esther paraissait venir de très loin, du fond d'une pièce lointaine, quand elle dit :
— Vous êtes en train d'entendre l'histoire de mes échecs, Méndez.
— Je la comprends très bien. Votre secrète frustration vis-à-vis de Paquito. Votre frustration vis-à-vis d'Abel, plus secrète encore. Et le silence d'un appartement où vivaient trois personnes mais où vous étiez seule, avec vos pensées et vos portes fermées. Je comprends cela, même si je ne suis qu'un vieux policier.
— Vous êtes le premier à qui je le dis. J'avais juré de ne jamais en parler. Mais maintenant, quelle importance ? Ceci est-il un interrogatoire ?

Méndez répondit à voix basse :

— Ceci est une confession.

Très bien, historique policier, alors continuons. Mon instinct me dit que tu serais plus à l'aise à écouter une girl du Paralelo à qui on a volé le collier que lui avait offert le julot de sa maman, mais que tu as un peu de mal à m'écouter, moi, une femme seule à qui l'on a volé les heures de sa vie. Écoutez, monsieur Méndez, l'histoire que je vous raconte est celle d'une immobilité et d'un échec : copiez-la, emportez-la à votre pension, aux bars de la Rambla, aux cinémas de la Calle Nueva. Mais elle est à moi, exclusivement à moi. Elle est faite de mes sucs de femme et de l'air de cette maison. Ne la racontez à personne. Ne dites pas que quand Paquito est mort je me suis sentie si seule, si enfermée dans mon propre silence, que je n'ai pas même réagi. Parfois j'étais comme un automate, je maintenais mon organisation quotidienne, comme s'il ne s'était rien passé. Mais bientôt je me suis rendu compte que je n'étais pas entièrement seule, qu'il me restait Abel. Et Abel devait aussi savoir que je lui restais, que nos regards se rencontreraient, que nos pensées, nos corps et nos langues finiraient par se trouver, dans cet air, dans ce logement. Il devait le savoir, monsieur Méndez, s'il était ce qu'il semblait être il devait le savoir.

Méndez murmura :

— Mais ça ne s'est pas passé comme ça, n'est-ce pas ? Au contraire, il vous a dit qu'il allait partir.

Et qu'est-ce que tu en sais, policier d'une autre époque, gardien de l'ordre qui as dû commencer ta carrière de flic sous la Restauration, en infligeant de menues contraventions et en exhibant ton sabre ? Que peux-tu connaître de la vie d'une femme à qui il ne reste rien ?

Eh bien, oui : quand je me suis rendu compte qu'Abel n'avait aimé que Paquito, uniquement Paquito, d'un amour qui à sa manière était pur, composé d'après-midi de collège et de rues partagées, je me suis sentie seule et vaincue une seconde fois. Mes suggestions — de simples suggestions, parce que je suis une femme résignée et discrète — pour qu'il ne parte pas, pour que nous ne soyons pas séparés par un mort dont nous n'avions plus besoin, n'ont servi à rien. C'est terrible, ce que je dis là, monsieur Méndez, surtout dit ici, dans ce logement : le souvenir de Paquito, nous n'en avions plus besoin. Mais Abel était un homme de cœur, savez-vous ? Et il avait peu à peu déposé des morceaux de son affection dans les chambres de cet appartement et aux coins de rue partagés. Lui, si, il avait besoin de Paquito. Mais je me suis battue.

Méndez demanda, dans un souffle de voix :

— Comment est-ce que vous vous êtes battue ?

Ceci est-il toujours une confession, étrange policier qui obtins tes premiers succès en arrêtant des voleurs qui partaient aux Croisades ? Que de choses tu auras entendues, que d'histoires sans nom durant tes nuits de garde ! Eh bien, si c'est toujours une confession, je te dirai que je me suis battue sur mon dernier champ de bataille, à ma dernière frontière, c'est-à-dire au lit. Écoute-moi bien, porc ; je me suis battue héroïquement, avec mon sexe, avec mes jambes, avec mes fesses, avec ma langue. Mais je n'ai rien obtenu, comprends-tu ? Rien. Je suis une femme dont les heures ont sonné. Abel, lui, était un homme qui s'était retrouvé sans âme, sans espoir et donc sans heures. Je ne l'intéressais pas. Je n'ai pas même obtenu ce que j'avais obtenu de Paquito, un signe de puissance, un frémissement ou qui sait, peut-être, dans les entrailles une lointaine impression de douleur.

Pour moi, monsieur Méndez, c'était un nouvel échec, c'était l'avant-dernière porte.

— Il y en a une dernière ?

— Oui, monsieur Méndez, il y a une dernière porte.

— Celle qu'a franchie Lali en entrant dans cette maison ?

— Lali avait tout, monsieur Méndez, et moi je n'avais rien. Il ne me restait rien. Vous qui devez avoir vu tant de femmes, croyez-vous que Lali valait plus que moi ? Non, hein ? Et pourtant, elle avait tout : un amant riche, Ricardo Mora, qui l'avait installée comme une princesse. Des restaurants chers, des fêtes, des bijoux et surtout des voyages, beaucoup de voyages, d'un bout à l'autre du monde, d'une culture à l'autre, d'une couleur de ciel à l'autre. C'est Lali, monsieur Méndez, qui m'a appris que même les ciels peuvent être différents, si l'on apprend à les comparer. Et moi, moi, coincée ici, presque sans argent, jamais sortie de Barcelone et peut-être même de ce quartier, j'écoutais la musique de sa vie, cette musique qui sonnait toujours pour elle et jamais pour moi. Il y a quelque chose dans ces rues qui vous ronge petit à petit, monsieur Méndez. Ceci est-il toujours une confession ?

D'accord, policier, c'est une confession dérisoire et intime, la confession d'une femme sans intérêt, et c'est pour ça que je ne veux pas que tu la portes devant les tribunaux, pour la bouche des secrétaires et les papiers des scribes. Voici ma langue, Méndez, une langue d'animal, si insignifiante qu'elle ne sert pas même à lécher, voici mon cul collé aux chaises trop connues, voici mes oreilles habituées aux bruits des galeries de la cour, mais qui écoutaient Lali, qui entendaient les merveilles de Lali, Lali, Lali, mais comme tu es partie loin cette fois-ci. Tous les récits de Lali m'obsédaient, Méndez, mais il y en avait un qui me coupait le souffle : Srinagar. Je n'avais jamais entendu ce nom, monsieur Méndez, avant que Lali ne le prononce : Srinagar, les barques aux sols recouverts de tapis, le lac Dahl, les montagnes au fond, la mosquée qui chaque année apporte son tribut de silence. Vous ne pouvez pas savoir comment Lali racontait tout ça, monsieur Méndez. On sentait qu'elle l'avait vécu. Chacun de ses mots resplendissait de son argent, de ses projets : les sables d'Égypte, les palmiers de Cuba, les pagodes de Chine. Asseyez-vous sur ma chaise, monsieur Méndez, pour sentir comment les heures vous pénètrent, vous façonnent peu à peu à leur image, jusqu'à vous abandonner comme une araignée traversée par la lumière, toujours au même endroit, prisonnière d'une toile faite de sa propre salive. Non, ne me regardez pas comme ça, monsieur Méndez, et si vous préférez, n'écoutez pas cette confession mesquine mais où il n'y a pas un seul mensonge. Lali était ce que je ne pourrais jamais avoir, c'était une dalle qui m'écrasait sous son triomphe. Et aujourd'hui, je n'y ai plus tenu. C'est le temps qui me poussait, monsieur Méndez. Je vous ai déjà dit que c'est le temps qui a fait ça. Tu veux voir le vieux lavoir, Lali ? C'est le lieu de mon enfance, parce que déjà, petite, je venais dans cet endroit avec ma mère. C'était pour moi une excursion audacieuse et pleine de surprises, sais-tu, un voyage qu'on m'avait promis. Ça te plaît, Lali ? Comme c'est abîmé, hein ? Mais regarde, il y a encore un bassin plein d'eau, on voit que les canalisations sont bouchées et ne méritent plus d'être réparées. Penche-toi, Lali, regarde ce qui flotte là. Regarde, Lali. Regarde... Regarde... *Regarde !*

Méndez se leva.

Une explosion, Méndez, les pleurs de cette femme quand tu poses sur elle ta main de vieux policier payé par les sesterces de la loi. Tes doigts seront pour elle les papiers timbrés, les emprisonnements à tant de jours à vue, les dépositions aux heures ouvrables des tribunaux et les longues processions d'hommes vêtus de noir, mais elle ne le sait pas. Esther sait seulement que c'est une main, là, et elle la presse contre sa joue trempée de larmes, voici ma solitude, monsieur Méndez, merci de m'écouter, merci d'exister et de me regarder dans les yeux, merci de votre main, monsieur Méndez, ne la retirez pas, donnez-moi un peu de votre chaleur, monsieur Méndez, regardez mes larmes que personne n'a regardées, laissez que je pleure en paix et que je crie, que je crie de toute mon âme, jusqu'à ce que ma gorge se brise et que se gèlent les lèvres de mon ventre, et ne craignez rien, parce que vous ne m'entendrez pas, parce que personne ne m'entendra. Moi, savez-vous, monsieur Méndez ? je suis une femme qui toujours a crié à l'intérieur d'elle-même.

*

Comment vas-tu lui dire ça, Méndez ? Comment vas-tu lui expliquer que Ricardo Mora n'existe pas, que c'est une création de Lali, une incarnation de ce que Lali désirait et qu'elle n'a jamais eu ? Comment vas-tu lui raconter que Lali elle-même n'existe pas ? Que son histoire n'existe pas, que son appartement n'existe pas, que ses voyages n'existent pas ? Pauvre Méndez, tu t'aperçois que ta main tremble sur sa joue pleine de larmes. Ferme les yeux et demande : comment le lui dire ?

Il n'y a jamais eu de Lali, il n'y a jamais eu de Ricardo Mora. Il y a eu, en revanche, un Alfredo Cid, qui a pris avec lui une fillette appelée Lourdes Roca et l'a mise dans son lit pour pratiquer avec elle la vertu, la vertu d'instruire l'ignorance et d'explorer toutes les ressources d'un apostolat bien compris. Lourdes, oui, Lourdes a existé, Esther, mais tu ne l'as jamais connue. Tu n'as pas non plus suivi sa chute, la chaise roulante, la progressive dégradation, la lente descente aux enfers de la ville jusqu'à devenir un incroyable déchet urbain, jusqu'à devenir la Tere. Tu n'as pas non plus connu la Tere, comment fichtre aurais-tu pu la connaître, Esther, petite prisonnière ? Tu l'as écoutée pendant des années et tu n'as jamais su qu'elle existait. Elle ne t'a pas fait entrer dans son meublé du Barrio Chino, tu ne t'es jamais trouvée à quatre pattes dans un lit aux relents de femme malade, où trois hommes sains et prêts à tout t'auraient assaillie à la fois. Tu ne sais pas que l'unique péché de la pauvre Tere — car c'est Tere la femme qui a finalement existé — a été de se fabriquer un passé à sa mesure, un monde à sa mesure, pour en parler et pour dormir avec. Tu ne sais pas que ce matin, dans le sordide lavoir au-dessous de chez toi, tu n'as pas noyé une femme, mais un rêve impossible.

Méndez courba la tête.

Elle continuait à lui presser la main et à la baigner de ses larmes. Quelle solitude il faut donc que tu portes, Esther, quelle affection de chienne abandonnée tu cherches, pour que même la main de Méndez puisse te paraître apporter un contact humain.

Esther finit par s'effondrer, le visage sur la table. Et c'est avec un filet de voix qu'elle demanda :

— Vous me laisserez emporter un peu de linge ? Quand j'irai en prison, je veux au moins avoir l'air d'une dame, comme Lali.

Méndez répondit, le souffle court :

— Oui. D'une dame, comme Lali.

Et il s'éloigna peu à peu. Il regarda la femme depuis la porte. Il vit sa chevelure éparse sur la table, ses ongles qui griffaient le napperon, il vit son dos secoué par les sanglots et courbé par le temps.

— Ne bougez pas d'ici, Esther, dit-il. Ne touchez à rien, ne prévenez personne. Je parlerai au juge.

Il sortit.

Jamais la ville ne lui avait paru si grise, jamais les maisons si vieilles, le ciel si triste et le matin si sordide.

Mais ce n'est pas terminé, Méndez, tu sais que tu as découvert un crime et une criminelle, mais il te reste encore un obscur chemin à parcourir. Parce qu'il est évident que ce n'est pas elle qui a tué Paquito, ni Abel, qu'elle n'a commis aucun crime dans aucun passage, aucun sur une chaise roulante, pas davantage que la pauvre Lourdes Roca. Ça, c'est une autre page d'un livre qui reste encore à écrire, c'est une autre histoire.

Méndez entra dans un café de la Calle de San Ramón, un des meilleurs endroits du quartier. Excellent endroit, oui, avec à portée de la main tous les éléments de la culture la plus actuelle : cuba-libre pour la gorge, juke-box pour les oreilles et sang-mêlé pour les doigts, parce que c'est quelque chose, Méndez, ce que ça s'est rempli de mulâtresses ces derniers temps. Pas des mulâtresses de bande dessinée, avec des culs énormes et détonnants, bien plutôt des mulâtresses de misère, avec un fils à chaque tétine, nourries de maïs pilé. Méndez demanda un double cognac (mais surtout, deux cognacs différents, hein, et le Soberano par-dessus le Fundador, et pas le contraire), bien que ce ne fût pas l'heure du café mais du vermouth, c'est-à-dire du même double cognac, mais avec des gambas. Il but lentement, promit à l'une des mulâtresses qu'il lui arrangerait bientôt son affaire de permis de séjour, puisqu'il ne faisait aucun doute que son père était espagnol (mais c'est que mon nom est Jones, dites, avoua la mulâtresse. Ça ne fait rien, sûrement que ton père était espagnol, celui qui t'a baisée c'est l'autre), consola un vieux pédé qui regrettait son initiateur sexuel enfermé à la prison pour enfants, expliqua à une femme qu'elle n'avait pas à s'en faire, que tant qu'elle resterait honnête et convenable elle ne risquait rien, car le sida ne se contracte pas en pratiquant le grand art avec la langue, à moins qu'il n'y ait du sang, apaisa la propriétaire de l'immeuble en l'assurant que le locataire du troisième ne tarderait pas à la payer, car selon ses informations il venait de réussir un fric-frac. Bref, pendant quelques instants, Méndez se sentit heureux, dans son milieu, entouré des siens, doucement baigné par la vie de chaque jour, par la vie qui passe.

Mais cela ne l'empêcha pas de méditer, de faire tourner son cerveau de vieux policier abîmé. Il était évident que Ricardo Mora n'existait pas, mais il n'en avait pas moins un domicile, un compte bancaire et une carte de crédit. Pour cela, il fallait une carte d'identité nationale, qui pouvait parfaitement être fausse car Lourdes-Tere ne manquait certes pas de contacts dans les bas-fonds, qui avaient pu lui procurer cela. Il fallait aussi un domicile réel, un vrai logement, et à cette fin Lourdes-Tere avait choisi la maison de Mme Ros, qu'elle connaissait fort bien pour s'y être fait habiller et parce que c'était un lieu conforme à ses rêves, un endroit où elle aurait aimé vivre. Outre la carte d'identité falsifiée et un domicile plus ou moins vérifiable, il fallait encore la photo de quelqu'un, pour la falsification, et sa signature à la banque, pour obtenir un compte courant et une carte de crédit. En d'autres termes, il fallait, et c'était ça le plus compliqué, il fallait un homme.

Qui ?

Méndez rejeta la tête en arrière, acheva son cognac, répondit non aux expertes invitations linguales de la Jones espagnole.

Il se répéta la question : « Qui ? » Et parvint à la conclusion qu'il ne serait pas si difficile de le découvrir, après tout. Méndez ne serait jamais un policier scientifique, il n'aurait jamais besoin des ordinateurs et des rayons laser qui servent à baiser les suspects, mais seulement d'un peu de sensibilité. Après tout, depuis Caïn et Abel, les hommes n'ont pas tellement changé.

De plus, il disposait d'éléments plus que suffisants pour obtenir la description de cet homme, car celui-ci avait déjeuné au Reno avec Lali (une vérité au milieu de tant de mensonges, une tremblante ébauche de ce qui aurait pu être) et de plus il était allé à la banque au moins deux fois. Aussi, Méndez se leva, paya le cognac, prêta à une mulâtresse cent pesetas pour le petit, sans savoir de qui elle parlait, réconforta le vieux pédé en lui affirmant que son amour ne le quitterait pas pour un autre, car jamais dans les prisons pour enfants il n'y avait eu de cas d'homosexualité, acheta quelques dixièmes pour tenter la chance et, très dignement, empêcha une des femmes qui se tenaient près de la porte de lui toucher le zizi, en lui disant : « Tu sais pas la surprise que t'aurais, poulette. »

S'arrachant de haute lutte à ce monde si familier, à ce ruisseau chéri où se pratiquait, entre autres vertus, celle du partage total, Méndez se dirigea vers la banque et ses confidentiels guichets. Il questionna, fouina, insista, se lia d'amitié avec un employé qui lui confia qu'il était le fils d'une veuve, et finit par obtenir une description assez détaillée de l'homme qui avait signé la demande de compte courant et de carte de crédit.

Il obtint également une photocopie de cette signature. Son tracé en apprit plus à Méndez que cent déclarations spontanées obtenues à quatre heures du matin dans les caves de la préfecture de police. À vrai dire, c'était une signature qu'il n'avait pour ainsi dire jamais cessé de voir, presque toute sa vie durant. Et, armé d'une certitude qui l'emplissait de plus en plus, Méndez put s'élever à nouveau jusqu'aux raffinements du restaurant Reno.

Là aussi, il obtint des éléments liés à la carte de crédit. Et il questionna, enjôla, fureta, se lia d'amitié avec un serveur qui servait certes des langoustes et des soufflés, mais n'aimait véritablement que l'omelette aux pommes de terre, et qui lui fit une description du convive — Ricardo Mora. Cette description coïncidait, pour l'essentiel, avec celle qu'il avait obtenue à la banque.

Méndez alla ensuite manger dans un boui-boui de la Calle del Cid, dont le patron, ayant fait pendant vingt ans la tournée des pénitenciers, connaissait tous les secrets de cuisine de tous les recoins de la Péninsule. Bien sûr, à la fois parce qu'il voulait paraître au goût du jour et parce qu'il ne tenait pas à se heurter de nouveau à la loi, il annonçait sur son ardoise : spécialités des régions autonomes espagnoles. Méndez demanda quelques petites choses un peu fades, notamment de la marinade de thon, du poulpe galicienne, de l'omelette d'ail frais et du *cariñena* maison.

Ensuite, retour au travail, Méndez. Le quartier. Ceux qui ont connu la Tere. Elle se montrait peu, mais certains devaient bien l'avoir vue, non ? Les voisins de la Calle del Mediodía. Les honnêtes matrones toujours prêtes à pardonner à leur prochain mais pas à leur prochaine : « Ah, cette pute. » Des escaliers et encore des escaliers, sur tes pieds déjà tout esquintés, Méndez. Et pour finir un saint et martyr, un mac auquel il manque trois dents, parce que les dents, monsieur Méndez, la Sécu les rembourse pas, alors que je les ai perdues dans un accident du travail, je vous le jure par ma mère qui m'a tout appris — autrement dit, à la banque tu as rencontré un fils de veuve, Méndez, mais ici tu as l'honneur de rencontrer un fils de pute. Eh bien sachez, monsieur le policier, que moi, la Tere, j'ai voulu la protéger, j'ai voulu l'orienter, j'ai voulu lui apprendre ce que c'est que la vie, parce qu'elle se faisait un petit peu de blé, la salope, mais si elle avait été entre de bonnes mains elle aurait pu s'en faire dix fois plus. Mais elle jouait les connes, mais non, Manolo, mais non, et moi je jouais le grand frère, mais si, Tere, mais si, tu ne vois pas qu'on t'exploite ? Et à la fin, ma foi, les baffes c'est vite parti, vous savez comme c'est, monsieur Méndez, les femmes finissent par tout comprendre mais avec elles il faut s'appliquer, il faut leur faire passer la vérité par où elles peuvent l'entendre. Et là-dessus, arrive un mec, je vous dis pas, avec des bras comme ça, un cou comme ça, putain de sa mère, et le genre d'humeur, s'il encule un gorille il le met en cloque. Regardez ma bouche, monsieur Méndez, regardez comme il l'a arrangée. Moi, je savais pas que la Tere, cette merdeuse, avait déjà un julot. Et apparemment elle l'avait pas cherché, ce type la protégeait de façon désintéressée, sans rien lui demander, parce qu'il l'aimait. On voit des choses incroyables, monsieur Méndez : en plus, il l'aimait. Des mecs comme ça, ça vous retire le pain de la bouche, ça vous casse la baraque. Et maintenant, dites-moi si c'est pas un accident du travail, monsieur Méndez, dites-moi si c'est normal qu'ils se soient mis à quatre — dont un client de ma femme — pour me sortir, quand je suis allé râler à la Sécu.

— C'est vrai qu'il t'a laissé la bouche dans un bel état. À quoi il ressemblait, ce cannibale ?

Cette notabilité lui en fournit la description.

Méndez ferma les yeux un instant.

Bien.

Enfin, façon de parler.

Tout coïncidait.

Il sortit dans la rue, entra dans un autre bar, demanda une bouteille d'eau minérale parce qu'il avait besoin d'avoir l'esprit clair, la but entièrement, et eut sur-le-champ mal au foie.

*

Il le trouva sur le trottoir.

Personne ne passait dans le coin.

Certes, il était déjà tard. Certes, il y avait le silence hostile de la ville à la fin d'une journée ouvrable, à la veille d'une autre. Certes, il pleuvait. Certes, c'était dans le secteur du Paralelo le plus proche du port, que presque aucun piéton n'emprunte.

Dans cette sorte de désert urbain, seulement sillonné par les voitures, au milieu des arbres brillants, des rues vernissées, des magasins ésotériques, Méndez chuchota :

— Salut, Pajares.

— Salut, monsieur Méndez.

— Pourquoi est-ce que tu te sers encore de ta chaise roulante ? Tu dois avoir beaucoup de mal à te déplacer avec, dans la ville.

— Croyez pas ça. Ce sont pas de longs trajets. Dans les endroits où on me connaît pas, je la pousse, comme si j'allais la faire réparer. Dans ceux où on connaît que moi, je m'en sers comme un invalide, bien sûr. Mais c'est pas si difficile de se débrouiller, voyez-vous, avec l'habitude. Les trottoirs, je les descends facilement. Pour les monter, je prends les bateaux. Il y en a de plus en plus, partout dans la ville. Et j'aime ces nuits solitaires, j'aime les nuits de pluie.

— Comme celle de Paquito, pas vrai ?

Pajares ne répondit pas.

Son regard était perdu sur les feuilles qui brillaient, sur les voitures pressées, dont les feux semblaient de fugitifs clins d'œil.

— Tu t'es trompé, pour Paquito, dit Méndez. Tu ne savais sans doute même pas qui c'était. Tu t'es trompé constamment. La mort est toujours une erreur, même si les vols t'apportaient un peu d'argent, pour emmener la Tere dans des endroits élégants. C'est ça que tu cherchais, non ? Dis-moi, Pajares, depuis quand est-ce que tu es guéri ?

— Tsss. Peut-être deux ans. Ou plus.

— Et pourquoi ne l'as-tu dit à personne ?

Pajares haussa les épaules.

— Pour quoi faire ? Pour qu'on me retire le peu d'aide que je reçois, Méndez ? En plus, ça me permettait de mieux protéger Lourdes.

— Lourdes ou Tere ?

— Pour moi, à la fin, c'était seulement Tere.

— Et Lali. C'est aussi toi qui as créé Lali, tu te rends compte, Pajares ? C'est toi. Tu as donné cette adresse. Tu es allé à la banque. Tu as dîné avec elle dans des endroits où les gens vont pour se donner des airs, mais où vous alliez pour rêver. Et tu l'as vengée. Tu as vengé Tere. Tu as fait payer les hommes de la nuit, toujours les hommes de la nuit, le mal qu'ils lui faisaient. Mais tu t'es trompé, pour Paquito. Et pour Abel, surtout pour Abel. Je ne comprends toujours pas pourquoi tu l'as trucidé dans cette maison, où Cid voulait introduire quelqu'un mais finalement ne l'a pas fait.

— J'ai eu peur qu'il découvre tout, murmura Pajares, le regard toujours ailleurs. Il tenait la bonne piste. C'était l'adresse que j'avais donnée. C'était la maison où Lourdes aurait aimé vivre, voyez-vous. Elle y avait même laissé sa chaise roulante, comme un mauvais souvenir, le jour où Mme Ros a pu lui faire une vraie robe parce qu'enfin elle était guérie. Nous avions une clé, une copie de celle de Mme Ros. Il m'arrivait de m'en servir pour entrer. Pour moi et pour Lourdes, sinon, c'était la fin.

— La fin d'un rêve, non ?

— Les rêves aussi ont une valeur, Méndez.

Méndez retrouva dans sa poche une cigarette égarée. Mais elle était mouillée, nom de Dieu, d'ailleurs on ne pouvait pas l'allumer, avec cette pluie. Il murmura :

— Oui.

— J'ai téléphoné chez Esther, dit Pajares, toujours sans le regarder. Je savais que Lourdes y était allée, et ça m'étonnait qu'elle soit pas rentrée. Esther m'a répondu comme une somnambule.

Vraiment comme une somnambule, oui. Elle m'a dit que vous étiez passé là-bas.

Méndez, à nouveau, répondit simplement :

— Oui.

— Lourdes est morte, n'est-ce pas ?

La main du vieux policier se posa sur le dossier de la chaise.

— Jamais aucune femme ne t'a aimé, pas vrai ?

— La vieille. Ma tante. Enfin, celle qui m'a servi de mère. Elle m'aime tant qu'elle vous a surveillé pendant que vous enquêtiez dans les escaliers du Barrio Chino. Mais vous avez vu le genre de femme que c'est, hein, vous avez vu.

— Lourdes, par contre, elle t'a aimé, ou je me trompe ?

Le regard de Pajares se fit encore plus vide, encore plus perdu.

— Je n'en sais rien. Tout ce que je sais, c'est que moi je l'ai aimée, Méndez.

— J'en suis sûr, moi aussi, Pajares. Évidemment que j'en suis sûr. Alors ? Tu veux que je t'emmène au commissariat le plus proche sur ta chaise roulante, en te poussant ? Ça ne me gêne pas, de te rendre ce dernier service.

— Rendez-moi un service plus important que ça, Méndez. Beaucoup plus important.

— Lequel ?

— Poussez-moi un grand coup !

— Ce serait un assassinat, Pajares.

Pajares le regarda, pour la première fois.

Et il murmura :

— Vous êtes vraiment odieux, Méndez.

— Pourquoi ?

— Refuser d'aider un invalide !

Et ce fut lui qui mit en branle les roues.

Avec une force incroyable. Avec une habileté stupéfiante. Avec une précision admirable.

Juste quand le feu orange passait au vert.

Les voitures qui rugissent.

Les freins qui gémissent.

Les pneus qui crissent.

Les cris.

Mais c'étaient les autres qui criaient. Pas Pajares. Pajares était un lambeau de pantin brisé, incrusté dans un lambeau de chaise roulante. Méndez dut fermer les yeux.

Il traversa la rue en levant ses revers de veston de plus en plus haut, entra dans le seul bar ouvert, montra les dents, montra sa plaque, montra cinq pièces de cinq pesetas, attrapa des deux mains le téléphone, tandis qu'il sentait l'eau glisser sur lui jusqu'à ses souliers, comme si la ville voulait les purifier à la fin de la journée.

Il appela son chef, dans les profondeurs de la Calle Nueva. Là-bas, la pluie doit tomber plus sale qu'ici, se dit Méndez, là-bas les hommes se sont réfugiés dans les bars et les femmes qui travaillent encore dans leur lit auront fermé leur balcon. Chef, eh, chef! Monsieur le commissaire, écoutez. C'est Méndez au bout du fil, Méndez qui vient de sortir de la pluie, des rues luisantes et de la purification universelle. Oui, bien sûr. Je finirai par trouver quelqu'un pour laver ma veste, bien sûr que oui. Ne partez pas encore, chef, ne bouclez pas la guérite, ne partez pas faire un dernier tour, prendre un dernier café, rêver de toucher un cul fût-ce pour la dernière fois. J'ai découvert celui qu'on appelle l'assassin à la chaise roulante, mais j'ai bien peur qu'on ne puisse plus l'arrêter. Non, chef, je ne crois pas qu'il soit bien utile de lire ses droits constitutionnels à un cadavre, encore moins de lui rappeler qu'il a le droit de garder le silence. Ah... J'oubliais. Avant d'aller au commissariat, je passerai par la Calle del Rosal. Il y a eu un accident là-bas, une femme s'est noyée dans un vieux lavoir public, qui ne servait presque plus. Oui, bien sûr, c'est malheureux... Non, bien sûr que non, c'était une femme sans rien d'extraordinaire, une de ces femmes qu'on dit sans intérêt. Pourquoi je ne passe pas vous voir tout de suite ? C'est que d'abord, je voudrais rendre visite à une autre femme, je voudrais la tirer de son appartement et l'emmener passer quelques nuits à l'hôtel, même si c'est un hôtel à une seule étoile, pourvu qu'il y ait une fenêtre et au moins quelques tableaux de paysages lointains. Le Cachemire, si possible. Non, chef, ne pensez pas à mal, allons donc, quelle idée. Elle aussi, c'est une de ces femmes qu'on dit sans intérêt.

FIN

I.	*La mort de Paquito*	11
II.	*La maison des oiseaux gothiques*	23
III.	*Un grand garçon*	29
IV.	*L'ultime recours*	57
V.	*L'autre*	66
VI.	*Les paisibles souvenirs de M. Cid*	82
VII.	*Les visiteurs*	113
VIII.	*Les rencontres de Méndez*	121
IX.	*Toutes les ombres de la nuit*	145
X.	*L'univers des galeries sur cour*	152
XI.	*Amores*	178
XII.	*La femme du silence*	198
XIII.	*Pauvre Esther!*	235
XIV.	*Le limier muselé*	264
XV.	*Écrit sur l'eau*	297
XVI.	*Les heures infinies*	314

DU MÊME AUTEUR

Aux Éditions Gallimard

Dans La Noire

LA DAME DE CACHEMIRE, 1992.
HISTOIRE DE DIEU À UN COIN DE RUE, 1993.
LE DOSSIER BARCELONE, 1998.

Aux Éditions L'Atalante

SOLDADOS, 1990 (repris en «Folio», *n°2515*).
CHRONIQUES SENTIMENTALES, 1994.
LES RUES DE BARCELONE, 1995.

PARUTIONS FOLIO POLICIER

1. Maurice G. Dantec — *La sirène rouge*
2. Thierry Jonquet — *Les orpailleurs*
3. Tonino Benacquista — *La maldonne des sleepings*
4. Jean-Patrick Manchette — *La position du tireur couché*
5. Jean-Bernard Pouy — *RN 86*
6. Alix de Saint-André — *L'ange et le réservoir de liquide à freins*
7. Stephen Humphrey Bogart — *Play it again*
8. William Coughlin — *Vices de forme*
9. Björn Larsson — *Le Cercle celtique*
10. John Sandford — *Froid dans le dos*
11. Marc Behm — *Mortelle randonnée*
12. Tonino Benacquista — *La commedia des ratés*
13. Raymond Chandler — *Le grand sommeil*
14. Jerome Charyn — *Marilyn la dingue*
15. Didier Daeninckx — *Meurtres pour mémoire*
16. David Goodis — *La pêche aux avaros*
17. Dashiell Hammett — *La clé de verre*
18. Tony Hillerman — *Le peuple de l'ombre*
19. Chester Himes — *Imbroglio negro*
20. Sébastien Japrisot — *L'été meurtrier*
21. Sébastien Japrisot — *Le passager de la pluie*
22. Pierre Magnan — *Le commissaire dans la truffière*
23. Jean-Patrick Manchette — *Le petit bleu de la côte Ouest*
24. Horace McCoy — *Un linceul n'a pas de poches*
25. Jean-Bernard Pouy — *L'homme à l'oreille croquée*
26. Jim Thompson — *1 275 âmes*
27. Don Tracy — *La bête qui sommeille*
28. Jean Vautrin — *Billy-ze-Kick*
29. Donald E. Westlake — *L'assassin de papa*
30. Charles Williams — *Vivement dimanche!*
31. Stephen Dobyns — *Un chien dans la soupe*
32. Donald Goines — *Ne mourez jamais seul*
33. Frédéric H. Fajardie — *Sous le regard des élégantes*
34. Didier Daeninckx — *Mort au premier tour*

Composition Jouve.
Impression Société Nouvelle Firmin-Didot
à Mesnil-sur-l'Estrée, le 27 janvier 1999.
Dépôt légal : janvier 1999.
Numéro d'imprimeur : 45739.

ISBN 2-07-040718-7/Imprimé en France.

88592